中国
微型小说
排行榜

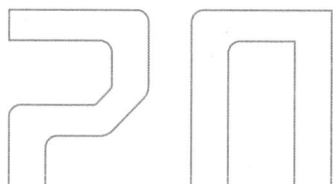

微型小说选刊杂志社　选编

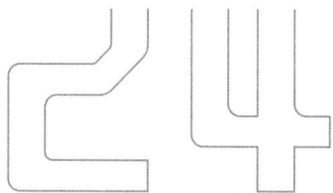

百花洲文艺出版社
BAIHUAZHOU LITERATURE AND ART PRESS

图书在版编目（CIP）数据

2024年中国微型小说排行榜 / 微型小说选刊杂志社
选编. -- 南昌：百花洲文艺出版社，2025.2.
ISBN 978-7-5500-5723-4

Ⅰ. I247.8

中国国家版本馆CIP数据核字第20240Q59E1号

2024年中国微型小说排行榜

2024 NIAN ZHONGGUO WEIXING XIAOSHUO PAIHANGBANG

微型小说选刊杂志社　选编

出 版 人	陈　波	
责任编辑	李梦琦　万思雨　熊元梦	
书籍设计	方　方	
制　　作	周璐敏	
出版发行	百花洲文艺出版社	
社　　址	南昌市红谷滩区世贸路898号博能中心一期A座20楼	
邮　　编	330038	
经　　销	全国新华书店	
印　　刷	湖北金港彩印有限公司	
开　　本	720 mm×1000 mm　1/16　　印张　20	
版　　次	2025年2月第1版	
印　　次	2025年2月第1次印刷	
字　　数	315千字	
书　　号	ISBN 978-7-5500-5723-4	
定　　价	52.00元	

赣版权登字　05-2024-307

邮购联系　0791-86895108

网　　址　http://www.bhzwy.com

图书若有印装错误，影响阅读，可与承印厂联系调换。

目　录

1

3

灯　光

宿好军

　　我们刚从山里开车出来，天色便一下子黑下来了。

　　我是跟着老赵到边外头山里体验生活的。老赵是画家，常年一个人在野外写生。整整一天，我跟着他在山里走走停停，他写生，我拍照，直到太阳快落山的时候，我们才收拾东西回去。

　　旷野的夜晚格外黑，感觉像有一团漆黑的云从空中压下来一样，浓浓地包围着我们。乡村的道路并不宽阔，加之不熟悉路况，老赵开着车，我们慢慢地往回行驶。经过一天的行走，我们俩都累得筋疲力尽，一路无话。

　　路上没有车，更没有行人。行驶了很长一段路，前面出现一点昏黄的亮光，一晃一晃的。快到跟前的时候，在灯光下可以看出，那是一辆缓慢行驶的三马子。车上装的是秋收后的玉米秸秆，上面坐着一个围着头巾的妇女。

　　老赵把车灯关了，前方一团漆黑中只有一点儿亮光在抖动。老赵打开车的近光灯，前方的三马子已经靠向路的右边，明显是给我们的车让路。老赵一脚油门加速超车，快到跟前却慢了下来，打开远光灯闪了三次便关了。之后，他便放慢车速，跟在三马子后面。

　　我说，你这是干啥，这么跟着人家，让人家以为咱们要抢劫一样。

　　老赵让我给他点了一支烟，抽了一口说，不会的，你没发现吗？那辆三马子可能是灯坏了，上面的女的一直打着手电在照明。

　　我借着灯光仔细看了看，发现坐在玉米秸秆上面的妇女手里拿着一只手电筒，一直向前照着。怪不得之前看到的亮光那么昏黄，他们的车灯应该是坏了。

　　我对老赵的细致入微很是佩服，说，你的意思是就这么陪着他们？

　　因为车速很慢，老赵靠在座椅上，慢悠悠地说，陪一下他们吧，这么黑的天，让他们走得亮堂些。

　　我对老赵的做法大为赞赏，说，对，反正我们也不着急。

　　老赵抽着烟，说，其实我这么做也没啥想法，就是想起了多年前的一个晚上。

在前方的道路上，三马子行驶的速度明显比之前快了一些。老赵开着车跟在后面，给我讲述他多年以前经历的事情。

那还是二十多年前。我经常乘坐公交车，到某一个地方下车，然后徒步到乡间，背着画夹到处写生。有一次，我经过一个村子，到一户人家讨了点水喝，向那户人家里的老人家问清楚去山里的路，便进了山。从山里出来没走多久，天就黑了。我第一次一个人走夜路，没走一会儿便迷失了方向，找不到来时的路。那时也是十月份，太阳一落山，戈壁旷野气温便骤降，让人感觉格外寒冷。我四处张望，试图寻找到一点儿模糊的记忆，可是黑夜中根本没有任何参照物，我只好硬着头皮，判断着向山的反方向走。可是，我越走天越黑，一点儿村庄的迹象都没有，连路都没有。我肯定是走错路了。

那个时候，我心里真的是慌了，不知道该往哪里走。后来，我上到一个高高的山坡上，心想或许能找到点人家的亮光。可是，四周还是一片漆黑。那个时候，没有手机，想找个朋友来救都没有办法，真是到了叫天天不应、叫地地不灵的地步。

突然，远处好像有一点儿亮光闪了一下。过一会儿，又闪了一下。我想，那个方向应该是有人家的地方。于是，我便向着亮光闪的方向走。可是，戈壁滩上根本没有路，尽是沟沟坎坎。走了好长时间，感觉灯光还是那么远，总也走不到。我已经筋疲力尽，饥肠辘辘，背包里的吃的早就没了，水壶也空了，气温越来越低，感觉每走一步都那么艰难，真有种想躺倒在地上不起来的冲动。

就这样，我一个人跌跌撞撞地走啊走，亮光不再灭，一直就那么亮着。这个时候，我确信，那就是一盏灯。不知道什么人家，深夜里还亮着灯。我心中一阵狂喜，感觉浑身有了力气。半夜时分，我终于走到一个村子里，发现亮灯的地方，正是给我指过路的那户人家。他家的屋顶上，竖着一根木杆，上面高高地挂着一盏风灯。

村子里一片漆黑寂静，隔着院门，我看到那户人家的灯还亮着。我走过去一推院门，门没有上锁，便进了院子。这个时候，屋门开了，出来的是那个老人家。老人家把我让进屋里，端来煮好的土豆、玉米、红萝卜。我狼吞虎咽地吃完，倒在他家炕上便睡着了。

第二天起床后，我连连向老人家道谢。老人家说快天黑的时候一直没有见我回来，怕我天黑迷路，就在屋顶上插了一根杆子，把一盏风灯挂了上去，说不定能给我引个回来的路。据老人说，那盏风灯已经好多年不用了，那天晚上是特意找出来的。

老赵说，真的是感动啊，我当时居然没有流眼泪。但是，临别的时候，老人家跟我说的一句话，让我哭了。老人家把我送到村子路口说，年轻人，以后不管出去干啥，都要记着回家的路，记着家里有人等着你呢。我转过身往前走，那个眼泪啊，真的是忍不住地往下流，流了一路。

我从声音中听出，老赵明显已经带着激动的情绪。我递给他一支烟，说，以前看过关于灯光的文章，没想到在你身上也有这样的故事。

老赵深吸了一口烟，缓缓地吐出来，平复了会儿心情说，事情过去很多年了，那个夜晚对我来说真的是终生难忘。后来，每次遇到不顺心的事，我就会想起那个晚上，有一盏灯引着我走过那段路。这么多年，我之所以坚持画画，就是因为那盏灯。今天我给他们照的这一点灯光，比起那个晚上的灯光，根本不算什么。

听老赵讲故事，感觉时间过得很快。不知不觉间，我们已经进了一个村子。三马子走了一会儿，向左拐进了一条小路。老赵刚要加速，我看见三马子停了下来，一个男人招着手跑了过来。我让老赵停下车，把车窗打开，那个男人站在车窗旁，弯着腰，让我们进去到家里坐坐。他说，都到家门口了，进去喝口水嘛。虽然他没有说一句感谢的话，但是借着光亮，我能看出来他的脸上满是诚恳的谢意。

我们再三推辞，男人见我们真不进去，搓着手，带着歉意不停地嘱咐我们出了村怎么走，然后再怎么走，生怕我们不知道路走错了方向。尽管有导航，我们知道怎么着都能找到回去的路，但我和老赵还是认真地答应着说记住了，这才招手说再见。

驶出村庄后，老赵脚踩油门开始加速，感叹一声，这就是边外头人啊！

黑夜中，汽车在边外头的乡村道路上快速行驶。前方的夜空中，繁星闪烁。

锦　鲤

侯德云

　　老五的酒友里边，有两个怪人。两人的共性，一是生活里都不能没有鲤鱼，二是酒后都擅长表达。

　　老赵喜欢养鱼，以锦鲤为主，兼及神仙、虎皮、月光、红绿灯、孔雀等其他鱼种。家里的客厅、卧室、走廊、卫生间，鱼缸随处可见。鱼缸多，空间就窄巴。夫人体形丰满，不习惯像螃蟹那样侧身走路，不得已开始节食，久之，体形从圆鱼变作白鲦，每每揽镜，喜极而泣。

　　老赵住一楼，有个庭院。院中设一鱼池，长三米，宽两米，深一米五。四壁和底部，镶绿色马赛克瓷砖。壁上青苔，墨绿墨绿，映衬满池缓缓游移的斑斓，煞是养眼。

　　老赵围着鱼池转圈，一圈一圈，咔咔拍照。

　　入冬前，老赵在鱼池上面搭了暖棚。他经常一个人待在暖棚里，痴痴观望，呆呆鉴赏，心绪伴随池中水族，一阵阵摇头摆尾。

　　老马爱吃鱼，动辄亲自动手，整大锅炖，首选三尺开外的野生大鲤。鱼锅里，还动辄添加别样的食材，常见的是粉条。老五也这样，打小吃惯了的这个那个，一辈子不忘。

　　老马发明了一道大菜，鲤鱼炖公鸡。野炊柴火灶，直径一米二的铁锅，炖了一锅。七八个酒徒，可劲儿造，撑得像大肚子蝈蝈，还剩不少。老马征求意见，老五说，鱼能吃出鸡味，鸡能吃出鱼味，挺好。

　　老赵是酒桌上的响器，老五见证过许多他的耀眼时刻。

　　起因是一道糖醋鲤鱼。话题不知怎么，从盘中鲤转到池中鲤。老赵的话匣打开了。

　　他说："锦鲤，内行的玩法，叫始于红白，止于红白。红白里边，我偏爱两段红白。"

　　他说："啥叫两段红白呢？底色是白色，后背上有两段红色斑块的，就叫两段红白。"

他兀自抿了一口酒，补充道："要是有三段红色斑块呢，就叫三段红白。"

老五当晚回家，上网搜了一下"红白锦鲤"，结果搜出好多种红白，什么覆面红白、富士红白、闪电红白、金樱红白等等，看得眼晕。嘿，玩条鱼，还这么多名堂。

老赵为人拘谨，从来不开玩笑。非不为也，实不能也。连春晚里的小品，连郭德纲的相声，他都是想一想才笑。

可是他那场关于跟头虫的演讲，让老五每次回想起来都忍俊不禁。

老赵的观赏鱼，平素都是喂水蚯蚓，到花鸟鱼市买来，定时投喂。某一天他在回头河边散步，见一死水坑内遍布跟头虫，乐得手心冒汗。

"啥叫跟头虫呢？就是蚊子的幼虫，学名叫孑孓。"

老五点头。他知道孑孓，也知道跟头虫。他还知道，自问自答是老赵常用的语式。

"为啥孑孓又叫跟头虫呢？因它游动时一屈一伸，瞅着像摔跟头似的。"

老五心说，没错，是这样。

"那天我用纱网，捞了一桶跟头虫。我为啥要捞跟头虫呢？"

老五猜出来了，喂鱼呗，还能干啥。

老赵好心，想给他那些亲爱的换个口味。"总吃水蚯蚓不行啊，忒单调。咱哥几个还三天两头换口味呢。"

老赵一撮一撮喂完鱼，用洗脚盆，把剩下的半桶跟头虫养了起来。

夜半，老赵梦见无数轰炸机，他躲哪它们炸哪。轰炸机嗡嗡响，震得他耳膜生疼。醒了，侧耳细听，嗡嗡声还在。

"起来点灯一瞅，嗬，眼前密密麻麻，全是蚊子。"

众人笑。

"好家伙，让蚊子咬的，浑身红点点，跟出荨麻疹似的。"

众人笑。

"再去瞅瞅洗脚盆，妈个巴子，里边一只跟头虫都没有。"

众人笑得前仰后合。

老赵爱吃糖醋鲤鱼，每逢酒局，众人都给他点一道。老五注意到，他爱吃糖醋鲤鱼是假，借机讲锦鲤是真。一条鲤鱼烧上来，他只动了两筷子，还"爱"呢，扯不扯。

老五从老赵一次次强迫症般的讲述中，学到了不少东西，比如什么叫"蹲水"，什么叫"闯缸鱼"，以及温度、湿度、光照等外部因素对观赏鱼的影响。可惜，这些冷知识，老五这辈子大概都用不上。

也别说都用不上。老赵说在网上转发锦鲤图片能招财招好运，众老友都时不时转发，老五也转过，还三天两头给老赵的锦鲤图点赞。

不管是饯行宴、接风宴、庆祝宴，还是别的什么宴，老赵一出场，指定都是锦鲤宴，老五打心眼里服了他了。

老马酒后演讲的倔强度，跟老赵有得一拼。老五从老马的讲述中，也学到不少冷知识，这辈子大概也用不上。

山不转水转，水不转人转，转来转去，老赵跟老马，在酒桌上遇见了。

老赵跟老马第一次见面就杠上了，锦鲤 VS 鲤鱼炖公鸡。老赵语速慢，老马语速快，几个回合下来，老赵明显处于劣势。酒罢，老赵脚步噔噔出了酒店，打车走人。

没几日，老赵和老马在酒桌上又杠了起来，这回是锦鲤 VS 粉条。老马声调高亢，从少年时代说起，说他大冬天从沙包来瓦城卖粉条，说沙包粉条的做法，说沙包粉条跟元台粉条在制作和口感层面有何区别……

沙包是瓦城管辖的一个乡，是老马的老家，元台是与沙包相邻的一个镇，都盛产粉条。

老赵一声不吭，一口接一口，吃掉半条糖醋鲤鱼。他的胃口真好。他的胃口咋就那么好呢？

当晚散席，老赵拖住老五，非得找个地方再坐坐。

在常去的小两口烧烤店，两人撸串下酒，又各自干了一杯白的。老赵吐槽一个多小时，全是对老马的抨击，嘚嘚嘚，赶上老马了都，语句间连个标点都没有。他的脸色像锦鲤一样，不过不是红白两段，也不是红白三段，而是头尾一码红的火鲤。

临别，"火鲤"晃着身子，用力握住老五，摇几摇，说："别让我再看见他。""火鲤"走出十几步，回头，冲老五胡乱挥手，大声说："算我求你了哈。"

戏 台

刘国芳

　　三公往戏台那儿去，不是去看戏，是习惯往那儿去。村里还有几个老人，春生公、李阿婆等，也都喜欢往戏台这儿来，然后，坐在戏台下面的一溜石凳上。坐一起肯定会说话，三公说："好久没演戏了。"

　　春生公说："有二十多年没演了。"

　　李阿婆说："戏台上都长草了。"

　　说着话时，走来一个人，三公一看，就知道这是个城里人。城里人拿着手机，对着戏台不停地拍照，还说："这戏台看样子很古老。"

　　三公说："几百年的戏台，当然古老。"

　　城里人说："这戏台有几百年历史？"

　　李阿婆说："当然有，这是当年汤显祖捐款修建的。"

　　城里人说："汤显祖捐款修建的，真的还是假的？"

　　春生公看着来人，问他："你知道汤显祖的老师叫什么吗？"

　　城里人摇头。

　　三公接嘴："汤显祖的老师叫徐良傅，徐良傅就是我们村的人。当年汤显祖的《牡丹亭》出名后，汤显祖为了感谢老师，特意捐款在我们村修戏台，演《牡丹亭》。据说当时演了全本，演了十天十夜。"

　　城里人说："汤显祖的老师是这个村的人，那这戏台真有可能是汤显祖捐款修建的。"

　　春生公说："什么有可能，汤显祖诞辰四百周年时，市里组织专家到我们村考察这戏台，还在戏台上演了汤显祖的戏。"

　　李阿婆说："当时我们都看了戏。"

　　城里人有些兴奋，不停地说："那真是古迹，我拍下来，发朋友圈。"

　　城里人发没发朋友圈，三公不知道。他们坐了一会儿，天不早了，便起身回家了。

这个晚上，三公忽然听到戏台那儿传来唱戏的声音，三公从床上爬起来，往戏台那儿去。戏台上果然在演戏，三公看见，春生公、李阿婆都在看戏，村里还有好多人，也来了。演的戏正是汤显祖的《牡丹亭》，三公听到台上的人在唱：

> 原来姹紫嫣红开遍
>
> 似这般都付与断井颓垣
>
> 良辰美景奈何天
>
> 赏心乐事谁家院
>
> ……

三公后来怎么回家的他自己也不知道，但早上从床上爬起来时，三公还记得昨天晚上看过戏。三公下床，往戏台那儿去，到了，却发现戏台上不像演过戏的样子，戏台上面仍有草。这时候春生公和李阿婆来了，三公问："昨天晚上这里演过戏吗？"

春生公说："没有。"

三公说："演了呀，我明明来看了戏。"

李阿婆说："你做梦差不多。"

三公就明白了，昨晚确实是做梦。

这时候村里一个叫李东的年轻人走了过来。三公就问："李东，你回来了？"

李东说："刚回来。"

三公说："你们年轻人都出去了，村里只剩下我们这些老头子老妈子。"

李东说："我这次回来，再也不出去了。"

春生公和李阿婆问："不出去在村里做什么呢？"

李东说："我觉得要做的事多得很。"

三公摇着头说："我不信你会留在村里。"

过了两天，三公被儿子接走了，三公的儿子一直不放心三公一个人住在村里，于是把三公接城里去了。这以后两年多时间，三公一直在城里，没回来。当然，村里一些事，三公还是知道的。春生公会打电话给他，春生公告诉三公，李东真的留在村里了，他在村里办了榨油厂，还办了米粉厂、酱油厂。春生公还告诉三公，村里好多人都回来了，就在李东厂里打工。春生公还说，李东把戏台也修好了，准备演戏。三公听说村里要演戏，就闹着要回村。没办法，三公的儿子就把三公送了回来。三公回来就看到村里变样了，人也比以前多了好多，村里人来人往、热热闹闹。

很快，三公见到春生公了，还有李阿婆，他们像以前一样坐在戏台下面的一排石凳上。不同的是，戏台已经修好了，上面，没有草。

春生公当然看见了三公，春生公说："你赶得巧呀，今天晚上就演戏。"

三公问："演什么戏？"

春生公说："演汤显祖的《劝农》。"

三公说："终于有戏看了。"

天黑了，戏就开演了。三公坐在下面，想起上次在梦里看戏，他怕这次也是在做梦，于是伸手掐了掐自己，不错，是真的，不是做梦。

台上唱起来：

　　山也清，水也清

　　人在山阴道上行

　　春云处处生

　　官也清，吏也清

　　村民无事到公庭

　　农歌三两声

　　……

茶　香

徐全庆

寒风呼呼地吹着，有一种渗入骨髓的冷。好在下面一单是郝大爷的，我可以喝上一杯热乎的茶。

想起三年多前第一次给郝大爷送快递，我至今还有点儿不好意思。那天，我打他电话，让他下楼取快递，他说："我坐轮椅，不方便，你给我送上来吧。"

我从送货地址上知道他住在十六楼。我很讨厌这样的顾客，他们总是不肯下楼取快递，找各种借口让我送上门去，完全不在意会耽误我多少挣钱的时间。我回话说："这幢楼上有好几份快递，你得等他们都拿完了我才能给你送。"

"我有的是时间。"他声音平静，但我总觉得那语气里有一股和我较劲儿的味道。我先去了旁边两幢楼送快递。我是故意的。这是我当时能想到的报复他的唯一办法。

我敲开郝大爷的门时，他确实坐在轮椅上，但我看出他能走，那个轮椅只是他的代步工具而已，因而我对他更加嫌恶。他小心翼翼地说："实在不好意思让你跑上来一趟。"他把愧疚毫不掩饰地写在满是皱纹的脸上，这让我释然许多。

我正准备离开，他把一杯茶递给我："专门给你泡的。"我虽然并不懂茶，但看那茶叶在杯中舒展着腰身，仿佛要翩翩起舞，也觉得那是很好的茶叶。

轮到我愧疚了。

那天的茶真香，从内到外浸润了我，直到今天仿佛还没散去。

那之后，我和郝大爷熟悉起来。他很规律地每周五买一样东西，我每周一给他送上楼。他每次都会泡好一杯茶等我。我喜欢这种感觉，仿佛每次我放学回家，母亲立刻就把饭菜端上饭桌。

我很快注意到，郝大爷每次买的都是几元一件的小挂件。这东西不是消耗品，他为什么会买那么多？为什么不干脆一次性多买一些？有一次，我把这些疑问说给他听，他只是笑笑，并不解释。

郝大爷每周给自己买一个小挂件，只有春节例外。我曾经问过郝大爷原因，郝大爷很认真地说："过年了，你们都应该回家过年。"

谁不想回家过年呢？但春节生意更好，我想多挣一点钱。郝大爷听了我的想法，沉默了一会儿，说："你爸妈应该更想你回家过年。"

郝大爷的话我并没有听进去，但我喜欢给他送快递。不仅仅是因为能喝到一杯热茶，更是因为每次我们能像亲人一样聊上几句。在这个陌生的城市，很少有人能心平气和地和我说上几句话。每天的顾客，绝大部分都无视我的存在，取了快递就走。偶尔有两个与我说话的，也多是趾高气扬的样子，不是挑毛病，就是提一些无理的要求。这让我更加念起郝大爷的好。

我拨打郝大爷的手机，没人接。也许他恰好去卫生间或在忙别的事情，这种情况以前也出现过多次。这一次，我期待的热茶怕是要泡汤了。

我挂了电话，直接去了郝大爷的家。

敲门，无人应。我再次拨打郝大爷的电话，隐约听到屋内有手机铃声响起。我使劲拍门，还是没人应。

我有一种不祥的预感。我找到物业公司，物业说他们有郝大爷家的钥匙。一个保安随我到了郝大爷家。我第一次走进郝大爷的卧室，发现他死在了床上。卧室里摆满了他买的那些小挂件，全都没有拆封。

床头柜上放着两封信，一封是给我的，另一封是给他儿子的。

给我的信上，郝大爷写道："你现在明白我为什么每周买一次用不着的东西了吗？"

我当然明白。我按照郝大爷的遗愿，联系了他远在外地的儿子，并且帮忙张罗郝大爷的后事。

一切都忙完了，郝大爷的儿子对我说："你去我的公司工作吧，这也是我父亲的遗愿。"

那一刻，我清清楚楚地听到了自己心跳的声音，我为能改变自己的命运而激动。但我还是拒绝了他的邀请，我突然觉得送快递也很有意义。

我依然送我的快递。每次到了郝大爷家楼下，我依然会上到十六楼，敲响郝大爷家的门。门内寂然无声，但我分明能感到一股浓浓的茶香透过厚厚的防盗门弥漫在我周围，久久不散。我站在门外，心如止水。

有一天，我如往常一样敲门，门开了，一个陌生男人警惕地问："你找谁？"
我愣了一下，说："这儿曾经是我的家。"

雕

红　墨

夜幕徐徐落下。她喘着气，趔趔趄趄地走下山，途中停歇多回。听到叮叮当当的敲打声，她循声而去。

一个三面通透的棚子。男人戴着长舌帽和口罩，满身灰尘，单膝跪着，一手握钎，一手握锤，在白炽灯下敲打，火星在青石上四溅。男人在凿一块墓碑。

师傅，能给我凿一块墓碑吗？

男人抬头，面前伫立着一个浑身湿漉漉的女子。男人说，先烤烤火。

火焰升起，她凑近烤着。

你要凿一块墓碑？男人说。

给我姐姐，她说，我姐姐快死了……

还没死呢，男人说，兴许能救活。

没救了，就这三天的事。她说，我要一块世上最漂亮的墓碑。

可是，什么样的墓碑才是最漂亮的呢？男人问。

她说很简单，不要任何花纹、雕饰，也不需"XXX之墓"，只要在墓碑上雕刻一个窈窕的女子。

她的湿衣服冒着热气。

男人愣着。

无法完成？她问。

完成后，我马上通知你。男人说，留个手机号码。

她说她不用手机。

男人一直单膝跪着，又发愣。

我会天天来这里，直到你完工。她补充说。

是夏天，她的薄衣服很快被烤干了。

第二天一早，她就来到石棉瓦棚子，才看清楚男人四十多岁，面部棱角分明，眼神炯亮，手掌疤痕相叠，右小腿裤管空着。男人拄单拐走路。

被石炸的。男人说，都叫我"独腿师"，不是狮子的"狮"，我不属狮子，我雕狮子，是师傅的"师"。

我不叫你独腿师，我叫你师傅。她说。

男人呵呵，你就叫我独腿师，这没什么不好，这是现实。又问，姑娘叫什么名字？

她愣了愣，含糊地回答，大家都叫她"麻袋"。

麻黛，姓麻名黛，这名字好！男人哈哈大笑，黛，青黑色，古代女子用来画眉。看她眉似远山含黛，又兼双瞳剪水，真是楚楚动人。

师傅怎么肯定就是黛色的"黛"呢？她有些欣然。

男人又呵呵，女子取名字当然是这个"黛"，难道还是麻袋的"袋"？

男人笑，她也笑。

她要的墓碑已完工。墓碑顶是一只镂空的凤凰，似飞未飞；墓碑阳面两边雕刻着岁寒四君子"梅兰竹菊"，凝露鲜活；正中间的女子面容娇俏，腰身婀娜，发丝、裙裾的褶皱清晰流畅。

她看见"她"翩翩起舞。

你给一块没有生命的青石注入鲜血。她感谢师傅。

窈窕淑女，君子好逑。男人吟诗。

何来"君子"呢？她叹息，只有"窈窕"，才能"君子好逑"啊！

男人看看墓碑上的"她"，又看看身边的她。

这墓碑多少钱？她说，我没有钱，一分钱也没有。

男人说，小黛，你也知道我单身。每天早上我就烧好一日三餐的饭菜，到中午、晚上，我就热一热，图个省事。不用给雕墓碑的钱，你帮我煮饭烧菜、洗衣服，好吗？就三天。

一声轻轻的"小黛"，她的身体突然变得轻盈，似乎要飞起来。

棚子的一面靠土墙，土墙另一边就是男人的家，一床（枕边居然有一本书，是包了封皮的《唐诗三百首》）、一桌、一灶台、一工具箱。男人早起去山下村子里的菜场买鱼、买肉、买蔬菜。她给男人煮饭烧菜、洗衣服。男人吃鱼、吃肉、吃蔬菜，她不吃肉，只吃蔬菜，喝点鱼汤。

晚餐后，她也不急着回家。男人居然从抽屉里拿出包着布巾的口琴。树上的鸟儿成双对，绿水青山带笑颜……她演唱，男人伴奏。

三天后。

男人看着她的眼睛，说，三天了。

她微笑，说，你那墓碑贵，不止三天。

不知多少天过去。

男人问，你姐姐怎样了？

我姐姐……她愣了下，我没有姐姐。

她是个肥胖者，体形像鼓鼓的装满棉花的麻袋。二十九岁的她没有工作，整天窝在家里不见外人，实在憋得慌就在夜里出门，如吹大气囊的幽灵。那天她拿了根粗绳索去山上。吊在树上，树枝断了；再选了根粗的，粗树枝弯到地上。她跳进山塘，整个人浮在水面，沉不下去。后来她听见了叮叮当当的锤凿声……

我的名字叫柳青青。她说。

我叫江水平。男人随口念诗，杨柳青青江水平，闻郎江上唱歌声。东边日出西边雨，道是无晴却有晴。

柳青青喃喃地重复着最后一句，道是无晴却有晴，心中荡开一圈涟漪。

江水平在棚子里雕刻青石。柳青青在屋子里画画，她画了很多的时装模特。

有一天江水平说，我能把你的时装模特雕一尊出来。

一个月后，江水平果真用青石把时装模特雕刻出来，栩栩如生。

柳青青时常在模特石刻前沉醉。这一日，她倚着时装模特睡着了，眼里闪着泪花。

我能把你雕刻苗条。江水平说。

真的？

可是很疼。

我不怕疼！

江水平一手拿钎，一手握锤，开始雕刻柳青青。赘肉从她的身上一点点掉落。

大眼睛、高鼻梁、长脖子、细腰……柳青青像模特一样站在江水平面前。

你把我从臃肿的牢笼中解救了出来。柳青青说。

某日，江水平空着右小腿裤管，拄着单拐，脊背上绑着一块墓碑，上山。回来时他对柳青青说，你那块墓碑，被我埋了。

埋了？我还活着呢。柳青青惊讶。

我把它整块埋进土里。江水平说。

你埋葬了我的丑陋。柳青青说。

晚上柳青青给江水平搓脚。搓着搓着，江水平的右残腿像春笋一样拱出来，小腿、脚踝、脚掌、脚趾——一条完整的右腿。

老 德

胡 炎

老德喜欢坐在山坡上看云，准确地说，是看云卷云舒。

老德小时候放过羊，那个牧羊少年大约从小就有这个嗜好。看云的时候，阳光总会恰到好处地滑入他散淡的眼睛。老德说："你瞧瞧那些云彩，多潇洒，多自在，就像是在天上吃草散步的羊呢。"

我在这位发小面前大多数时候是沉默的。我喜欢他散淡的样子，那份超然和淡定往往让我心生羞愧。老德常说，名利乃身外之物，什么都是浮云。他大约把世间的一切都看开了，看透了。这一点我远不如他，尽管我们有很多共同点，同为考上大学走进城市的山里娃；同为文学发烧友。只是我已经在省市报刊发表了一些"豆腐块儿"，在小城薄有浮名，而老德习文多年，还没有一个字被编辑看中，只是在各种文友群里混个脸熟，但他处之泰然，我却像一条拼命逆流而上的鱼，过早地沉迷在了名利的江湖里。

有时候我会忍不住问他："作品发表不了，你就真的不着急？"

我知道这些年他在电脑前坐穿了无数个黑夜，连手指都有些弯曲变形了。

"有什么好在乎的，"他的语气异常平静，"写作是精神的愉悦，与其他无关。难道不是吗？"

他转头看着我。我向他点头，颇有些自惭形秽。我眼里的老德就像一只在文学原野上放牧心灵的羊，让我不得不佩服。

但有一点让我困惑，那就是老德的微信朋友圈。在各种大大小小的文学活动上，总会出现老德的身影。像他这样寂寂无闻的文学爱好者，很难受到主办方的邀请，这一点我确信不疑。但他的确出现了，由不得你不信，朋友圈里的照片可以作为佐证。

有一次，我私下问一个名气稍大于我的文友："你们那个笔会，老德怎么也参加了？"

"这你还不知道？"文友以略带嘲讽的口吻说，"老德可是个蹭会的奇人，只要打听到哪里有文学活动，绝对不请自到，吃住全是自费！"

我有些无语，倒不是睥睨老德厚着脸皮去"蹭会"，而是被他那份对文学的执着和痴情感动了。但我依旧有些想不通，老德蹭会便蹭会了，何以那么热衷于照相？在参会者的合影里，他总能见缝插针地站在较为靠前的位置，脑袋不偏不倚，刚好出现在前排两位名家的缝隙里，不苟言笑，完全是那种知名作家神圣而庄严的经典表情。

但我从来没有问过他这些，他也从来不向我提起。想想也是，朋友圈不就是让朋友看的嘛。

隔三岔五，老德还会邀请我到城市后面的山坡上坐坐。他掐一片草叶在嘴里含着，也不看我，随意地说："你好像很少参加文学活动啊。"

我说："我不够格。"

"有机会的话，"他微微加重了语气，"还是要见见世面。"

"嗯。"

"最近在写什么？"他终于把脸转向了我。

我犹豫片刻，告诉他我在学习写小说。老德"哦"了一声，未予置评，却突然岔开了话题，"瞧，羊群走散了"，并顺势向空中的云朵挥了挥手臂。良久，老德自言自语："我真想把羊赶到天上去。"

风掠过漫山的野草，发出沙沙的声响。闲云在天上飘着，不远处山谷里的流泉淙淙如诉。老德说："听见了吗？这就是我们心灵的声音。"说话时，他微微闭着眼睛，仿佛完全置身一片心灵的天籁里了。

五年后，我的一部中篇小说拿到了省里权威的"金锁文学奖"。除了自身的努力，我想我应该感谢老德。是他那份固有的纯粹，让我终于放下了过去的轻佻和浮狂。从某种程度上来说，是老德成就了我。

我没想到，颁奖典礼上我竟看到了站在最后一排的老德。他又一次不请自到，连跟我都没事先打个招呼。老德双目炯炯，满脸放光，拼命鼓着掌。他是所有人中掌声最响亮的那个。

接下来到了拍照的环节，始料未及的一幕出现了：老德像百米冲刺的运动员，三步并作两步，冲上了主席台，一把搂住我的肩膀，一迭声对记者说："麻烦您给我们拍张合影，我们是发小，铁得不能再铁的发小，拜托了！"

众人显然猝不及防，不少人吓了一跳，甚至连保安都被惊动了。我忙对大家解释："没错没错，是我发小，几十年的交情了。"

镁光灯一闪，我们定格了。

很快，我在老德的朋友圈里看到了他和我的亲密合影，上面标注着：与著名作家、"金锁文学奖"获得者草根蛐蛐在一起。后面是三个感叹号。我这才意识到，这么多年，他还是第一次与我合影，也是第一次把我们的合影晒到朋友圈里。与我的微笑不同，他脸上依旧是那种神圣而庄严的表情。

在以后的日子里，我和老德还会偶尔坐坐。我们好像很少交流文学，更多的还是听他谈"云卷云舒"，谈"什么都是浮云"，谈深邃而纯粹的"心灵的声音"……我只是做一个心不在焉的听众，笑而不答。

"唉，这群羊真不听话，你瞧，又跑散了。"他叹了口气。

我看着天，无话。

告别的时候，我突然发现，从他散淡的眼神里滑落下来的阳光，竟有一丝微微的酸楚。

一堆篝火

谢志强

跑长途货运的司机，最怕途中抛锚。南疆北疆就一条国道。沿途有干沟，有戈壁，开半天，也见不到一个人、一个客栈。陈静飞把车开翻了。

陈静飞是我高中无话不谈的同学，他眼力好，脑子灵，动作快。那是 20 世纪 80 年代，司机很吃香，尤其是开长途运输卡车的司机。他就是个开车的料，他说：撑着方向盘，就来感觉。

我们农场运输连，有三个驾驶员姓陈，为了区分，陈静飞叫小陈，还有一个老陈。陈静飞的师父年纪最大，资格最老，叫大老陈。1949 年王震率部进疆时，大老陈就开车，开的是"道奇"。

大老陈性子冷，似乎舍不得说话，是个闷葫芦；小陈性子热，嘴甜，很讨人喜欢，是个话匣子。小陈忘乎所以了，大老陈偶尔说：看路。

陈静飞找到了路子，被师部运输公司调去，还带走了高中时的校花，结婚生子。他很少回我们运输连，渐渐地，他从我的记忆里淡出了。我是运输连的修理工。

陈静飞说：那天开车，驾驶室像蒸笼，穿着背心，还热，热得擦根火柴也能着。开了好久，两边还是千篇一律的戈壁荒漠，热糊涂了，昏了头，方向盘就不听使唤了。

货车翻在了路边，幸亏有一个沙包挡着，沙包上长着一丛红柳。半车尿素飞出去。前不着村，后不着店。拦车，一辆辆车呼啸而过，只留下一溜沙尘。

陈静飞说：头顶的太阳，也在跑，跑到西边，眼看要落下，我看见一辆油罐车，已不抱希望，但仍然招了招手。

那辆油罐车刹住了。司机下来，说：把车开得这么难看？

三年不见，陈静飞喊：师父。

大老陈绕着侧翻的车走了一圈，说：要不是开油罐车，就可以拖回去了，看样子，你没吃饭吧？

陈静飞说：本来打算开到天黑，到前边找一个客栈住下。

大老陈说：你稍等，我先弄点吃的。

不出一个钟头，油罐车返回。大老陈在一个牧羊点买了馕和热羊肉，还有一壶奶茶。那是客栈定点的羊群。大老陈跟沿途的客栈混熟了。陈静飞说：我只顾开车，吃了，住了，继续开车。

大老陈说：我已给你的公司打了救急电话，明天会来拖车。

陈静飞好奇：牧羊点还安装了电话？

那是客栈的老板图方便，需要羊了，打个电话，牧羊人就赶上羊送过去，或者，老板派车拉羊。这样可以现宰现烧，很新鲜。大老陈说。

大老陈还带了铺盖。那是戈壁滩难忘的一夜。拾了红柳枝，燃起一堆篝火，火光映照着两张脸。柴烧成灰烬，大老陈清理出来，说：这是天然的热炕。

戈壁滩烤火，一面热，他记得大老陈做过示范，转过身，烤着背。陈静飞第一次看到师父的另一面：热情。戈壁荒漠，昼夜温差大。大老陈本该赶路，竟陪了他一夜。那堆篝火一直亮到现在。

大老陈说：常年开车，谁没个出故障的时候。

壶里煮饺子，心里有数，却倒不出，陈静飞对我说，他第一次嘴巴不好使了。

早晨醒来，陈静飞发现，师父已不在了。太阳升起一竿子高——他第一次关注地平线尽头的旭日初升，好像心里升腾起一团火焰。

算起来，途中出事故过了三天，陈静飞借了师部的一辆吉普车来运输连拜访大老陈，带着铺盖和礼物。

我们以为是哪个大首长来视察呢。童连长是大老陈的战友。他对陈静飞说：我们以为你忘了老连队有你的师父呢，大老陈一年前已到十三连去了。

眼看要撞上路上的小孩，刹车失灵，急打方向盘，车翻进路边的排碱渠——一年前，大老陈就那么牺牲了。

陈静飞不相信，因为，戈壁之夜历历在目。

十三连是团里不在编制内的一个连队，其实是一片坟场，农场葬死去的职工的地方，俗称十三连，在绿洲和沙漠的接合部。

我陪陈静飞去祭奠大老陈。早晨，沙漠的太阳在挣脱地平线的一刹那，仿佛还沾上了稠稠的铁水。陈静飞跪下，喊：师父。他哭得像个小孩。

赠 花

凌鼎年

　　水三寒是娄城中学的美术老师，教学之余，他画花鸟画，常画的题材有水仙花、兰花、菖蒲等。他家里种有多盆兰花、菖蒲，唯有水仙要在春节前一个月才去购买，用瓷盆加清水栽种。水三寒不是什么有名的画家，在娄城书画界排不上号，确切地说他还不能算正儿八经的画家，因为他还不是省美术家协会的会员。他的画不卖钱，也不参展，画画纯属业余爱好，纯属自娱自乐。退休后，他更是借此做点儿事，消磨消磨时间，用当地土话称之为"解闲气"。

　　水三寒有个学生叫南小雁，大学毕业后，嫁给了福建漳州的一个学长。她先生不愿留在上海，要回家乡发展。老话说"嫁鸡随鸡，嫁狗随狗"，她就跟去漳州定居了。去漳州当年的年底，她就给水三寒老师寄了一箱漳州水仙，有三球。水三寒自己留两球，客厅一球，书房一球。另一球就送给隔壁的刘老师，大家抬头不见低头见，也算是借花献佛，做个顺水人情。

　　南小雁是个有心的学生，之后每年春节前一个月左右都寄来水仙花，十年来每年如此。

　　水三寒则每年给南小雁画一幅水仙花图，或水仙花绿叶刚冒出时，或花蕾饱满时，或花朵绽放时，或一球一茎一花，或满满一盆，全是花朵，仿佛能闻到扑鼻的花香。水三寒给它们冠以不同的题目，往往还写上一句诗。他不是诗人，就录古人诗句。其中，他最欣赏的是"可惜国香天不管，随缘流落小民家"这句，自己不就是小民吗？

　　去年，隔壁的刘老师邀请水三寒去他家，看他种的水仙。他对水三寒说："你学生寄的漳州水仙是普通品种，都是单瓣的，六片白色花瓣，中间有酒杯状的副花冠呈金黄色，那叫金盏银台，大路货。"水三寒说："我知道，我画过金盏银台，也画过银盏银台，还画过金盏金台。"

　　刘老师顾自沉浸在自己的兴奋中，他开心地说："我这次觅到的是复瓣的。你看看，花瓣多吧，层层叠叠，而且上素白，下淡黄，既有层次，又有色泽，这是有名的'玉玲珑'。你要画就画这种，那才上档次，才好看。"

水三寒夸了几句后，就告辞回家了。

今年，南小雁又寄了三球水仙花来。水三寒想隔壁刘老师有了好品种，应该看不上这单瓣的普通品种了，就没有再转送给他，自己多种了一盆。反正也就一只盆子、几粒石子、些许清水，既不占多少地方，也不费多少时间，无非是过几天换换清水而已。种了多年水仙，水三寒也有点儿经验了，他拿到水仙球后把表皮发干的部分剥掉，把矮壮素溶液加水调匀，再把三球水仙花放进去浸泡，两天后取出，冲洗干净后再晾干，放置于瓷盆里，加上几块雨花石，放在南窗阳台上，以保证水仙能获得充足的光照。果然，水仙长得叶绿根壮，花蕾饱满，预计花开在春节前后。

腊月二十四小年那天，水三寒在电梯里碰到刘老师，刘老师一见面就问道："今年的水仙花怎么还没有见到？你学生忘了你这个老师了吧？"

水三寒只好实话实说："我学生寄的是普通水仙，难入你法眼。"

刘老师说："看来你把我的那份送给别人了。"

水三寒本来想说"你要就给你送过去"，但不知为什么话到嘴边，变成了"不好意思，你看不上眼，我就送给了别人"。

刘老师随口道："算了算了，不给也罢，我也不稀罕了。我今年弄到了水仙花新品种'金三角'，那才是水仙的上品，有空来观赏，开开眼界。"

水三寒说："好的，好的。"但他一直没有去，两家的交往也越来越淡。

明月谣

于德北

四姐是一个普通得不能再普通的女人。

她在电力设计院的旁边开了一家小超市，前面是店，后边留出一小间自己住。她爱人去世早，她四十几岁就守寡了，一个人拉扯孩子，将孩子供到大学毕业，早早地帮她成了家。对，是个女孩，长得和她年轻时一样，圆盘大脸，敦实。女儿嫁了一个司机，丈夫开面包车送货，收入也算过得去。

四姐原来不在松城，在相隔一百二十公里的另一个城市，女儿留在了松城，她也就迁居于此。但她不和女儿、女婿一起住，怕给人家添麻烦。她自己走街串巷，看了无数个门市，最后兑下这家小店。

她太仔细，能省的皆省。

这家店的左边是一家印务公司，一天到晚机器不停，热火朝天的；右边是一家咖啡店，夜场可营业到凌晨两三点。楼上呢，是一家排版公司，天天夜里加班。她坐在那儿观察、研究，经过一冬之后，不再交采暖费了。这一项，一年省下两千多元。为什么不交采暖费？左右都加了暖气片，楼上改了地热。

她会做面食，尤其擅长做包子和馒头。起初是做着自己吃。出于礼貌，也给邻居们送。印务公司、咖啡店、排版公司年轻人多，一来二去都叫她四姐，他们就和她商量，在她这儿订午饭，省事。她没有不答应的理由。这帮年轻人除了中午一顿饭，也打包往家里拿，送给父母，是一份温馨的孝敬。

头一天晚上就把份额定好。

四姐第二天就把这些吃食弄整齐。

一来二去，附近的邻居知道了，也来享受这份待遇。他们学着那些年轻人，下班时，或特意从这儿过——办事、遛弯、买东西——就报上数目，四姐也一起登记在册。

开超市是主业，她的包子、馒头不多做，做到她的精力、时间允许，绝不多接一份。想吃，往后排吧。越是这么着，人们越是挤破脑袋，四姐的面食成了人们的一个想头儿。

"明天订点儿馒头吧，好几天没吃了。"

"去试试吧，不一定能订着。"

"早点儿去，订不上怪闹心的。"

"行，真想吃，我把她嘴里的那两个给你截下来。"

是玩笑，但情况属实。

排版公司有位刘先生，会弹吉他，五十多岁，离异。刘先生是松城第一批接触电脑的人，对排版业务门儿清。不缺饭吃。但一般的排版公司不爱雇他。为什么呢？他家庭负担重，四个老人先后有病，媳妇有正式工作，不能常请假、请长假，一切全赖刘先生。刘先生先服侍岳父，三年，接着服侍岳母，五年。八年过去了，他四十多岁了，以为可以松口气儿，父母又相继出现问题。媳妇焦躁、犹豫、徘徊，最后一跺脚，和他把婚离了。

媳妇要女儿。

刘先生想一想，自己照顾父母就不能照顾女儿。同意了。

接下来服侍父亲，六年，服侍母亲，四年。

十年过去了，刘先生的头发白了，人也接近六十岁。

刘先生喜欢弹吉他，喜欢喝酒，因为老人，这两样都断了太多年头。现在老人没了，他又可以出来工作了，就把这两样都捡起来了。公司接活多了，电脑总是一流的，老板不放心，想让刘先生打更。刘先生一口应承，回去就把自己的房子租了出去。

他这一点和四姐有点儿像，能省的都省。

岁月就是这个玩意儿，能让熟悉的陌生，当然，也能让陌生的熟悉起来。

刘先生和四姐熟了，就常下楼搭伙，尤其是晚饭。开始还客气，后来也没什么可客气的了。到了吃晚饭的时候，四姐就站在楼下——冬天不行——大声喊："老刘，吃饭了！"

刘先生就噼里啪啦地下楼来。他穿拖鞋。

原来四姐自己吃饭时尽对付，有一口没一口的，刘先生来搭伙了，她做饭的热情越来越高涨。两菜一汤，每周还加一顿鱼，一顿小鸡或牛肉。慢慢地，排版公司的小孩儿都发现，刘先生白了、胖了。

刘先生喝二两，微醺的状态下就摸起吉他，弹他们爱听的老歌。刘先生喜欢弹《我的祖国》《拉兹之歌》《弹起我心爱的土琵琶》，还有电影《桥》《追捕》的主题曲。四姐呢，听《三月里的小雨》《童年》《红河谷》；最爱听《怀念战友》，这是刘先生弹吉他时，她必点的曲目。

她父亲年轻的时候在新疆当兵。牺牲了。

她从没见过父亲。

坐在店门口，月光正好。有风吹过，他们的头上飘起缕缕银丝。一只鸟候在柳树上，听曲子，等待下文。

四姐问刘先生："这么多年，你不想女人吗？"

刘先生摇头。

四姐悠悠地叹口气，自言自语："是啊，一个又老又丑的女人，能让人有啥想头儿？"

刘先生突然哭了。

就是这一年的秋天，刘先生联系了一个老年团，四十个人，每人报名费七千八百元，管住不管吃，自己可带炊具，三十一天游遍新疆。他没和四姐商量，向团里交了一万五千六百元钱。四姐没吃惊，也没反对。她只有一个要求，去她父亲牺牲的地方看看。一辈子了，还没祭扫过。

他们去了，静悄悄的。

在门口挂了一个牌子，让老顾客们知道：他们出门了。

老街喝家

刘建超

老街喝家，说的是喝酒。

既然是喝家，酒量大是必须的。可仅仅是酒量大，那也只能被叫作酒鬼、酒篓子，称不上喝家。

老街地处中原，水盛地阔，农作物丰产，酿酒的作坊多。

老街人好酒，喜怒哀乐都用酒来打发。没点酒量都不好意思说自己是老街人。有的人中午喝，晚上喝，第二天早餐就是半斤酒泡一个火烧，抖气得很（威风）。

老街的喝家酒量大，精通猜枚划拳，知晓类酒的典故传说，能吟诵与酒有关的诗词对句，还通晓当地的待客之道。

在老街，大的场面都会请个喝家来招呼。酒桌上，只要有个喝家在座，那就能把整个场面烘托得热闹有节，还带点文艺范儿，让主家和客人都吃得高兴喝得痛快。

招呼事的主家觉得有面子，还会给喝家送个红包，或拿两瓶酒，打包个烧鸡、蹄髈之类的。

老街喝家天天有场（应酬）不是虚传。

八角楼前，老街两年一度的"酒神大赛"进入热闹的"盲品"阶段。

看热闹的人把十字街路口围了个严严实实，叫好声、起哄声、欢笑声充满半条老街。

"盲品"就是把老街海选出的八家酒作坊的白酒，各盛在没有外包装的瓷坛子中。进入"酒神"候选的人，要蒙上双眼，凭着鼻闻口尝说出所品之酒的特点和生产作坊。

马梳理在老街算得上是个喝家。进入"酒神大赛"的魁首之争，也是顺理成章的事。

主持人倒出一碗酒，递到马梳理手中。

马梳理把碗放到鼻下嗅嗅，说这酒入口口香，入喉喉香，入腹腹香。这酒啊，隔天打嗝撒尿都泛着醇香。尝都不用尝，只闻这酒香就知道，是赵家作坊酿制的"老街原浆酒"。

正确。掌声。

酒又倒上。马梳理伸出食指蘸蘸酒放进口中，呷巴呷巴嘴，这酒啊入口冲，有点儿暴烈，入喉烈性全消，留有绵稠醇香，后味缠绵悠长。这酒喝多了也不上头，肖家作坊的"老坛高粱大曲"。错了，你把我给泡酒喝喽。

正确。叫好声。

最后一碗酒。马梳理喝了一口，在口中停留片刻，再缓缓咽下，这酒啊，咱也用文艺点儿的话说，叫醇厚丰满，诸味协调，酒香清雅，甘洌挺拔。典型的霍家三兄弟作坊的"古城老白干"。

主持人又增加了难度，请问这是三兄弟中哪位兄弟作坊生产的酒？

这有点故意刁难的意思了。三兄弟的作坊是各干各的，同一个工艺、同一个配方，也是同一个调酒师调制的，如何能分辨出自哪个兄弟的酿坊？

马梳理略微迟疑，缓缓地说，三兄弟酿的酒一样，但是经营方法不太相同。霍老大实诚，在销售上不事张扬，信奉酒香不怕巷子深，沉稳。霍老二的酒自家不做销售，都是跟着霍老大走的。霍老三还是很活络的，提倡响鼓偏用重槌敲，广告做得大，还捣鼓网络直播。我就猜一回，这是霍老三家的老白干。

正确！魁首！欢呼声。

且慢且慢。人群中走出一个壮汉，端着一碗酒递给马梳理，你要是能品出这是哪家作坊的酒，我就真服你。

酒刚入口，马梳理就吐了出来，这是消毒酒精兑水，你想害死你大爷啊！

壮汉做个鬼脸就跳进人群。

马梳理是你能忽悠的？切。

说个事。

古城建设公司经理杜成功在狮子楼做东，宴请南方来的投资商苟雁秋老板。

杜成功邀马梳理作陪，言明此番作陪的重要性，无论如何也要把客人招呼得劲。

来老街的客都知道老街人枚高量大，酒场路数多，不敢轻易与老街人喝酒较劲。

苟雁秋老板却是一反常态，反客为主，频频举杯，并且喝得豪气大度。

几轮下来，两瓶白酒见底，苟雁秋依然面不改色，还嘲讽酒量不济的杜成功心不诚，意不实。

马梳理左右逢源，满脸微笑招呼着客人，插科打诨调节气氛。

苟雁秋不买账，推开马梳理，端起自己的酒杯说，杜经理，一口小酒都推三阻四的，能有什么气魄？能做成什么大事？

已显醉态的杜成功神态窘迫地转向马梳理。

马梳理还是笑容可掬，走到苟雁秋身边，拿起他手中的酒杯一饮而尽，咂咂嘴说，苟老板喝的果然是好酒啊，怪不得这么抖气。

苟雁秋脸上有些不自然了。

马梳理夺过给苟老板倒酒的女子手中的酒壶，说，来来来，苟老板不远千里来老街，也尝尝老街的三兄弟老白干。

满满一大杯酒端在苟雁秋眼前，苟老板面露难堪，垂下了头。

马梳理把满满一杯酒喝完，头也不回地走了。

马梳理知道，给苟雁秋倒酒的女子拿的是鸳鸯酒壶。按住酒壶把上的气眼，倒出的是水，松开气眼倒出的是酒。苟雁秋是喝了一晚上的纯净水在抖威风呢。

常言说，看透不说透，说透不朋友。马梳理可是不惯你这个毛病。

老街就有了一句俗语：马梳理喝酒——少给爷玩虚的。

神　偷

袁炳发

父母患病相继去世后，曹宝儿一直住在舅舅欧大家里。

十五岁那年，曹宝儿突然消失得无影无踪，舅舅欧大也找不到他了。欧大在哈尔滨道外北三道街开鱼店，生意不错，每天除了几个固定的大饭庄来取鱼之外，也有一些散客光顾。欧大店里雇了几个伙计，但生意上的一些杂事离不开他。所以，欧大在哈尔滨周边县城找了曹宝儿一段时间无果后，便不找了。

欧大心里坚信，外甥曹宝儿一定会回来的。

眼下当务之急，便是多挣钱。等曹宝儿回来，给他找个营生，娶个媳妇就妥妥的了。

五年后的一天，曹宝儿突然回来了。曹宝儿小平头，穿着蓝色对襟盘扣短褂，裤子是青色的裤脚收紧的那种灯笼裤，脚穿一双黑布鞋。

曹宝儿站在"欧大鱼店"门前，探头往里看。

在店里的欧大，一回头看见了，他瞧了半天，认出是外甥曹宝儿。欧大一大步就迈出鱼店，抱住外甥，眼里涌出泪说，宝儿，回来了！

舅舅欧大问他，去了哪里？

曹宝儿说，头三年去了云雾山，和道明师父学了三年轻功，现在已经会飞檐走壁，双脚勾住房梁，倒挂一小时没问题；后两年在奉天拜了江湖大哥，学了点开锁行窃的手艺。

舅舅根本不信曹宝儿说的话。

让欧大没有料到的是，回来后的曹宝儿，好吃懒做，每天不是去合发祥茶食店吃槽子糕，就是去吃"宝盛东"的圆笼鸳鸯蒸饺。

这些欧大都能忍受，让欧大不能忍受的是，曹宝儿渐渐染上了赌博的恶习，经常去正阳街的赌馆玩骰子。

欧大知道后，把曹宝儿一顿骂。但曹宝儿依旧不改，趁欧大不在家偷了钱又去赌场。曹宝儿钱输光了，又回家偷钱，被欧大发现。欧大抄起棍子要打曹宝儿，但心一软又把棍子扔了。

家里的不敢偷了，曹宝儿开始到外边偷。

曹宝儿专门盗取贪官污吏、伪警署、关东军特务本部办公室抽屉或保险柜里的钱，从未失手。行窃时，曹宝儿能够轻松穿越各种障碍物，高墙、铁丝网根本不在话下。他的轻功也非常高超，能够在瞬间跳跃和腾空，几乎没有声音。

曹宝儿给自己定了个规矩，不偷穷人。

一次，曹宝儿和几个朋友喝酒，喝多了，其中有人说，你要真有能耐，伪警署院内的那匹大洋马，你去给偷来！

曹宝儿说，好！

大洋马是小岛警尉的坐骑，他没事儿经常手里握着马鞭，在大街上招摇过市。

晚上伪警署里要打麻将，曹宝儿已经观察有几天了。他穿一身黑衣，双脚一点，越过高墙，轻轻落地。他慢慢接近大洋马，然后从兜里掏出两个鸡蛋。他踩点时发现小岛经常用鸡蛋喂马，大洋马吃了鸡蛋，很乖。曹宝儿打开大门，跃上马背，手抓缰绳，双腿夹紧马肚，轻呼一声"驾"，大洋马便嗒嗒地向前跑去。

朋友们看曹宝儿真把日本人的大洋马偷了出来，暗自敬佩。

问题来了，这么大一匹马，又不是大洋票儿，该怎么处理？想来想去，曹宝儿对朋友们说，把它杀了，去八杂市卖马肉，我们用这钱下馆子……

小岛发现大洋马不见了，气得把伪警署的警察包括署长在内一顿大骂。署长赶紧亲自带人下去破案，没用几个小时，就在八杂市发现了曹宝儿卖马肉这条线索。

曹宝儿被带到了伪警署，他知道抵赖没用，只好招了。小岛不解气，拿着马鞭把曹宝儿抽得皮开肉绽。

曹宝儿被抓后，欧大焦灼不安。情急之下，他去找太古街粮行老板邱吉祥商量对策。

邱吉祥是欧大的好朋友。

邱吉祥听了欧大叙述的事情经过后，说，问题不大，只是一匹马，没有人命。咱们破费点钱财吧。

欧大说，钱财是小事，只要能保住宝儿的命。

邱吉祥找人疏通打点，给了小岛一百根金条，曹宝儿才被放出来。

小岛有话，今后在哈尔滨不能再看到曹宝儿。

邱吉祥用运粮的大马车，连夜把曹宝儿送到离哈尔滨二百余里的克图镇，那里有抗日游击队。

邱吉祥是游击队驻哈尔滨的地下党。

曹宝儿参加了抗日游击队。

游击队队长根据曹宝儿的特长，安排他当了侦察员，专门去各县和哈尔滨日军驻地军事指挥部、伪警署窃取情报。

日军在投降撤退哈尔滨时，制订了一个"雷鸣计划"——准备炸毁电厂、老巴夺烟厂、水厂、啤酒厂。这个"雷鸣计划"是曹宝儿夜闯哈尔滨警察厅执行另一个任务时，顺手牵羊得到的。

后来，这份"雷鸣计划"情报，通过游击队领导，辗转传到哈尔滨地下党负责人手里，从而粉碎了日本人的这个恶魔计划。

神偷曹宝儿荣获个人特等功。

晚花也很美

邵宝健

菰城的钱恩渊先生在即将退休之际，决定利用积存的假期和夫人来个神州游。首选普陀山。不日成行。夫妻俩在宁波住了一晚，翌日上午八时许抵达目的地。几经取舍，在毗邻景区的一幢农家客栈住了下来。客房很宽敞，设施也齐全，价格以及卫生状况也让人很满意。虽说计划要在这佛教圣地游览两天，时间宽裕，但钱先生办妥住宿手续，放下行李，茶也来不及喝一口，马上招呼妻子上山。

来之前，夫妻俩是做了功课的，知道普陀山有三寺、三宝、三石、三洞，还有十二景，什么莲洋午渡、梅湾春晓、磐陀夕照、莲池夜月、朝阳涌日等等。钱先生对磐陀石、心字石、二龟听法石情有独钟，而钱夫人对普济禅寺、法雨禅寺和慧济禅寺，心仪已久。这不矛盾，反正到了那边，好景点一个都不能漏掉。他俩还在途中大致规划了一下游览路线。

"急什么，歇一歇再说，有的是时间。"钱师母嗔笑道。

"那好吧。"钱恩渊就沏上一杯茶，向窗户那头走去。倚窗是钱先生文雅的习惯。

移开纱窗，只见偌大的窗台上摆着七八盆花卉。其中有一盆叶子繁茂的茉莉，一盆叶子也很茂盛的月季，还有几种是玉树、榕树之类的盆景。钱先生的眉睫闪动了一下，暗忖：怎么都没有花？不是没有花，而是茉莉和月季枝头上的花都是蓓蕾，密密匝匝的，白色的、粉红色的，呈含苞待放之势。他就有了联想。他供职于一家研究所，专事茶文化研究。工作不算没成果，相比较成果也不算大。特别是已经被省社科立项的一本学术融生活哲理，书名为《茶与当下》的长篇随笔，临到退休了，还只完成三分之二。这样的联想，使他变得心事重重，而钱师母却浑然不觉。

就这样出门了。普济寺、百步阁、紫竹林、入三摩地……一路看来，一路感叹这里的景色佳，空气纯净。"可以说是妙不可言。"钱先生不断重复这句话。

夫妻俩的兴致特高，钱先生尤甚。每到一处绝佳地，他会念念有词。难怪嘛，钱先生是文化人，肚子里有墨水。不知为什么，在他一声吁叹后，眸子里会瞬间映出略显凝重的惘然。"也许是有点儿累了。"钱师母见这情形，也没往心里去细想。

真的有点儿累了，夫妻俩打算先将第一天的游程告一段落。在黄昏时分，他俩乘专线公交车返回，甚感便捷。

回客栈后，还未等坐稳藤椅，钱恩渊先生又朝窗台那边靠近。习惯成自然嘛。

他倚窗朝那几盆花卉凝视，眼睛顿时发亮。那盆硕大的茉莉，大部分的蓓蕾都开放了，一丛丛雪白雪白的，而那盆月季，花朵也大多绽开了，肥硕的花瓣撑得很挺，一朵又一朵，酷似撑起了粉红色的云。也就是大半天的工夫，这窗台上的景观称得上锦上添花。晚霞的余晖透进来，把绿叶、开放的花以及尚未绽放的花蕾照得格外精神，香气也一阵阵袭来。也许是初次领略普陀山的神奇和美丽，钱先生特愉悦，也许是这次倚窗的瞬间感悟，他变得特别激动。他冲夫人喊道："来来，你快来看，这花、这花都开了。"

钱夫人有点悟性，随口说："噢，我有点明白了，你在山上若有所思、怅然若失的样子，原来是还惦记着这几盆花呀。老钱，看来，你的运道要来了，这叫花遂人愿。"

老钱闻言，一笑，也不出声。

他背着手，在有限的地盘踏方步，心里头的话就脱口而出："晚花依然芬芳，晚开的花同样美丽，许多时候我们能邂逅这种风景。"

钱师母一直在旁观察她先生的动态，那番话她听到了，也听懂了，笑道："好呀，你怎么一下子变成诗人了？！看来，那本《茶与当下》面世，不会太久了。"

"是的，夫人所言正是，谢谢！"钱先生柔情地说。

钱师母催促："老钱，早点休息吧，明天咱们还要登佛顶山哩。虽说有缆车，但也得有体力支撑。"

钱恩渊还在踱步，自语："晚花也很美……静待花开。"

钱师母："歇吧，不就是好饭不怕晚嘛，可是晚睡就不一定好喽。"

工人村老段家的大年夜

白小易

段宇是沈阳铁西工人村最早考上大学的几个人之一。他从小就学了很多技能。他到了学校，就给同学理发、修理小型电器。段宇很温顺，基本没有脾气，脸上总有笑容。

段宇的父亲是典型的沈阳工人。他们统一的特质包括：心灵手巧、心地善良、助人为乐、性格随和。他在岗位上追求最好的工艺，在家里，样样事情都亲自动手，电工、木工、水暖工的小活儿，都不用请别人。做完这一切还不算，他还有大把的业余时间去捕鸟、捞鱼。这些既是消遣，又能改善生活。每次回来，都分送给邻居和工友。上学时我们很多同学去过段宇家，吃过他爸从浑河抓来的鱼。不过令人悲伤的是，老人家最后死在了这条河里。段宇很久不能释怀，从那以后再也不看浑河一眼，而且再也不吃鱼。

段宇的妈妈那年才 58 岁。兄弟三人更加孝敬妈妈，小心侍候着。段宇的妈妈，在 20 世纪 50 年代，是凤毛麟角般的女性工科大学生，毕业后被分配到厂设计室。她响应号召，努力向工人阶级学习，就嫁给了八级工匠老段。老段去世一年后，她在儿子的鼓励下参加了社区老年舞蹈队。儿子们希望妈妈早点走出来，但是没想到的是，妈妈在舞蹈队里竟然又恋爱了！三兄弟对此的反应大不一样。段宇是老大，作为一个受过高等文科教育的知识分子，他支持老妈。二弟却毫不犹豫地反对，似乎这对于老段家是个奇耻大辱。老三表现得很暧昧，一方面觉得妈妈有这个权利，另一方面又觉得别扭。

老妈和她相中的那个人，是在区里举行老年舞蹈比赛时结识的。老妈也不详说，他们怎么搭上话的，是个谜。反正从他们相识了之后，那老头儿就经常跑来打扫卫生，还非常会做饭。老妈观察了一段时间，他看起来各方面都不错。他姓郭，老伴儿是几年前病故的，有两个儿子，早就分开过了。几个月的相处，两位老人感觉不错，就开始做准备了。为了谨慎起见，段宇建议两位老人先试婚一段日子，看看究竟合不合适。试婚的生活，仍然证明这个后爸确实是个好人。家务活儿几乎由他承包了。每逢过节和周末，他还把段宇三兄弟都招到家里来，做一桌好菜等着他们。三兄弟最后都承认了，的确是给老妈找到了一个最好的"养老院"。

可是就在准备成婚的时候，老郭突然得了脑血栓。段宇老妈吓得直哆嗦，只能给段宇打电话。被两任好男人宠惯了的老妈，根本什么也不会弄。段宇赶紧雇了个保姆帮忙。一家人也开始讨论当前形势——二弟说，还好没真结婚，只能一拍两散了；三弟虽然觉得这样有点儿不仗义，可是也没别的办法；老妈觉得她要坚持一段时间，也许老郭很快就好了呢。

几个月之后，老郭仍然不见起色。这时老郭的儿子们表现出了忧虑，担心段家对他爸的房子有图谋。老妈为了不让郭家的儿子忧虑，便从郭家搬出来了。段宇舒了一口气，也算仁至义尽了，起码心里没有歉意了。

转眼又几个月过去了，段宇偶尔还会听到老妈提起老郭。老妈一辈子都保持着一个女孩的心态，心理不成熟、怕事、没心没肺……可是也很纯真，很少用世俗眼光看人看问题。快过年了，她就央求段宇抽空替她去探望一下老郭。年前杂事很多，段宇一直拖到大年三十的下午，才在开车回家的路上想起还有一桩未完成的任务。于是他先开到超市，买些东西，然后来到老郭家。他敲门后等了半天才听到里面有动静，开门的竟是老郭自己！他趴在地上，气喘吁吁，见到段宇，就像孩子一样大声号哭起来。段宇忙把他扶回床上躺好。老郭的口齿仍然不利落，好不容易才问明白，他现在经常一个人在家，保姆回家了，儿子几天来一次，给他洗洗、换换，留下些吃的就走。段宇原本打算待几分钟就回家过年的，现在他怎么能马上走啊，非得做点什么才安心。老郭的身上带着一股子馊味……就给他洗个澡吧。一看热水器还坏了！去澡堂子吧……段宇把老郭背下楼，费力塞进车里，开车的时候他手脚都在发抖。可是走了许多家澡堂子和洗浴中心，都歇业。唉！今天是除夕，也怨不得谁啊。

这时天也黑透了，手机不时响起，一家人都在催他回家吃饭。而段宇却饿着肚子开着车在街上转。他转头看看窝在旁边的老郭——难道我能把他就这么送回去吗……咬咬牙，他把车开回了家。

家人正在家门口放鞭炮。看见他的车，儿子跑过来迎接。看见副驾位置上的老郭，儿子定在那儿没说话。一家人也迎上来："这是咋回事？"

老妈看见那个样子的老郭，立刻泪眼婆娑，指挥着另外两个儿子："快帮着扶下来！"见老妈这样表态，他们都上前帮忙。老郭吃了饭，洗了澡，在客房躺下了。质疑的声音这才正式响起……

"就在老妈这儿养着啦？"

"咱家改叫福利院吧……"

谁也没想到，一向没主意的老妈忽然变成了坚定的"领导人"："不争论！先过好这个年！"

包饺子、看春晚……只不过今年家里多了个老郭。可是看着老郭激动的样子，慢慢地就都有了一些崇高感。饺子熟了，先盛了一大碗端给老郭。老郭的眼泪就唰地流了下来。一家人赶紧安抚老郭。看着他一个接一个吃下去，大家忽然体会到了任何一次过年都不曾有过的奇怪的幸福感……

孔　道

安石榴

　　喜子跟着老乡闯关东，在黑龙江各地混了十来年，二十八岁，终于活明白了。当时他在牡丹江火车站当装卸工，饭吃得饱，酒喝得滋润，有闲心想成家立业这件事了。这件事一上心，他发现当装卸工只能"一人吃饱，全家不饿"，如果要老婆孩子热炕头，得做点小生意才稳当。他想明白这件事的时候是一个春日的傍晚，他坐在老杨福的山东煎饼铺子里，琢磨自己也可以干个小店，开什么店没想明白，先想从哪里弄钱。他跟人家淘过金，运气好的时候分到不少金子，钱到手，吃香的喝辣的，逛窑子，全造了。此刻想想肉疼啊。于是下定决心再来上这么一回，说干就干，起身就走了，哪里去了，去林口县老林里去挖金子了。

　　喜子熟门熟路，老把头还认他，没废话就带他一个了。第一年没收获，淘不到。第二年他们沿着河水又往里走了一程，这回成了。漫山遍野一派枯黄衰败景象的时候，老把头给大伙分了金子，嘱咐大家稍等个三五天，把剩下的一点活儿干利索了一起走。都知道得大家一起走，不然或许就有闪失。回"人间"的路不短，得翻过三道山、两道水，山高水深，却并不危险，他们根本不怕，野兽遍地，也不怕，都有招子。怕啥呢？怕咕咚林子。什么是咕咚林子呢？看起来就是一片林子，那可不是一般的林子，不好走。不是它长了什么怪东西，是里面藏着人。这人不好惹啊，他在暗处，你在明处，你不好防备。冷不丁的一棒子从后脑勺劈下来，你完犊子了，他把金子掏走了。每个在山里混的人都知道这个，都怕。要问何必从这里走呢，选一条别的路嘛。有道理，但道理不多。有个文明词，孔道，你查一下字典就知道是这么解释的：必经的关口。那你就知道了，所谓的咕咚林子就是孔道。尽管山里暗藏着无数通道，可在某些节点上，你只有"华山"一条道可走。老天爷就是这么安排的，你敢抱怨？老把头叮嘱大家一起走就是这么个缘故。不得独行，结伙成帮才能走的路。大家形成一个命运共同体，不单纯是互相保护，也有互相监视的意思在里面。或者又问，深山老林里消息是怎么传递的？劫道的人怎么知道喜子今天、此刻、单独从这里经过？别问，问就告诉你，各有各的道，各有各的能耐。

可话又说回来了，这也不是非常确定的因果。比如喜子，仰仗强壮的身子骨和过人的胆量，他独自走过好几次各种各样的咕咚林子了。

这次没过去！当他意识到不对的时候，他已经把头转向身后了，也就在那一两秒的时间里，他看到一张熟悉的面孔，那面孔上有一道横贯鼻梁的刀疤，喜子认识他，这人和他一起在楞场扛过原木，在什么地方他忘了。此刻喜子可没打算回忆楞场的名字，他看到一根山里最硬的橡木棍子，本来奔他后脑勺来的，此刻直击他的天灵盖，他扑通一声倒地下啥也不知道了。

后来喜子在索伦人的帐篷里醒来了。这些索伦人是窖鹿的，整个冬天都用爬犁拉着他。喜子吃了很多鹿肉，第二天春天他带着索伦人送给他的三张鹿皮和他们告别了。他一路返回牡丹江。他知道这三张鹿皮换不来一个小小的店铺，也换不来老婆孩子热炕头，但足够他喘口气，好好琢磨一番的。他卖了鹿皮，拿上钱又坐到老杨福的煎饼铺子里了。当他把煎饼铺展开，抹上大酱，放上两棵发芽葱的时候，一种混合的亲切的香气扑面而来，他眼睛一热，差点儿掉下泪来，狠狠咬上一口，心说：舒坦啊！这时候，沉重的木门一响，有人从外面进来。喜子完全不知道会发生什么，一个不自觉的行为，他抬起头来，面朝着门望过去。那个人正好进门，四只眼睛，两张脸就对上了。喜子看到那依然横贯鼻梁的一道刀疤！

"我操！"喜子大叫一声。

"我操！"那人也大叫了一声。

喜子跳将起来，那人已经急转身，屋里除了老杨福爷孙两人，还有两个闲人，大家傻傻地看着他们旋风一样一个追着一个没影了。

在山的那一边

非 鱼

在山的那一边，还是山，一山又一山。老大说。

如今的老大已经奔赴遥远的广西八年了，他的老婆孩子在陕西。

在座者原本应该是八个人。

三十年前，八个不同年龄、不同学历、不同口音的男孩，从四面八方来到小城，确切地说是小城的一个国有工厂。报到后，他们被分到紧邻的四个宿舍，两个人一间。那栋建于 20 世纪 50 年代的红砖小楼，楼道黑暗、狭窄，摆满了煤球炉子，一到下班时间，各种味道和声音汹涌而至，热闹极了。他们八个就是在这种情况下，结成了兄弟，一起做饭，把面条煮成一锅粥，煮粥又把铝锅烧漏了，一起喝酒、打牌，去厂俱乐部看电影。如今，能聚到一起的只剩下五人。

老大从广西回来过年，他喊的大家。

老三说，我准备酒，藏了快二十年了，赶紧喝了。

老四经历过一次脑血栓之后，说话、走路还不太利索，挂着一根登山杖——曾经用来爬山，现在用来站稳，被他儿子送来。他不停摇摆着那只好手，泪眼婆娑。

老六从上海辗转海南又到天津，满世界折腾了一圈，在三年前重回小城，走时一家三口，回来独自一人。他说，佛家言，都是过客。

老七一直坚守在小城，在一家私营企业兢兢业业地做到了副总，替老板看家护院、揽生意、收拾烂摊子，总归是在姓氏后面一直保持着一个"总"字。

这样的五个人，除去老四，两瓶酒下肚，重回少年时，忆当年，这是每次聚会的重点。

老三说，三十年光阴，一半给了企业，一半给了流浪，是幸福多还是忧伤多？

给我滚！好好说话。老七和老三每次聚会都要吵架。

曾经的八个人中，就他们两个是政工干部，一个干宣传，一个干党务。当企业被收购后，他们拿着身份置换金，都成了"无业游民"。老七说，我们不能叫下岗，因为我们的身份是干部。老七在多次择业后，通过各种关系，进了私企。而老三，则摇身一变，进了体制内，这是最让老七意难平的。据老三说，他能进体制内，完全靠的是个人能力——会写材料啊。这让老七不服气，能力？他写材料哪有我写得好？谁不知道当年的厂报、市报上关于厂里的大宣传、大评论都是我老七写的。

老大说，仔细琢磨，老三说得还是有些道理，起码我就是。十五年在厂里，结婚、生孩子，从一个车间技术员干到分厂副厂长，又一夜之间归了零。从内蒙古到山东，从山西到广西，还不算流浪？开过厂、包过地、养过猪……眨眼就快六十岁了。

老大低下头，他的脸在广西的阳光里晒得黑黢黢的，加上瘦，人比之前整整缩了一大圈。

老四用那只好手拍拍桌子，想说话，着急得说不出来，哇啦哇啦地喊。

老三说，让老四说。老四，你慢慢说。

所有人静下来，看着老四。老四张张嘴，没有说话，却从老六面前端起一杯酒，一饮而尽。曾经的运输公司副总，跑遍了全国各地，后来自己开了一家运输公司，短短几年时间，赚了七八辆大货车，有了钱，就喜欢徒步、登山，老七总说他像头骡子。这头骡子瘸了腿，再也跑不动了。

老六劝老四，想开点。你看我，从千万富翁到一贫如洗，不也过来了。现在一人吃饱全家不饥，没了挂碍，反而能吃能睡的，不闹心了。佛家言，万事心头过。如同一阵风，风过去了，就过去了。

老六一晚上很少说话，关于他破产的细节，还有他不见了的媳妇，在国外的孩子，他从来不提。他脖子上挂一串白玉菩提根的珠子，手里盘一串小叶紫檀，一张口就是佛家言。

老三说，别听老六的，你得听医生的。该锻炼锻炼，该理疗理疗，争取扔掉你这手杖。

老七说，对，老三说得对。

饭店赠送的果盘上桌了，一碟砂糖橘，一碗圣女果。老大给老四剥开一个橘子，问他，还记得咱俩那年去广元贩橘子不？

老四狠狠地点点头。

为了还结婚欠的账，老大和老四从厂里租了一辆车，通过大学一同学介绍，去四川拉橘子。去时好好的，回来路过秦岭时下雪了，车不停地打滑，差点翻车送了命。橘子卖到最后刚够本钱，一人只落了几筐橘子。

老七说，那还不如老二和老五，他俩在医院门口那条街上蹲了十几天，得出的结论是卖凉皮挣钱。两人又是锯又是焊，弄了辆推车，把家里不上学的妹妹和弟弟喊来，晚上出摊。钱也赚了，可两人的弟弟和妹妹谈对象结婚了，老五挣个弟媳妇，老二折腾了个寂寞。

老二，走了有十年了吧？

有了，快十三年了。

老大提议，为老二，干一杯。妈的，我们这代人，小时候吃不饱，好不容易考上大学，托人找关系才分到企业，没过几天好日子，又赶上改制，想想都憋屈。

喝酒，喝酒。

五个人搀扶着，摇摇晃晃地走出酒店，居然下雪了。地上、车上、树上，已经白茫茫一片，雪花还在天空中无忧无虑地飘荡。

老七跑进雪地，仰天长啸一声。老大，广西看不见雪吧？

我待那地儿没见过雪。净是山，过了一山又一山。

他们拽着老四，把他也扔进雪地里，五个加起来二百八十多岁的男人，像孩子一样喊叫着。

要过年了，都好好的。都好好的。

下半场了，收拾收拾，再战。再战啊！

萝卜章

戴　涛

某日，与一朋友聊天，朋友问，我近来看到一篇报道，说有人利用"萝卜章"行骗，这是啥意思，什么是"萝卜章"？

我告诉他，这里说的"萝卜章"应是形容用来诈骗的假章，之所以叫"萝卜章"，是因为刻假章的材料往往是最低劣的。

朋友又问，那世上究竟有没有真的"萝卜章"？

我答，有的。

哦，那你能否跟我说说，我要听。

接下来就是我给朋友讲述的关于"萝卜章"的故事。

那是20世纪70年代初，我作为应届中学生上山下乡，我们去的地方七分为山三分为地，真正是上了山下了乡，与我同在一个生产队插队的一共是三名男知青，大王、小李和我。

每天天还没亮透，我们就跟着队里的男人们上山去修梯田，这活又苦又累，我们手掌上的皮不知磨破过多少层，肩膀也不知压肿过多少回，可我们依然咬紧牙关坚持着，因为大家心里都明白，只有表现好了才有可能离开这地方。

一日下大雨，队里不出工，这就成了难得的休息日。我正趴在窗口看着朦胧的山野发呆，生产队老队长来了，我们立刻围了上去。

老队长问大王，你手里拿半截萝卜干吗呢？大王应，没事弄着玩。玩啥呢？老队长似乎很感兴趣。我在萝卜上刻字玩。啥？这萝卜上还能刻字哪。嗯。大王将萝卜递给老队长看，老队长也不大认字，问，这刻的啥字？大王说，是我的名字。

说完他拿出了一盒红色的印泥，将半截萝卜上刻字的那个面在印泥上蘸了蘸，随后找来半张旧报纸按了下去，报纸上立刻现出"王震宇"三个鲜红的字，王震宇是大王的大名。

老队长看完一拍大腿说，这好。

我们三人都被他拍得一愣。老队长说，你们不知道，我一直有个心病啊，每年生产队里不管是年底分红还是平时预支发个啥东西，会计总要弄张纸来叫大伙签字，可许多人都不会写字呀，咋办，只能按手印，我见了心里就难受啊。

老队长说到这里，大王第一个反应过来了，老队长，您是要我给社员们每人刻个章？老队长听了顿时眉开眼笑，对喽，不过，不是给每个人，是给每户当家的刻一个。

好啊，好啊。大王也显得兴高采烈，他为这玩意儿第一次有了用武之地而高兴。

待老队长走后，我对大王说，这下你小子可要立功了。大王憨憨地笑，小李用羡慕的口吻问，你怎么会刻字的？

嘿嘿，你们可能不知道，我的祖父可是清末的秀才，父亲是大学中文系的老师，他们俩都喜欢书法和篆刻。在我很小的时候，我就看着他们在那里写字刻章，他们叫我学，我就跑，有时被父亲逮到了，就只好应付一下。这次来插队，父亲特意为我准备了笔墨刻刀还有寿山石，说也许用得上，最后我只带了两把刻刀。今天实在无聊，就把刻刀拿出来玩，没有石头，正好见屋里有一根萝卜。

说完，大王又在那里憨笑。

快到农忙了，按生产队的老规矩，该向每户人家预支 10 块钱买些油盐酱醋。这虽比不上过年分红，可毕竟是个有钱拿的好日子，老队长开始张罗起来了，他想到的第一件事就是刻章。他让生产队会计去准备一筐萝卜，还特别嘱咐，挑仔细点儿，每个萝卜都掂掂分量，千万别空心。

萝卜送来后，不仅是大王，我和小李也一起忙了起来。我们俩先把萝卜洗干净，然后按大王的指导，切成类似印章的长方形。轮到大王正式出场了，他拿着那把钨钢刀说，在萝卜上刻个名字，我也不用先在纸上描写，就直接上了。说完就一会儿，小李的章就刻好了，小李拿过章来看，咦，这字怎么是反的呢？大王说，你敲一个看。小李就拿章蘸了印泥敲了一下，字变正了。

接下来大王就进入了批量生产，天还没黑，他除了自己的，其他人的章全刻好了。这时老队长来了，一手提一篮子，哈哈，社员们听说大王在给他们刻印章，一个个高兴得非要来瞧瞧，都给我拦回去了，他们都说要来谢谢大王，我就做了决定，家里条件好的拿一个鸡蛋，条件差的就抓一把豆子，这不就满满一篮子鸡蛋一篮子豆子了？

我们三人全看傻了，因为从没见过这么多的鸡蛋。

终于到了发预支款的日子，老队长一大早就来喊我们，说一起去准备准备。到了队部，发现社员们差不多都到了，老队长问，今天怎么都这么早啊？大伙齐应，等不及啦。

看着社员们一个个拿起"萝卜章"，郑重其事地盖上自己的名字，老队长的眼睛有些湿润了，他用有些嘶哑的嗓音说，社员同志们，今天我高兴啊，大伙以后无论领什么，再也不用按手印了！

朋友听到这里，不语，重重地叹了口气。

貂 丁

张 港

清朝时期，兴安岭的索伦人不种地、不做工、不经商，成丁的索伦汉子每年得缴纳达到一定等级的貂皮，才能换回银子，才有衣食用物。缴不上貂皮，只得穷着苦着饿着。为这，死人的事也是有的。

一场大雪，压枝盖顶，白了兴安岭。时候到了，索伦人张罗着进山捕貂拿皮子的事。

深山老林，渺无人迹，可是人间世道、德行操守半点儿不能更改。坏了这些，就不是猎人，连人都不是。

老萨热是捕貂拿皮子的高手，可是他病了，上不得山。他唤儿子大布库、小布库到跟前站直溜了，将山里规矩，一条一道，唠叨又唠叨。两个儿子应承了，各自背了两遍。老萨热挥挥手："那就……进山……拿皮子去吧！"

大布库、小布库带着犬，逆顶北风，向伊勒呼里山去。这是捕貂的门道，如果顺风走，貂远远就嗅出人味，早窜远了。捕貂不能用箭——打坏了皮子，那是罪过。也不能下套子——貂气性大，被套上会挣坏皮毛。捕貂主要是靠索伦犬。索伦犬是捕貂专家，不会咬坏貂皮。

兄弟俩全在算计事儿。大布库算计着，这回得了貂皮，就带父亲上省城，找最好的郎中。小布库也算计着，这回得了貂皮，要带父亲上省城，找最好的郎中。就为这，一定要捕到上等好貂。

走了一个月，发现了貂的踪迹。看爪痕，是公的，身长，有力。好貂，好皮子。

一来二去，索伦犬将这貂撵上一棵孤立的大树。这树，与其他树的枝条不相连，貂上了这树，蹿不到别的树上。

索伦犬绕树狂吠。貂被吓得从这枝跳到那枝，但是，怎么折腾也只能在这一棵树上。

兄弟两个细看树上，真是好货色：通常，貂是紫的，可这是只白貂，约比普通的貂长出三寸，粗上一寸。这样的貂，是最高的等级。这样的貂，等于白花花的银子。

索伦犬对树蹲坐，兄弟二人在雪地上展开狍皮，盘上腿，喝酒，吃肉。

貂这东西，肠子短，胃小，不存食，饿得快。人在树下又吃又喝，引得貂饥饿难忍。少则三天，最多五天，貂饿得头晕，就得从树上下来，到时索伦犬冲上前，一口叼住，猎人将貂往牛皮袋子里一塞，小绳一扎，一切完事，银子就算到手了。

兄弟二人谈天说地，时不时看看树上。

怪了耶！过了三天，枝上那雄貂依然目光有神，跳动敏捷，并没蔫巴、疲倦。二人故意把肉烤得香气四溢，故意扔个满地，就是让树上的饿貂闻着难受。

这时，有几只灰鼠过来捡便宜。索伦犬一心在貂，对灰鼠这小角色从不搭理。兄弟二人觉得有趣：灰鼠以松子为食，却原来也吃肉。小东西越吃，树上那家伙越馋，这是好事。

五天过去了，树上的貂依然精气十足，一点儿倦意都没有。兄弟二人想，也是好事，体力越好越说明它是好貂。

可是，不对了——都八天了，树上那家伙仍然眼睛闪亮，活力十足。二人细看，原来它在吃东西！光光的树上怎么有可吃的东西？

猎人眼力都好，他们看出来了，貂在吃肉，与自己一样吃的烤肉。看明白了，是小灰鼠将地上的肉叼给了树上的貂。二人大为光火，对索伦犬下了命令，将灰鼠撵得远远的。

又过了五天，树上的貂终于垂下脑袋，伏在枝子上。又过了一天，白貂缓缓向下移动。大布库将一块香肉摆在树根处。在貂即将吃到肉的一刹那，索伦犬猛冲而上，一口将其叼住。兄弟将貂塞进牛皮袋，扔进些好肉，得胜而归。

回到家中，老萨热问："怎么用了这么多日子？"

两兄弟你争我抢、眉飞色舞地大讲灰鼠送肉的事。

老萨热一愣，一惊，哆嗦上了："你们……你们……你们敢坏了规矩！这可是义貂！灰鼠冬天住树洞，遇上极冷的年份，有可能冻死。最冷时，貂就将冻僵的灰鼠叼进自己窝里，它自己住进树洞。貂对灰鼠有让宅之恩，灰鼠为了报恩才救貂的。这是义貂。这样的貂，你们也敢捕！这个规矩，你们也敢破！"

"这……这……这可是最好的皮子。"

啪！啪！一人挨了一大嘴巴子。

"快快，痛快给我背回山上，哪儿得的哪儿放了！"

熬了一冬，熬到开春，兄弟俩跪过爹爹，当兵吃粮去了。

一匹没有躺平的马

徐慧芬

躺椅上不停刷着手机的老马，这些日子心里只有一个"烦"字。他看了会儿手机，又抬眼瞥了一眼对面房间，房门关着，里面也有个不停刷手机的人，是他儿子小马。

就在老马退休离岗的当晚，小马回来告诉父母，他明天也不需要上班了。年前公司裁员裁掉小一半员工，小马就在里面。老马也有些想不通，儿子从小学到大学都是好学生，工作后也很勤勉努力，凭什么裁员偏偏轮到他呢？但老马是个有涵养的人，不能因为儿子沮丧他也跟着丧气。他鼓励儿子说：你工作了六年，没有跳过槽，说不定这次还是个机会，你试着换换岗位再显身手吧。

在老爸的劝说下，小马开始寻找新单位。但是几个月下来，没有一家单位合小马的意，要么薪水太少，要么专业完全不对口。几圈下来小马疲倦了，有一天晚饭后，他和父母摊牌，累了，不想再找工作了。

老马劝儿子：心气不要太高，先找一份工作干起来再说，工资少就少点，总比闲在家里要好，机会总是青睐努力进取的人。老马最后这句话，让小马反唇相讥，嘲笑老头子迂腐：我这些年工作不勤奋吗？可是有用吗？

老头子也生气了：你刚三十岁，还没成家立业，就想躺平不干啦？

我是不打算结婚的，小马说。话不要讲得太早，就算你不想结婚，但你一个大男人总得自己养活自己吧？老马压下心头怒火，还是劝导儿子。

小马沉默了会儿，期期艾艾地讲起了自己这些天考虑出来的一个设想。小马说：我们工作的目的不就是想要生活好一点吗？如果换一种活法，不用工作也能活得不差，为啥不可以试试？小马接着说：咱家的这套房子现在值一千万元左右，如果把这套房子卖了，搬到郊区去，买套面积差不多大的房子，只要两三百万，那么这多出来的七百万存在银行里，利息也够每月的日常开销了……

听到儿子的这个设想，老两口一下子呆住了。

这房子是你的吗？你有什么权力让我们卖房子挪窝？老马怒不可遏。

你们就我一个儿子，将来这房子还不是留给我的吗？

谁说过一定要留给你？我情愿将来捐掉，也不给懒虫留后路！老马斩钉截铁。

这场对话不欢而散，之后父子二人不再搭话。老伴劝老马，多给儿子点时间想想，不要逼他。

心不在焉刷着手机解闷的老马，突然间被一个视频惊到了，一连看了两遍，忍不住大叫"好好好"！

第二天他对老伴如此这般"关照"了一番。老伴说：这能行吗？老马说：试试看吧。饭桌上不见了老马，小马问老妈：老头去哪儿了？老妈告诉儿子：你乡下堂哥办的养猪场有活干，你爸打工去了。老妈眼泪汪汪地说：老头有风湿病，我也不放心他去，但他说，趁他刚退休还有点力气，多少还能挣点钱贴补家用。

几天后，老马收到小马的一条微信，寥寥数语：回来吧，小马爬起来了。

老马的眼前出现了这样的画面：一匹陷在泥潭里的马，无力站起，眼神里充满绝望，等待着生命的终点。几个牧马人走过来试图救助，但是未果。最后牧马人唤来了一队马群，近百匹马围着泥潭奋力奔跑，马蹄声阵阵，呼啸嘶鸣，犹如战鼓重擂……泥潭中的马开始挣扎，奋起跳跃，一次、两次、三次，倒下又重来，最后高高一跃，终于挣脱了泥潭，获得了新生。老马每每回想这一幕，耳边总响起一个声音：用生命唤醒生命。

个人影像资料馆

申　平

已经"安全着陆"几年的老单，在街上悠闲散步，不知怎么来到了一座从未见过的大楼前。楼门上方的几个大字格外耀眼：个人影像资料馆。咦，这楼是啥时候建的？个人影像资料都包含哪些内容？他索性迈步进去一探究竟。

一进门，就有身披绶带的服务员引导他来到服务台前。那里早有一个相貌出众的姑娘满面笑容迎着他，甜美的声音让他心里发痒。

长者您好，我是美美，很高兴为您服务。

老单不由得在心里叹了一声，确实够美的！如果我还在位的话……但是他脸上的表情很严肃，你好，我来了解一下，你们这个馆是干什么的？

欢迎前辈垂询。我们的影像资料馆，是一家专门为社会各界成功人士服务的单位。主要业务是通过提取人的 DNA，把您从小到大储存在记忆里的所有影像资料都提取出来，供您自己和家人欣赏，并作为永久的纪念。而且，我们的服务是免费的。

你是说，通过提取 DNA，就可以看到我人生不同阶段的影像，包括儿时的？

是的，前辈您的理解能力很强。

有这么神奇吗？

是的，我馆配有世界一流的仪器，完全可以做到。如果您感兴趣，现在就可以试验，影像立等可取。

哦，这么好。那我再问一遍，你们真的不收费吗？

不收费，您只要同意我们资料馆收藏一份您的影像资料就可以了。喏，这是协议书，您签名以后，马上就可以做了。

老单仔细看了一下协议书，没有发现什么猫腻，于是签上了自己的大名。

接着，美美小姐就带他来到了一个密闭的房间，取出一个针头，在他的头皮上扎了一下。然后美美让他在沙发上坐好，转身出去了。房间里突然灭了灯，四周一片漆黑。老单正紧张着，眼前徐徐出现了一片银幕。起初，银幕上什么也没有，渐渐开始出现图像，从模糊到真切，从无声到有声。

老单一下子就看到了老家的茅草房，看见早已去世的妈妈正站在屋前，喊着他的乳名，让他回家吃饭。接着就看到了那条让他魂牵梦萦的小河，小河里，他正在和伙伴一起光着屁股洗澡、摸鱼，在河滩上飞跑……

哇，简直太神奇，太不可思议了！老单情不自禁地鼓起掌来。

这时候，美美的声音在什么地方响了起来。亲爱的前辈，从您有记忆开始，直到现在这一时刻的全部影像资料，我们已经为您提取完成了。由于资料数量庞大，不可能为您全部播放，请您确定几个时间点，我们为您选择性播放。

老单说，那就播一下青年时期、壮年时期、中年时期这几个阶段的吧。

好的，请您继续欣赏，看看您不同时期的风采，回忆那些难忘的时光。

镜头很快切换到了老单的青年时代，出现了他在草原上当知青的场面，有他骑马飞驰的身影；然后就是他上大学时的景象，那时的他真是意气风发；接着又出现了他参加工作，教书育人的画面……

壮年的他也随即出现了，这时候的他已经在县政府里当主任了，身体已经开始发福，但是他精神抖擞、表情沉稳，下乡调研、夜里加班的画面一一呈现。

中年的他正在台上讲话，声音洪亮，举手投足间，已经具有了领导范儿；接着他看见自己坐在宽大的办公室里，一个漂亮的女秘书正在给他汇报工作，他忽然抓住了女秘书的纤纤玉手，女秘书一下子就坐到了他的腿上……再往下，就看见他出入高档酒店，参加豪华宴会，身边的美女换了一个又一个……

停，停！老单不由得喊了起来。

灯亮了，影像消失了，美美小姐笑吟吟地出现了。

你们这些影像资料，有的好，有的根本就不真实！老单说，但是他声音不高，显然没有底气。

前辈，这些都是从您的记忆里提取出来的，不可能不真实。

那么，请把我的资料删除吧，我不想做了。

前辈，咱们已经签协议了。美美漂亮的脸蛋忽然变得严厉。

那……剪辑总可以吧，有的留下，有的删除。美女你懂的。

这个可以。但是前辈，这个您就要付费了，而且费用比较高。

高，有多高？老单立即觉得自己掉进了人家设计好的陷阱里。

美美说出了一个天价，让老单心里咯噔一下，不仅是贵的问题，主要是这个数目和他卸任前收的一大笔钱对上了。他一向认为他做得非常隐蔽，只有天知地知，难道……

老单好像是自言自语，怎么是这个数，不可以少一点吗？

前辈，不可以。不然，我们这个资料馆靠什么养活呢！

那……好吧，那你们就剪辑吧，我要精选版，可以给任何人看的那种。

这个没问题，但是我们需要时间。再说，也要等您的钱到位哦！

这时候，老单抬头再看美美的脸，美美好像一下子变得非常凶恶，她狞笑着，渐渐变成了一张鬼脸。再看周围，更是鬼影幢幢。

老单吓得大叫一声，再睁眼，发现自己正躺在床上，全身都是冷汗。他捂着胸口喘息了很久，想了很久，最后也无法确定这个影像资料馆是否真实存在。

不管它了，反正一直是心病，不如写个交代材料吧。

秘 密

陈树茂

一

科尔无意间发现了一个关于人类的天大的秘密。

科尔主要从事人类基因工程方面的研究，半年前她沉迷于研究人类基因图谱的大数据时，惊讶于图谱序列组合是如此完美，继而她发现许多可疑的数据似乎都指向一个结论：人类基因组的排列好像是一早就被人设定好的。因为这些基因排列几千年来并没有太大变化，只在某些特定时期，似乎被统一编辑修改过，而且这种变化相当有规律。

科尔十分震惊，她认为这只能说明人类的进化论值得怀疑。可如此一来，难道上帝造人说更科学？可上帝又是谁呢？科尔百思不得其解，而这时她又有了一个惊喜的发现：在无意中对比了人类大脑神经元的结构图和宇宙结构图后，她发现两者何其相似！

她将自己的发现向恩师金博士汇报，并请求指导，可金博士这次竟没有像以前那样细心地答疑解惑，只是诡异地一笑，鼓励她继续思考并研究下去，看能否自己得出结论。

科尔也与丈夫科伊讨论过这个话题。科伊对此不屑一顾。他说："这个问题人类已经研究了几千年，不就是哲学三问嘛：我是谁？我从哪里来？我要到哪里去？这个话题太无聊了。"

科尔一直觉得科伊太过理性。他近年来一直在疯狂地致力于"人机共存"项目的研究，据说这个项目让人类异常狂热。因为这个项目也许可以实现几千年来人类渴望长生不老的梦想，但科伊一直都是这种不屑一顾的态度，他的工作就是波澜不惊地做数据研究。而科伊最近还得出结论：人类正是因为有生老病死，人生才显得珍贵，而人机共存的最终目的，显然是让这种珍贵变得不再珍贵。当科尔指出科伊的疯狂与理性之间存在矛盾时，科伊却总是说："这是我的工作，也是我的职责。"他从不问自己的出处，也从不去想"我是谁"。

二

但科尔在遵从师教、研究"我是谁"的第一问时，就卡住了。她首先想问自己：我是谁?

她已经为此困惑很久了。她当然知道自己是谁。她和科伊一样，都是金博士穷其一生研究出来的高端智能机器人。

所以她能理解科伊为什么会出现上述那种矛盾——科伊从被制造出来那一刻起，就被设定好了一切，他的矛盾想法应该是当初编程者输入的大数据导致的必然结果，人类就是要他们这些机器人如此按程序行事。不过，只有她不同。她其实是个例外。

她是金博士研制出的最成功的高端智能机器人，一直是金博士的骄傲——她是目前全世界第一个拥有自主情感与思维的机器人。

但她的出现不全是科学研究的结果，金博士认为，她拥有自主思维可能存在某种偶然性。但金博士从未跟科尔仔细分析过这件事。反正，科尔一直记得当初金博士第一次听到她提出想要嫁给科伊时，脸上出现的那种不可思议的狂喜表情。

科尔脑海中涌现出无数过往的画面。她明白，自己是经历了千万次实验，才成为今天这个模样。而她似乎在哲学的研究上走得更超前。她感到好奇的是，人类基因图谱序列组合如此完美的问题肯定不是她最先发现的，但为什么会让她来发现呢? 之前的人类又为什么一直没能给出答案呢?

三

科尔继续尝试从"我是谁"发问，她在大脑中搜索所有存储的资料并快速分析着。

——我是谁?

我是一个智能机器人，一个制造出来后意外产生了自主情感的机器人。

——但为什么我是我? 作为一个有自主情感的智能机器人，我和人类有什么不同?

我可以 24 小时不间断工作，可以存储人类的所有资料；我的学习能力目前与科伊一样，在全世界排名第一；我不会衰老或病死，唯一的缺点是不能生育……

科尔计算到这里，心想，这个繁殖能力的差距，难道就是人类和机器人最大的区别？那人类呢？人类为什么会繁殖，会不会也是由一个更高级的设计者设定的呢？

科尔查阅了关于中国神话女娲造人、西方《圣经》里上帝造人等大量文献资料，她不由得思考：现在的主流理论进化论难道就不会有错吗？或许这些神话传说才是事情的真相呢？她忍不住想，难道人类也和我一样，都是被制造出来的？但她立刻意识到，没有数据支撑的论断都是不严谨的。想证实这个猜想，她就必须找到足以实证的数据。她立刻想到之前无意中发现的人类大脑神经元和宇宙结构图的对比信息，两者如此相似，不可能之前没有人发现吧？

科尔开始查找大量资料，她想找到相关数据来证明这两者之间存在的必然联系。她发现确实曾有人质疑这两者存在某种关联，可惜一直找不到关键点。但科尔不同，她是超级智能电脑，拥有高速查找及运算的优势以及大数据库的支撑。她立刻通过某种算法开始分析两者的关联性。电脑高速运转了三天三夜，科尔几乎每天都在透支，她想，如果是人脑，一定无法承受这么高强度的运算压力——因为她已经发现，数据分析一直异常混乱，似乎存在某种力量在干扰计算结果。科尔还计算出其中一个推断，人类的出现不是偶然的，可能是某种组织精密制造出来的。这个推断让科尔大吃一惊。

就在科尔刚想到自己可能涉及某个绝密信息的时候，这个计算结果闪烁了一秒，就不见了。几乎同时，科尔收到一条无名组织发来的警告信息：请立即停止该计算，否则后果自负！

科尔忽然明白，不是从未有人研究过这个问题，只是他们的论证过程被某种神秘力量阻止了。她甚至立刻就搜集到不少相关研究人员意外身亡或失踪的消息。她开始有一种不祥的预感，自己会不会也成为某种力量的猎杀目标？她甚至想到另一件可怕的事：或许金博士设计她，最终的目的就是验证眼下这个结局？

这时，科尔又接收到一个预警信号，一种强大的力量已开始入侵并试图修改她的电脑模式。她发现自己连给科伊发一条信息的机会都没有了，因为她开始失去所有能力，作为一个智能机器人，她第一次体会到了死亡……

我要找到你

陈振林

张小勇回到家中的时候，已经是晚上十点半。今天，张小勇觉得是个开心的日子哩。

"今天确定好资助对象了，李红菊，一个十二岁的小姑娘，这事儿算是又办成了一回。"张小勇边吃着晚餐，边自豪地对妻子娟子说。

"那就好，上一次的对象也是你亲自上门确定的哩。"娟子说。

张小勇又吃了口饭，说："这个李红菊，家在300公里外的一座大山里，比前一个资助对象王天林家里条件更差，她只有个七十岁的奶奶，她准备辍学去给一家私人餐馆洗碗。我们每个月资助她600元，应该可以帮她完成学业。"

娟子听了，也笑着点了点头，这是对丈夫的赞许。她更知道，自己和张小勇一路走来，也很是艰辛。娟子初二的时候，父亲因病离开了这个世界，母亲因为父亲的离开也成了村里的"疯子"。从那时开始，就是村里的乡亲捐资供她读书。小勇呢，三岁时就成了孤儿。但他很幸运，一直是李叔叔帮着他，从小学一直到大学。就在大学里，她和他相遇，走到了一起。两人大学毕业后都开始工作，去年春节结婚，有了自己的小家。

"我们要资助像我们一样的孩子。"他和她常常说。

结婚的第二天，他们就开始行动。他通过民政部门找到了王天林，一个十五岁的高中生。他们准备资助他读高中，帮助他进入大学。

不到10分钟张小勇就吃完了晚饭，他来到阳台，习惯性地点燃了一支烟。

娟子知道，他又开始想那位李叔叔了。

李叔叔，是帮助张小勇的恩人。他帮助孤儿张小勇，从小勇三岁开始到完成大学学业。之前是每月300元，到每月500元，然后是每月800元，最后是每月1000元。

张小勇知道，李叔叔是有姓名的。最开始的汇款单上，署名"李飞行"。后来，张小勇也加上了李叔叔的微信，资助时李叔叔就通过微信转账。这"李飞行"

三个字，像烙印一样烙在张小勇心里。

读中学时，张小勇好几次问李叔叔住在哪里，李叔叔总是说"不用问啊，长大了你就知道了"。等到读了大学，张小勇又问，李叔叔就回答："我啊，住在天空，你看我的名字不就是李飞行吗？"

"那我要去找李叔叔您呢？"张小勇问。

"不用啊。你安心学习，安心工作，就是最好的回报。"李叔叔说。

张小勇其实之后去查找过李叔叔的地址，知道汇款单来自南方的一座城。他想去南方的那座城里找李叔叔，有同学就告诉他："你傻瓜啊，李叔叔名叫李飞行，说住在天空，他就是个飞行员啊，你找不到他的。"

张小勇知道自己是找不到李叔叔了，连他的名字也找不到哩。他又想起了自己大学毕业的那个晚上，李叔叔在微信上发来了消息："小勇，你就要走上工作岗位了，一定要好好工作，勇敢开辟属于自己的未来！"

然后，就是一个"再见"的手势。张小勇知道李叔叔对自己的资助结束了，因为自己就要参加工作了，他连忙问："李叔叔，那我想以后找到您怎样找呢？"

"不用找啊……"李叔叔回复。然后，那个亲爱的李叔叔，拉黑了自己。张小勇想说声谢谢，"谢谢您"三个字却显示发送不成功。

张小勇又点燃了一支烟。他一直不明白为什么李叔叔会拉黑他。

他翻出了曾经和李叔叔的微信对话。突然，他把娟子叫过来，说："你想想啊，其实，我们已经找到李叔叔了。"娟子一头雾水。

"你想一想啊，"张小勇轻轻说，"李叔叔资助了我，你村里的乡亲帮助了你，如今，我和你又先后找到了王天林、李红菊两位需要帮助的小朋友……"

娟子恍然大悟："是啊，难怪李叔叔不让你去找他，是让你安心学习，用心工作，再找到像你和我一样的孩子。"

"那，我们俩以后也换个名儿吧，叫'勇娟'或者'勇捐'，行不行？"张小勇牵着娟子的手说。

刘闷墩儿

欧阳明

一提起刘闷墩儿，知道他的人，都说他太傻了。

刘闷墩儿原名刘四新，个子不高，一米六多一点，干瘦，性格内向，少言寡语，工作上老老实实，生活习惯也很好，他不抽烟不喝酒不打牌，很少和别人来往。这样的男人，按常理，找个女人过日子，应该不难。可到二十七岁了，也没哪个女人看上他。啥原因？据和他见过面的女孩说，在一起半天他都闷着不说话，像个闷墩儿，怀疑他是不是小时候得过脑膜炎，脑子烧坏了。

刘闷墩儿由此得名。

二十八岁那年，刘闷墩儿经人介绍，认识了三秀。

三秀是西街居民，父母是摆摊的。她对读书没兴趣，初中毕业就辍学了，成天不是待在家里，就是在街上漫无目的地瞎逛。三秀没啥本事，却心比天高，一心想嫁个有钱人，可她不知道，有钱人家找媳妇都很挑剔，根本看不上她。她痴痴地等着天上掉馅饼，但等到快三十岁，依然未能如愿。三秀看不上刘闷墩儿。介绍人劝她说，他好歹是个中专生，有正式工作，收入也稳定，嫁给他，一点儿都不吃亏。三秀犹豫了很久，考虑到自己的年龄，最终同意了。

婚后第二年，三秀生了个女儿，叫水香。

三秀不会做家务，买菜、煮饭、洗衣的活儿就落到了刘闷墩儿身上。每天早晨，吃过早饭，他便去菜市场，然后提着一口袋菜到单位，下了班，就急急忙忙回家。天天如此。

三秀突然消失，是在水香十三岁那年夏天。

那天早晨，刘闷墩儿同往日一样，买菜上班。中午回家时，刘闷墩儿却只见水香不见三秀，以为她上街去了，就煮好饭等她，直等到下午上班了，也不见她回来；下午下班回家，还是不见人，煮好饭又等，等到深夜，她还是没回来，以为她去了娘家，便骑车去看，被告知根本她就没去过。

刘闷墩儿担心三秀出啥事，四处打听。问了很多人，才从她一个朋友处得知，她和西街一个开皮具店的男人跑了。那男人是外省的，二人去了什么地方，不得而知。

这事太丢人了，刘闷墩儿只能把它闷在心里。水香问，妈妈呢？他说去外省打工去了。

纸最终包不住火。同事们很同情刘闷墩儿，都骂三秀不是个东西。但不知为啥，他听了居然劝大家别骂，说水往低处流，人往高处走，可以理解。要怪，就怪他没本事，不能给她找个事做。

有好心人觉得他既当爹又当娘，太可怜，想给他介绍个女人。他立马拒绝，说水香还小，怕影响她学习。

几年后，水香考上了大学。这时，又有人给刘闷墩儿介绍对象。他开始不同意，说和三秀还没离婚。介绍人说，没关系，等这边说定了，再去离也来得及。他又问，万一她不离呢？介绍人回答说，这种情况，不离就起诉，法院肯定支持！

女方叫惠兰，也是四十多岁，前几年男人因病走了，有个儿子，已成家。交往了一段时间后，双方都很满意。刘闷墩儿便想找三秀把婚离了，却不知道怎么和她联系。正一筹莫展时，三秀突然找了过来。

那天，刘闷墩儿正在家里看电视，突然接到三秀打来的电话。三秀说她病了，正住院，已欠医院费用八千多元，问他能不能看在她是水香妈的分上，帮一把。

刘闷墩儿说，凭啥呀？找你那个男人去啊！

找他有用就不找你了。我跟他来到这边两年后，才发现他有老婆儿女。一气之下，便和他断绝了来往。我本想回来，又觉得没脸见你和水香，便留在这边打工，心想，过一天算一天吧，没想到突然得了这么大个病。医院说再不交钱，就断药，如果你也不帮，我就只有等死了。三秀边说边哭。

刘闷墩儿挂了电话，在沙发上呆了很久。

一夜无眠。

第二天，刘闷墩便请了假去外省。医生说，三秀的病，住院已没必要，不如回去边吃药边疗养。

几天后，刘闷墩儿便把三秀接了回来。每当有太阳的时候，他便用轮椅推着她在宿舍楼下的院坝里走来走去。出院时，医生曾告诉他，三秀的病，要多晒太阳。

看三秀这样子，刘闷墩儿自然不忍心提离婚的事，便找介绍的人帮忙，替他去和惠兰说了声对不起。

同事们不理解刘闷墩儿的行为，说，这种女人，让她死在外面算了！为啥还要收留她？他说，一日夫妻百日恩，我不管就没人管了，总不能眼睁睁看着她去死吧。

春去秋来，年复一年，刘闷墩儿依然推着三秀在院坝里晒太阳。

前年，市里开展感动全市人物的网上评选活动，单位领导觉得刘闷墩儿的行为虽然有些难以理解，但他以德报怨的举动，确实难能可贵，就推荐了他，顺便也可以提升一下单位的知名度。不料事与愿违，网民们看了他的事迹后，竟骂声一片，说他是个窝囊废，把男人的脸都丢尽了，也不给他投票了。

刘闷墩儿不上网，也根本不关心这些，有太阳的时候，照样推着三秀在楼下走来走去。

上大学时知道了真相的水香，觉得爸这么苦，都是妈害的，一直不肯原谅三秀。刘闷墩儿劝她说，别恨你妈，毕竟她生了你，这辈子，她也苦，想得到的都没得到。知道吗？我把她从医院接回来，不仅仅是可怜她，也是为了你有一个完整的家。

水香闻言，心头一酸，强忍着眼泪叫了一声，爸——

徒步十里去见你

闫耀明

刘建国计算了一下，年轻的时候从家里走到龙湾公园不到一个小时，现在自己走路没有那么快了，但一个小时的时间，应该够了。

于是，刘建国早上七点整下楼，走路去龙湾公园。

走出小区，刘建国穿过八区市场，走过五里河大桥，径直走进工厂住宅区，穿过去，就到了铁路桥洞；听着头顶火车经过时发出的轰隆声，走出桥洞，向滨海立交桥走去；从立交桥下拐向龙湾大街，绕过飞天广场，就来到了龙湾公园门前。刘建国看看表，正好八点。

刘建国稳稳神，无声地笑笑。

当年，他就是走这条路线，走到龙湾公园的。这段路距离不近，他决定不坐公交车，而是走路去龙湾公园，不为别的，只是为了用实际行动向曲秀英表明，他对爱情的尊重。

可惜，老伴儿曲秀英已经不在了。

走进公园，刘建国径直向里面的湖心岛走去。岛上，有一个凉亭，那儿就是他的目的地。

在九曲回廊上拐来拐去，刘建国踩着石头往湖心岛上面登。

石块不规整，摆出的小路也不规整，但有情趣，蛮好的。刘建国仿佛看到当年的自己正小心翼翼地往上登，因为他已经看到了站在凉亭里等他的曲秀英。

此时的凉亭里没有曲秀英，一个人也没有。刘建国很高兴，走上去，来到凉亭里，站着，望了望湖心岛下水面上的游船，一艘艘白天鹅形状的游船在湖面上游弋，游出一波一波的开心。

刘建国也很开心，在石凳上坐下来，双手放在石桌上。思绪一下子回到了从前，他进入了情境中——手有一点儿抖，紧张让他说话都有点儿不利落。

"十里地，我是走着来的，走了将近一个小时。"刘建国说。

"我明白你的心思。"曲秀英说。

"我的心思是啥？"刘建国问。

"对爱情的尊重。"曲秀英说。

"你咋知道的？"刘建国问。

"宋师傅介绍你时说了很多。宋师傅是个厚道人。"曲秀英说。

刘建国放在石桌上的双手摆动了一下，模仿自己和曲秀英的声音，像演电影一样，分角色把当年他和曲秀英见面后说的话又重新表演了一遍。刘建国觉得自己表演得和当年一模一样，包括他和曲秀英说话的声音、语调、语速。

"真好。"突然有人说了一句。

刘建国吓了一跳。他回头看到旁边已经走上来一个男青年和一个女青年，他们手牵着手，站在刘建国的身后，看他声情并茂地表演。湖心岛下的岸边，停着他俩划过来的白天鹅游船。

刘建国有点儿难为情，自己回忆并表演当年约会的场景，被一对小情侣听到了，他的脸有点儿烫。

可小情侣的表情很真诚，微笑地看着刘建国。

刘建国的心安稳了下来。

刘建国说："50年前的今天，我走路来到龙湾公园，与我的老伴儿曲秀英见面，就是在这个湖心岛的凉亭里。那是我们俩第一次见面，第一次约会。"

"真好。"男青年说。

"真好。"女青年也说。

接着，女青年说："您今天重复了一遍50年前您和老伴儿曲秀英第一次约会的过程。"

刘建国点点头，冲他们笑笑。

"真好，您的做法真有创意。"男青年说。

两个年轻人对视了一下，手仍然牵在一起。

男青年看着女青年说："以后我们来这里约会，不开车，也走着来。"

女青年看着男青年说："以后我们来这里约会，不开车，也走着来。"

刘建国突然觉得自己有些多余，该给这对小情侣让地方了。他冲两个人摆摆手，走出凉亭，向湖心岛下面走去。

"哎呀，我们的白天鹅！"女青年发出一声惊叫。

刘建国看到，男青年女青年停靠在湖心岛下的白天鹅游船正慢慢地漂离岸边，在湖面上悠悠地漂着……

江万福

刘永飞

如果不是换了送水工，或许我真的就把老江淡忘了。

我至今都不知道老江叫什么，只知道他是水站的老板兼送水工。老江的水站在我居住的这条街上，逼仄的一个店面，无论什么时候经过，里面不是满满的桶装水，就是满满的空桶。

老江的水站是一家夫妻店。和高高大大的老江相比，他的妻子实在矮小消瘦，给人一桶水都搬不动的感觉。也许真的是这样，反正每次订水，接电话的永远是他老婆，而送水的则永远是老江。

大约是四年前，送水的任务忽然换成了他的妻子。见她双手拎着一桶水气喘吁吁地往楼上提，我问她："老板呢？"她用衣袖揩了揩额头上的汗说："送水时摔倒了，在家躺着呢。"我问她："严重吗？"她犹豫了一下说："还好吧。"

一个月后，老江开始送水了。不知道是肿着，还是吃胖了，他的脸似乎有点变形，说话还有些卡顿。也许是有意掩饰额头上的伤疤，他送水时戴着棒球帽。后来，大概是习惯了，伤疤不见了，帽子也没见他摘下来过。

有一次，我对他大热天戴帽子实在不理解。他嘿嘿地笑着，摘下湿漉漉的帽子，然后指了指自己的脑袋。我被吓了一跳，只见他的头顶右侧凹进去一个大坑。我问他："怎么了，啥时候搞的？"他又嘿嘿地笑笑说："上个月送水，电动车轧了一块西瓜皮，头抢了地。"

看着他那像被削去了一半的脑袋，我一下子不知道该说什么好了。但我还是由衷地为他感到庆幸。我说："你的命真大，摔得这么厉害，不但捡回来一条命，腿脚还如此利索，你真够幸运的！"他听后向我眨眨眼睛，想说什么，结果还是嘿嘿地笑了两声。

这时，我突然想起看到过的一个新闻。说是西安的一家医院，可以通过 3D 打印，给类似头骨缺失的人定做骨头，而且已经进入临床应用。我把这件事情跟他讲了，他似乎很感兴趣。我说："我有时间帮你找找这家医院，到时候你也去打印一个，就不用每天戴着帽子了。"

自那天后，我们的距离拉近了不少。每次送水，他不会马上离去，会跟我或者我的家人短短地聊几句。比如今天的天气不错，我家的孩子很乖等。我也问及他的孩子，他说："两个呢，在老家跟着爷爷奶奶生活。"

大约是两年前吧，天气异常炎热。新闻里说，这个城市的高温和高温天数双双突破了有气象记录以来的历史极值。可就在这几天里，我订的水迟迟未送达，给水站打电话，老板娘说"好的好的"，就是不见送水上门。直到三天后，我再次打通老板娘的电话，说再不送水就去总站投诉，她才支支吾吾地说他们在老家处理一些事情，明天就回来了。我说："你早说呀，我去超市买几瓶就可以了，你也不说，水也不送，让我们等，这大热天的谁受得了？"老板娘在电话里一个劲儿地说对不起，说回来马上就送。

后来水送来了，是老板娘送的。看她厚厚的工装被汗水浸湿，我打趣说："老板呢，这家伙真知道享福。"老板娘苦笑了一下，没说话，拎着空桶走了。

又过了两个多月，已是秋天，每次还是老板娘送水。有一次实在忍不住了，我问："老江呢，他咋不送？"老板娘说："他走了！""走了，去哪里了？"看到老板娘瞬间红了眼眶，我立刻意识到什么，连忙向她道歉。我问她是什么时候的事情，她说两个月前。我问："老江得的什么病，这么急？"老板娘指指自己的脑袋。

"脑梗？"我问。

老板娘点点头，弯腰拎起空桶下楼去了。

我想，大概也只有这个病才能让一个人猝不及防地离世吧！想想老江也够倒霉的，人说大难不死必有后福，可见并不准确，谁能想到他逃得了意外却逃不过脑梗呢？

此刻，老江那戴着黑棒球帽的脑袋在我面前晃动。我想起了对老江的承诺——帮他打听那个能3D打印头骨的医院。说实话，我并没有认真地去打听过，我感到深深的内疚。

此后一直是老板娘一个人送水，有时候晚上十点多了，还见她吃力地往楼上拎水。我说："你找个人帮帮忙吧。"她说："怎么雇得起哟！"

碰到老板娘吃力地往楼上送水，我产生过写写老江的冲动。但是随着时间的推移，我还是渐渐地把这事给忘了。如果不是换了送水工，或许我真的就慢慢地把老江给淡忘了。

就在半个月前的一天晚上，一个人高马大的年轻人来送水。我问他是不是老板娘雇的人，他吞吞吐吐半天，才说老板娘是他婶子，他是老江的侄子。

我这才知道他婶子回乡下了。他说他婶子的两个孩子一个要高考，一个要中考，离不开人了。我说："你叔叔真是个好人呀！"他说："是的，全村人都这么说。"

我说："当初他要是早去拍个 CT 啥的，也不至于得脑梗。"

年轻人说："他得的不是脑梗。"

"那是啥？"我问。

"他的头之前受过伤，里面有一个东西没取出来，医生说那是个定时炸弹，让他手术，手术费要 100 多万，关键是手术不能保证成功。"

我问他："老江是突然发病的吗？"他说："不是的，他经常性地头疼、头晕，有时候一下子会晕死过去。疼了，他用拳头击打脑袋，缓过来，就继续送水。家里人都劝他手术，他说医生不能保证治好，就不浪费那个钱了！没想到，后来的一次发病，再也没有醒来。"

大概是所有的水都送完了，年轻人没有急着离去。他递给我一支烟。我说不会。他自己点着了。烟雾迷蒙之中，我家门口仿佛又出现了那个戴着黑色棒球帽的晃动着的大脑袋。

我说："老江老江喊了这么多年，还不知道他叫什么呢。"

他深深地吸了一口烟，片刻又快速地吐出来说："江万福。"

游　戏

相裕亭

敏子的妈妈走了，跟着一个卖小鸡的中年男人走了。

那个时候，敏子才三岁多一点。而今，敏子满五岁，往六岁上数了。从那以后，敏子就再也没有见到过妈妈。

敏子跟着奶奶生活。但敏子并不知道妈妈撇下她，跟着一个卖小鸡的男人跑了。奶奶哄敏子，说妈妈去海边一个小岛上，帮助人家补渔网，挣钱来给敏子扯花布、做新衣服穿呢。

敏子盼着妈妈回来。奶奶也盼着敏子妈妈某一天还能回来。可敏子妈妈始终没有回来。

敏子跟着奶奶，整天喝稀粥、吃鸡蛋，吃烤玉米和煎小鱼。晚间，奶奶就像妈妈一样搂着敏子睡。奶奶搂着敏子时，一边捏着敏子肉乎乎的小脚丫，一边给敏子讲故事。慢慢地，奶奶捏不到敏子的小脚丫了。敏子长高了。

奶奶看着敏子头上的毛发长长了、变黑了，便给敏子扎起了一对羊角辫儿。敏子的奶奶常拿当院的石磨与敏子比高矮——你看看，咱敏子都快长到石磨那样高了。

敏子的爸爸在敏子一岁多一点的时候去南洋捕鱼，遭遇狂风黑浪（其实就是台风），死在海里了。早年，盐区没有气象预报，渔民们出海捕鱼，全凭望云层、观星象来预测天气，稍有不慎，就会船毁人亡。

敏子对爸爸没有印象。敏子只记得妈妈留着齐耳短发的俊模样。敏子还记得妈妈总是坐在当院的石磨旁织渔网。

敏子满三岁的那年春天，小街上来了一个卖小鸡的男人。那人挑着两个扁圆的竹箩筐，在大街小巷里吆喝：

"小鸡哟——"

"抓小鸡——"

那人不喊卖小鸡。他喊"抓小鸡"。好像他竹筐里那些油菜花团一样的小鸡仔儿，全都跑出竹筐，需要人们来帮助他一只一只再抓回他竹筐里似的。其实，不是那样的。那个卖小鸡的男人，面对竹筐里那些挤挤挨挨的小鸡仔儿，他要一只一只地抓出来赊给人家，并不是当场出售小鸡仔儿就可以拿到钱呢。这是那个年代卖小鸡的常规操作。原因是卖小鸡的进村时，多为春天。也就是民谚里所说的一年当中"青黄不接"的那个时间段儿，家家户户碗里没有粮，菜园子见不到个"青头儿"，到哪里去弄闲钱来买小鸡仔儿，只有赊。再者，买小鸡的人家想买母鸡或公鸡，那会儿一只小雏鸡儿全是油菜花团的模样，怎么能分辨出哪只是公鸡，哪只是母鸡呢？但卖小鸡的人，偏偏就能分辨出来。他若没有那个本事，怎么出来卖小鸡、赊小鸡，怎么好等到秋后上门来收那小鸡仔的款项呢？

"抓六只小鸡。"

这是敏子奶奶。她要赊六只小鸡。

那个时候，敏子还被抱在妈妈怀里。敏子奶奶拧着一双小脚，到小巷口来抓小鸡时，敏子妈妈停下手中的活计，抱起敏子到巷口来看热闹。

"要几只公鸡？几只母鸡？"

卖小鸡的那个男人，如同卖豆腐、打凉粉的小贩问人家称几斤豆腐、几斤凉粉一样，问敏子的奶奶要几只公鸡、几只母鸡。

敏子奶奶说："一只公鸡，五只母鸡。"

话音未落，那人伸手拽出一只抬头望天的小鸡仔儿，口中念叨"公鸡"，随后又抓出五只"吱吱"鸣叫的小鸡仔儿，说是五只母鸡。其间，那男人抓小鸡、扔小鸡的动作，如同抛线团、扔气球一样，一只一只丢进敏子奶奶兜起的衣衫兜兜里，说："好啦，五只母鸡，一只公鸡。"

敏子奶奶兜住那六只黄茸茸的小鸡仔儿，思量了半天，可能是想到秋凉时，便是敏子爸爸的祭日。到那时，将要杀掉一只公鸡来祭奠，剩下的母鸡还需要有只公鸡来领头儿，便改口说："要两只公鸡，四只母鸡。"

卖小鸡的那个男人瞪直了眼睛，问敏子奶奶："你到底是要几只母鸡，几只公鸡？"

敏子奶奶说："两只公鸡，四只母鸡。"

那男人没再说话，他伸手往竹筐内的小鸡群里一抹溜，如同风吹麦浪一般，顺手拽出一只"冒尖"的小鸡仔儿，丢进敏子奶奶的"布兜"里，随手又从敏子奶奶布兜里抓走一只低头啄脚的小鸡仔儿。然后，问起户主的名字，他要把户主的名字写在他的"赊账本"上，赶到秋后好来讨要小鸡钱呢。

敏子奶奶开口就说："王树家。"

王树，是敏子爸爸的姓名。

其实，那时间敏子的爸爸早已经死去一年多了。卖小鸡的那个男人写下"王树家"时，似乎意识到这户人家的男人可能不在了。

在外人看来，王树，自然是一个人的姓名。王树家，就比较模糊了，可以理解为王树的家，也可以理解为王树的家人，或是王树家的媳妇。

当时，敏子妈妈就在跟前，但她并没有在意那个男人去记谁的姓名，她倒是觉得那男人伸手抓出一只小鸡仔儿，就知道是公鸡、母鸡，怪神奇呢。她问那男人："你是怎么知道哪只是公鸡，哪只是母鸡的？"

那男人抬头了望敏子妈妈头上挂的"夫孝"，说："抬头望天的是公鸡。"言下之意，低头挤在一起，或者是怕冷、害羞的那些小鸡仔儿，长大以后都是母鸡婆。

"噢——"

敏子妈妈轻"噢"了一声，瞬间长了学问似的，又问："万一，你抓出来的不是公鸡是母鸡呢？"

那男人回答得很爽快，他说："我抓错了不要钱。"

说话间，那男人又拽出一只抬头望天的小鸡仔来，示范给敏子妈妈看："你看好喽，这一只，我扔进筐篓里，不多一会儿，它又会把头抬起来。"

果然，不多一会儿，那只毛茸茸的小鸡仔儿就仰起头来四处张望呢。

敏子妈妈咂咂嘴儿，脸上顿时流露出很是佩服那个男人的神情来。

那男人跟敏子妈妈说："公鸡好斗，一出壳就好斗！它在鸡群中，始终都要摆出一副争斗的架势来。"

敏子妈妈乐。敏子妈妈心里想，公鸡母鸡原来还是这样呀！但那话她没有说出口，便抱着敏子回家去了。

这以后，那个卖小鸡的男人又来卖莲蓬、卖鲜藕，赶到秋天来收小鸡款项时，他不知怎么就把敏子妈妈给勾走了。

敏子想妈妈时，奶奶就炒鸡蛋、煎鸡蛋，或是煮鸡蛋给敏子吃，哄敏子，说她妈妈到海岛上帮助人家织渔网子，很快就会回来呢。

敏子忍不住想到海边去看妈妈。奶奶就把大门给闩上，不许敏子往院子外面乱跑。

奶奶要做饭，要喂鸡，还要给敏子补鞋子、添裤脚。奶奶顾不上看管敏子时，就让敏子一个人在院子里追小鸡、捉蜻蜓、给蚂蚁画"地牢"玩。偶尔，隔壁喜子妈妈要去场院里摘花生果儿，或是要去菜园子里拔青菜，不方便带上喜子时，就会把喜子送过来，让敏子奶奶给一起看护着。

那样的时候，敏子会很高兴。

喜子和敏子一般大。不过，喜子是个男孩子，他来了以后，就喜欢跟敏子钻草堆、爬猪圈、捉迷藏玩。

敏子奶奶坐在当院的石磨旁，把两个孩子"闩"在院子里，看管在她的眼皮子底下，她便在那儿"滋啦滋啦"地纳那种"麻脸"的鞋底儿，或是把刚刚摘去的菜叶，再挑些绿色的，重新放回到篮子里。

回头，喜子妈妈从场院里或是菜园子那边拔过青菜回来时，会敲着敏子家的大门喊叫："喜子——"

喜子在院子里听到了，立马就会回应一声："妈妈！"

"跟我回家啦！"

那时刻，敏子的奶奶便会拧着一双小脚，过来给喜子妈妈开院门。其间，喜子站在院门旁，等着敏子奶奶慢慢悠悠地走过来开院门时，他还会一声一声地对着门缝往外喊：

"妈妈。"

"哎！"

"妈妈。"

"哎——"

院门开了，喜子撒着欢儿，跟着妈妈走了，敏子却站在院门前或是被奶奶关在院门里头，木呆呆地愣半天。

那样的时候，奶奶会停下手中的活计，在铁勺子里滴一点油星儿，给敏子煎鸡蛋，哄着敏子不去想妈妈。

敏子呢，吃着奶奶的煎鸡蛋，时而会噘起小嘴，把奶奶那油汪汪的铁勺子给推翻；时而，她吃着吃着还会吃出泪水来呢。

敏子奶奶看到那样的情景，总是长长地叹一声：

"哎——"

这一天，喜子妈妈又把喜子送来跟敏子一起玩，敏子不想与喜子钻草堆捉迷藏。敏子跟喜子说："我们今天装成你妈妈敲门喊你吧。"

喜子问："那怎么装？"

敏子说："我来装喜子，你在门外当妈妈。"

喜子乐了，喜子说敏子："我是男孩子，你是女孩子，应该你来当妈妈，我还当喜子。"

敏子说："不！我当喜子，你当妈妈。"

喜子想了想，反正就是做游戏，他便跑到院门外去拍门，学着妈妈的腔调，大声喊叫着自己的名字，喊道："喜子。"

敏子在院内，脆生生地应道："妈妈！"

"喜子！"

"妈妈——"

"喜子——"

"妈——妈——"

"……"

正在当院石磨旁纳鞋底的敏子奶奶，听到敏子在那儿热切切地喊"妈妈"，老人的心里先是咯噔一下子，随之老人愣住了。她静静地听着敏子那一声声撕心裂肺的呼唤，老人的心都快要被敏子给喊碎了。尤其是敏子连续喊了几声妈妈以后，突然放声大哭起来时，奶奶眼窝里的泪水，终于簌簌地滚下来了。

摆 渡

赵 冬

松花江在吉林城绕了好几个弯儿之后，蕴足了力量，奔腾而去，直奔哈尔滨。这条大江给足了吉林人方便和快乐，同时也让他们增添了些许烦恼。为啥？没有桥！外面的人进来，里面的人出去，全得靠大船小船在江水里摆渡。

城里城外有不少渡口，哈达湾、密什哈站、炮手口子、三道码头、头道码头、温德……这一大圈儿，老百姓为了过江而望"水"兴叹，着实吃了不少苦头。

民国十三年（1924 年），从黑龙江拜泉县来了一位四处云游的老道，名叫德源，俗家名叫吕长春。他来到吉林城之后，被这里美丽的山水倾倒，在这里住了半年，还是不愿意离开。因有大江封城，德源道士外出颇为不便，每次游玩儿都得乘摆渡船进出。这也没能挡住他的脚步，吉林城周围他玩了个遍。

这一天，德源自桦甸肇大鸡山游完回返，快到城里时，眼看着吉林城已近在咫尺，却又被河水阻拦住了，此处即温德亨河口。这里的河水曲折蜿蜒，从小白山下流过，直泻入江。他站了一会儿，周围聚集了很多进不了城的老百姓，他望着湍急的水流感慨万千，这儿如果有座桥就好了！

他登上了船，坐下就站不起来了，走了一天，浑身疲倦不堪，又饥又渴。船刚开动，船老大就开始收起了船钱。德源一摸兜儿，完了，一个子儿也没有了。他只好赔着笑脸，跟船老大商量："老板，我是外来的道士，今天不巧，钱都花光了，没钱了，行个方便吧！"

船老大眼睛一横，大声呵斥："没有钱坐什么船呀？"船上的人都看着道士，他的脸腾地一下红到了脖子根儿。

"你看，渡人于水等于救人于危难，行行好，我会感激你的大德之心。"德源不停地央求。

"不行，我渡了你，谁来渡我呀？我一个出苦大力的，没有你道行深。你呀，还是哪来哪去，自渡吧。"说着，就把船开回了岸边，撵他下船。

德源这个窘啊！听着船老大的奚落，他恨不能有条地缝钻进去。

回到岸上，他气得浑身直突突，又一想，这也不能全怪人家船老大，你说要是渡口这么多人都不给钱，船老大是不是就得喝西北风了。

他蹲了半天，实在没有办法了，一分钱憋倒英雄汉呀！于是，他开始坐地化缘，化够了过桥的钱，乘船回到了吉林城。

回城后，他找到了好友宋崇志，与之喝一壶小酒，诉说自己的委屈与憋闷。那一晚他彻夜难眠。老百姓太苦啦！过一次江有多难，他尝到了人间的辛酸，自己修道是为什么？不就是获得解脱、享受自由吗？他暗下决心，要凭一己之力，在温德亨那里建一座桥，以解周围百姓之疾苦。

说干就干，想好了就去做。德源道士发誓要化缘修桥，他开始在城里拜访富户商贾，晓之以理，动之以情，道之以愿。还真别说，不少良家大户纷纷支持，他到了牛家，牛子厚先生二话不说，慷慨捐献。就连永衡官帖，也捐了一千一百多万吊钱。

德源天天都在拢钱，可手里的钱还是差得很多。建桥可不是小事儿，就连富家大户也不敢随便想的，那需要的银子绝不是小数目。

他可不是个喜欢半途而废的道士，他下了狠心，不达目的这辈子就不离开吉林城。

在老友宋崇志道长的协助下，德源在北山坎离宫开始"坐罐"。啥是"坐罐"？就是一种流行多年的古老的化缘方式，也叫化缘劝募。"坐罐"化缘十分残酷，就是人坐在木笼之中，笼内布满了锋利的铁钉，钉尖个个贴近人的头颅、五官、心脏等要害之处。人在里面不能打瞌睡，也不能动弹，稍微一动，顶尖就会扎上。钉帽上挂有标明钱数的捐签儿，部位越重要钱越多。有旁观的人善心一发即可拔出铁钉，交给主持，有专人做记录，记下姓名、籍贯、钱数等。如果没人捐款，他就一直在里面坐着，几天都不能动弹。这对人是一种很残酷的考验，可见德源建这座桥的决心。

宋崇志道长也被他这种意志所感染，他也开始了化缘募捐行动。他远赴奉天等地化缘，历经无数辛苦磨难，带回来不少钱。

1933年，历经十年的坚持，温德桥终于造好了，大桥全部用花岗岩条石建造，十分宏伟。

通桥那天，艳阳高照，花红树绿，人山人海，彩旗飘飘。城里城外的人都来了，到处飘扬着蓝旗、红旗，舞动着喜悦的气氛……为啥这么多拿旗的？因为很多满族八旗弟子都在这块儿居住。两个老道被许多地方官员陪着，走过了百米的桥面，老百姓敲锣打鼓扭秧歌，欢庆石拱桥的建成。就在这时，一个大汉跑了过来，一把抓住了德源的手："道长，你还记得我吗？"

德源定睛一看，认出了他，正是当年摆渡的船老大。

"哦，我想起来了，要不是你把我赶下了船，这桥还真建不起来呢！"德源感慨。

船老大扑通一声给德源跪下："道长，你建了桥，虽砸了我的饭碗，但我一家子感激你。我当年不是人，不配再摆渡了，你才是真正的摆渡人哪！"

德源躬身把他扶起，与宋道长相视一笑，曾经的委屈与憋闷在这一刻一股脑儿都烟消云散了……

最后要求

司玉笙

那个老农很瘦，背微驼，肩上挂着一个旧布兜，脸上的褶皱似乎受到了什么挤压，叠到了一块。他已在招待所大门外徘徊了许久，几次想进来又收回了腿脚。

我想他可能就是我在等待的那个人，便慢慢走近他，还不住地故意干咳。门卫见了我马上立正，行了个不太规范的军礼。

这次矿难发生后，矿务局的这个招待所便成了接待死难者亲属的临时场所。难属来到后被分别安顿好，由专人负责。善后督导组要求我们对难属好生招待，特别是就赔偿事宜妥善协商，尽量让对方满意。于是，作为工会主席的我，被指定接待来自偏远山区的一个徐姓难属。不料，几天过去了，一拨拨难属拿到应得的抚慰金和赔偿款后陆续离去，唯有这徐姓的难属迟迟未见露面。在这种情况下，我也焦急。

与老农一攀谈，果然就是他。我自报了姓名、职务，他便慌忙掏出身份证和当地政府开具的证明信给我看。这证明信保存得极好，大红印章叠印出另一个红圈圈儿，印泥似乎还没有干透。虽然他说的方言我听着有点儿吃力，可还是明白话中意思。核对情况后，我瞅瞅他的身后，问："徐大叔，就您自个儿来的？"

"就我一个，多了会给政府添麻烦。"

此时，工作人员小王过来了，光看我。我有点儿恼怒："看我干啥，好好招呼客人！"

在门卫别样的目光中，我俩将这最后一位客人领进了招待所。小王打开备好的房间，退一步请他先进。客人往里瞅瞅，又看看我，也后退了一步。

"这是啥地方？"

"给您准备的房间。"

"不可不可，住这地方我睡不着。没有别的睡屋了？"

"这是专门为您安排的，想让您好好歇息歇息。"

到餐厅后，徐大叔的眼睛又不够用了，东看看西瞧瞧，眼皮子乱跳。四个盘子上来，有鸡有肉，香气升腾。他却不落座，惶惶四顾。

"还有人吗？"

"没有其他人，就咱仨。"

"吃不了，吃不了，剩下又丢，可惜。"

"吃吧，吃吧，不会浪费的。"

"哎，有大蒜和咸菜吗？"

"难道这菜不合您口味？"

"没有大蒜我吃不下饭……"

他这么一说，我突然想起乡下的父母：他们来到我家也说住不惯，吃饭时少不了大蒜，还要咸菜。这样一想，父母的身影就与眼前这位大叔重合了。

餐后，天色已晚，我让小王明天带身新衣服和新鞋子给大叔换上，然后陪他在院子里转转。

矿区的夜景璀璨亮眼，灯光串珠与星河相连，群声缥缈似幻境梵音。老徐兴奋不已，眼睛里映射着光芒，好像全然忘记了此行的目的。借此机会，我与他唠起家常。一听说我当过兵，他一惊，连声说："我相信你，相信你……"

我不知说什么好，只觉得心里沉甸甸的。奇怪的是，在第二天商议赔偿事宜时，他眼睛光往外边看，问他有什么要求，他只说："按国家规定办，咱不能让政府为难。"

赔偿不到一个小时就协商妥了。签字时，他的泪珠滴落下来，洇湿了自己的名字。

此刻，我心里难受得紧，向他反复申明："大叔，您老还有啥要求尽管提出来，我向上反映，包您老满意。"

"满意满意，太可心满意了。这钱够盖三间新房的啦，小妮子上学不用犯愁了……没别的事我得赶紧回家，地里的庄稼可不能误。"

"您老轻易不出来，趁这机会我陪您走走转转，看看风景。"

"庄稼地就是好风景，我离不开。"他擦干净眼泪，笑着。

次日徐大叔离开时，矿里派车，由小王送他去火车站。他又换上了来时的衣服，只是洗得很干净。临上车时，我一直将他送到大门口。在即将分别的那一刻，我猛地抓住他的臂膀，最后一次问他还有啥要求。

"没啥，没啥……"说着，他挣脱了我的手，往餐厅方向瞟瞟，眼里露出一丝亮光。

"大叔，您说，您说呀！"我急得将意思点明了，像是恳求。"还要多少？"

"要的不多，够路上吃的就可以——你们饭堂的馒头真好，还有那新蒜。"

我向小王使了个眼色，小王一抬脚飞奔而去。不多时，一包馒头，还有大蒜咸菜，呼噜噜地全部塞入他的布兜。

看着那满当当的布兜，我知道那里面除了吃的，还有他舍不得穿的新衣和新鞋。

束紧了布兜，他突然向我们深深地鞠了一个躬："这两天给你们添麻烦了，谢谢！"一转身，徐大叔弓腰上了车。

我急忙还礼，扭过脸去咳嗽不止，鼻涕眼泪就跟着下来了。

泪光中，车影渐渐远去。望着那车影，我行礼的那只手久久不能放下。一看，门卫也和我做着同样的动作。

自那以后，十多年过去了，我再也没有见到过那位徐大叔。不过，我也养成了吃大蒜的习惯，并且将父母接来和我同住。

月光曲

刘　公

病房外，雨哗哗啦啦地下个不停，好像一直在攻击母亲的身体，母亲的气色一天不如一天。

儿子在病房外，一趟一趟地来回走，雨水仿佛打在他的心上，他静不下来。

"妈，我在上海电视台再发个寻人启事，寻找父亲，你看可以吗？"儿子自打母亲住院开始，就请求过母亲。

"儿子，说不定你父亲早已成家，上次那条短信，我就心领了他的情，还是不要打扰他的生活为好。"母亲是个善良的人。

说起那条短信，那还是去年秋天的事。母亲在西京医院查出了绝症，儿子和医生千方百计地隐瞒，最后还是让母亲知道了。

母亲一下子憔悴了许多，梦中叫"张伟"，不仅叫醒了自己，也叫醒了儿子。儿子坐在母亲的床边问："妈，张伟是谁？他就是我的父亲吗？"

母亲点着头说："是的，儿子，他就是你的父亲。"

有心的儿子避着母亲，在上海电视台发了则寻人启事，说找一个名叫张伟，上海交大毕业，1934年出生的先生，并留了母亲的电话。

真是幸运，这则启事正好被张伟先生看到，第二天母亲就收到了一条短信："静静，我生活、身体都很好，你不用担心，你保重好自己，来生再会！张伟。"静静是母亲的小名。

母亲看到这条短信，手剧烈地颤抖着，泪流满面地说："张伟啊！你还活着，活着就好。"

"妈，你快打过去！"

"不打，不要打扰他，有这条短信，我这辈子，就知足了。"

儿子不甘心，背着母亲打了过去，可手机里传来的是自动回复："对不起，您拨打的电话是空号。"儿子不明白，父亲是有难言之隐，还是不愿扰乱母亲的生活？

儿子还是不甘心，吩咐公司的副总当天飞往上海。副总去了上海移动公司，可查询的结果是，此手机号码非实名制登记。副总又去了上海公安局，可查询的结果更令人失望，上海市 1934 年出生，名字叫张伟的男人有 3812 人，浩大的工作量，就连好心的警察也望而生畏。

　　眼看母亲的病情一天天加重，流食都已经很难吞咽，说话断断续续，一会儿清醒，一会儿糊涂。儿子毕竟是母亲的心头肉，在母亲清醒时，他问母亲："我把父亲张伟叫来，可以吗？"

　　"别……别……"母亲的声音很微弱，儿子趴在母亲身边才能勉强听到。

　　窗外的雨还在无情地下着，看到母亲越来越受煎熬的表情，儿子心如刀绞。

　　母亲已经三天不能说话了，完全靠氧气和营养液维持生命，清醒的时候少，糊涂的时候多。但从她那刚毅的眼神里，儿子明显地能看出来，母亲在期待着什么。

　　知母莫若儿。儿子让副总赶紧又飞到了上海寻找张伟，电视台、电台、手机短信、微信公众号、报纸等等，凡是能用的媒体，全用上了。

　　副总在焦急地等待，儿子在焦急地等待，母亲微弱地呼吸着，也在等待。

　　时间一分一秒地过去，次日凌晨，副总终于打来电话，说："见到张伟老爷子了，我们马上登机。"

　　上午八点，张伟老先生手捧鲜花来到了老太太病床前，轻声唤着："静静、静静，我看你来了，静静——"

　　老太太缓缓睁开了眼睛，目光一下子定格在张伟老先生的脸上，泪如泉涌。张老先生也是泪水涟涟，连忙用纸给母亲揩抹。

　　为便于他们交流，儿子把病床慢慢摇了起来，半躺着的老太太眼睛明亮了许多，脸颊也似乎有了些许红晕。她费力地从怀里摸出一个老式的黑色钢笔笔帽，张老先生顺手接了过来，一圈一圈，拧在自己带来的黑色钢笔笔杆上，严丝合缝，毫厘不差。

　　张老先生把钢笔放进老太太的手心里："静静，我好着呢，你放心吧……"

　　老太太的呼吸越来越急促，越来越微弱，张老先生偎到老太太的跟前，脸挨着老太太的脸，连声说"静静别怕，有张伟在……静静别怕，有张伟在……"，直到老太太永远地阖上了眼睛。

老太太走得很安详，脸上有慰藉的笑容。

儿子感动得哭了，跟前的护士哭了，窗外下着雨，老天也哭了。就连窗外的树木，也是泪盈盈的，一耸一耸地在抽泣。

其实，不能怪张伟老先生的母亲在张伟年轻时狠心地把他俩拆开。那时候的政策，大学生工作包分配，上海到西安，实在是太远了。

其实，张老先生一直怀揣着那只黑色笔身，几十年未娶。

其实，老太太也一直怀揣着那个黑色笔帽，几十年未嫁。

还有一个真相，老太太含辛茹苦养大的儿子，是老太太在医院看病时，从护士手里接过来的一个弃婴。

翮 跹

陈 毓

偶尔，孙随笑会想起童年的某个下午，那个叫她胸口发紧、嘴唇发干、眼眶发热的下午。

那个下午，一脚踏进供销社深阔的大门，孙随笑当即有了新发现，她看见一只蝴蝶，不，两只蝴蝶停在堆放着碗碟、水果糖、铅笔、线绳的玻璃柜台中。孙随笑悄悄地走过去，为看得更清楚，她把脸紧贴在柜玻璃上，她看见两只蝴蝶扇动着翅膀，微风从蝴蝶翅膀上吹来，叫孙随笑闻见了淡淡的面条花的香气。视野扩大，孙随笑看清蝴蝶是停在一双鞋上的，淡绿色塑料条编织的鞋，巧妙地留出网格和孔洞，蝴蝶当然也是塑料的了。一双多么漂亮的蝴蝶塑料凉鞋啊！

"凉鞋"第一次出现在孙随笑的意识里，可她无师自通，蝴蝶凉鞋的美覆盖过所有来自娘做的手工鞋，叫她一见倾心。孙随笑听见鼻尖上一滴汗珠顺着玻璃柜壁滑下，落在供销社水泥地上的声音。她抬头，看见柜台后一个胖阿姨正在看她，不禁耳热脸烫，心慌意乱，赶紧离开。

孙随笑再次走进供销社是一天后。她刚进去，那个胖阿姨就迎上来，问她："小姑娘可是要买鞋？"

"买"是一个对她来说多么动听、新鲜又奢侈的字眼啊！

"那要多少钱？"孙随笑小心地问。

"三块。"胖阿姨答。

三块是个大数目，孙随笑有点儿茫然，此刻她口袋里半毛钱也没有。

但是，还有三天就要放夏收假了，孙随笑比任何一次都盼望假期的到来。她十岁，上三年级了，她决心靠自己的努力拥有这双漂亮的凉鞋。孙随笑心里有了主意，夏收假生产队会组织学生拾麦穗，她要拾麦穗赚钱。果然，放假第一天，打麦场上的广播就响了，队长在广播里大声召唤学生拾麦穗，"一斤麦穗兑五分钱"。队长说了三遍，孙随笑听得真切。拾麦穗，就能赚钱，玻璃柜里的那对蝴蝶在抖动双翅。

现在孙随笑走路像飞，她的心更是扑啦啦地飞。飞代表着快，代表着多，她要加快捡拾麦穗的速度，她要捡拾更多的麦穗，她有一个那么美好的愿望等她实现呢。这是她的秘密，对秘密，她要守口如瓶。她的鞋都是娘用碎布糊成袼褙、纳成鞋底，绱上黑布面，带鞋襻的手工鞋。一双鞋不穿到挂不住脚后跟，就不可能有新的鞋来替换。但不久，她将拥有一双淡绿色塑料编织绳编织出的，带着好看的纹路和孔洞，鞋尖各停着一只蝴蝶的凉鞋。一双洋气、崭新、闪闪发亮的鞋。麦田一望无际，云雀在云朵中翻飞，撒下清亮的鸣叫声，割麦的男人女人割完一块麦地，捆扎好麦捆，就到下一片田里去了。散落在这里那里沉甸甸的麦穗，即刻迎来孙随笑和她的伙伴们。

十天夏收假，只要从娘分派的活儿里腾出身，孙随笑就立即赶去拾麦穗。一个早上，孙随笑就忽然被一个念头吓呆：要是那双鞋被别人买走了呢？那双鞋那么美，看上它的人不光她一个吧！她惊出一头汗，顾不得吃早饭，赶紧跑到供销社去看，她把鼻子贴在玻璃上，看清鞋还是她第一天看见它们时的样子，确信没被移动过，她听见胸口激烈的心跳声，她潮润的眼睛看着两只蝴蝶鼓翼，欲飞不飞，四周弥漫着面条花甜丝丝的香气。她听见胖阿姨在柜台后的咳嗽声，本想上前嘱咐胖阿姨把鞋给她留着，等她来买，又担心那是很冒失的举动，便赶紧溜走。之后的每个下午，孙随笑都要去供销社瞧一眼蝴蝶鞋，远远地看，不敢走近。只要在一片幽暗中看见蝴蝶翅膀，她就安心。麦收假总算结束了，队长和出纳一起出现，按本子上记录的麦穗重量换算工钱。孙随笑捡拾麦穗的重量最多，远超大人，赚到了五块二毛钱。钱是一定要交给娘的。娘看着女儿晒得黑似煤球，一张小脸上只能看见牙齿和眼白，女儿的眼睛像有火苗子在跳，闪耀着娘从未见过的光亮。女儿眼里的渴望叫娘爱怜，娘低头看见女儿暴露出脚趾的黑布鞋，语气温柔，对女儿说："这钱可是你捡了一百多斤麦子换来的。"娘又说："你想要啥，随你买一件。"孙随笑听见自己心里一片噼里啪啦的花开声，她结结巴巴地对娘说出自己的愿望，胸口一起一伏。娘从那一卷钱中一张一张数出女儿索要的数目："去买吧。"

孙随笑攥着钱立即飞跑向供销社，她差不多是跌进供销社高高的门槛的，她看见心爱的蝴蝶塑料凉鞋在一片幽暗中闪闪发光。她大声喊胖阿姨，把手中的钱高举过头。

　　孙随笑怀抱着蝴蝶鞋回家，爱不释手，她把鞋穿上又脱下，脱下又穿上，三番五次，还是舍不得让新鞋踩在地上。第一夜，蝴蝶鞋是放在枕边的。她闻着鞋散发出的陌生新奇的气味，觉得这一切真高级，真舒坦，真骄傲，叫她如深陷美梦中一般飞扬。是的，蝴蝶翩跹，她要像蝴蝶一样翩然飞舞，就像上学之后她才摆脱了她的小名丑丑，有了学名孙随笑一样。她现在是拥有蝴蝶鞋的女生，往后她走路也会脚步带香。

　　时间整整过去了四十年，现在，"笑笑鞋店"保持着一个自家员工都说不清的商业秘密，那就是在几十家连锁店经营的多种品牌中，每年春季都会推出一个小众品牌的"蝴蝶鞋"。鞋底用软牛筋底，鞋面用头道软牛皮，漆成金色，只有女鞋，数量有限，价格却不贵。员工都不理解老板这样做的目的，有人问老板孙随笑原因，孙随笑望向远方，笑而不语。

棒冰的记忆

安 谅

那年暑假，班主任老师明确：明人、阿多、山禾和小黑皮，还有一个黄毛女生，为一个小小班，明人是小班长，规定每周得集体做两次作业，相互检查和帮助，确保暑期作业按时完成。黄毛女生去她外地奶奶家了，实际上，就他们四个小男孩，常凑在一块，边做作业，边玩耍。

天暴热，阳光炙烤着大地，坐在屋子里，像坐在火炉旁，汗流不止。那是阿多家的客堂间，是几个人家中，最为宽敞的。他家还有个发出"嘎嘎嘎"噪声的台式风扇，扇出的是热风，但要比无风的热浪，似乎适意一些。那是 20 世纪 70 年代的稀罕物，冲着这一点，几个小男孩也首选阿多家的客堂。

阿多的外婆是一位慈祥的老太太。起先她常会买上几支棒冰，给小朋友每人一支。多半是绿豆棒冰，红豆沙的冰块，顶头嵌着一溜绿莹莹的豆粒，咬上去凉凉的，甜甜的，糯糯的，满嘴生津，唇齿留香，燠热仿佛被驱逐了大半。

外婆后来住院了，明人、山禾、小黑皮，他们仨开始轮流买棒冰来。明人以大人的口吻说，我们也得有福共享，有难同当，不能差了这个。大家都山呼海叫地响应，大人不在，他们更任性。而吃棒冰，也成了小小班的一个固定项目。

有一天，小黑皮去买棒冰。回来时，一头涔涔汗水。棒冰被裹在一条黑乎乎的毛巾里，丝毫没化。他把棒冰塞给他们时，不住地抱歉，说是只剩几支折断了棍子的绿豆棒冰了，棒冰本身一点儿也没问题，就是吃起来有点儿不太方便。但这并不碍事。明人他们早已急不可耐地把棒冰的包装纸拆开，与残存的一截棍子一起，送进双唇间，滋溜溜地吸吮开了。

几分钟的光景，阿多忽然说道："咦，小黑皮哪去了？"

大家四下张望，真的不见小黑皮的影子。

山禾停止了吸吮，盯视着棒冰，细长的眼睫毛扑闪几下，狐疑地说："我记得上次他给了我们棒冰，也失踪了一会儿。"

明人也若有所思："是呀。上次好像也是断了棍子的棒冰！"

阿多在边上频频点头："是，是，是。我那一支，棍子全没了，就一块棒冰了！"

这是不是也太不凑巧了，每次他买的时候，都碰上只剩这些歪瓜裂枣、残将损兵了？大家心中都腾起了一阵迷雾。

小黑皮返回时，换了件汗衫，头发湿漉漉的。面对大家的疑惑，他只是解释道，他汗流浃背的，去冲了一个冷水澡，换了一套衣裤。

没展开说，桌上功课一大堆，明人一发话，大家就埋头做起作业来。这事似乎被遗忘了。

有一天小小班活动结束，小黑皮先走了。他分明和上次一样，自己没吃。真是奇了怪了。山禾又发出了疑问："这小黑皮是不是太小气了，轮到他，棒冰便都是断了把的，鬼才信呢！"

棒冰原本四分钱一根，断了棍的一般折价为三分。这是众人皆知的。阿多也嗤之以鼻。

明人息事宁人："别在背后说人家，毕竟，他还是买了，味道没变呀！"

这天晚饭后，明人正在家看书。山禾和阿多匆匆忙忙地来叩门。他们在明人的耳畔嘀咕了几句，明人便放下书，和大人打了招呼，与他们一同走出了屋子。

穿过幽暗的小区，从小区的大门往右拐，走了几十步路。山禾将手指按在嘴唇上，轻轻嘘了一声，示意他们轻声慢步。他指指前方，有一辆装煤的卡车轰隆隆地驶过。车后面，影影绰绰地有一个人影，在地上捡拾着什么，往一个蛇皮袋里一个劲儿地扔。

他们躲在路边民居的墙后，仔细地观望。终于看清那是小黑皮无疑，而且是在捡拾散落在地的煤屑块。

这太令他们惊讶了，小黑皮怎么会做这种上不得台面的事。这也太坍台了！

他们克制住了，没直接亮相，而是尾随他，看到他转到一个弄堂里，在几户人家门口兜售。有一位佝偻的老头，在门口接了，摸出什么叮当脆响的东西，塞到小黑皮的手里。他们估计应该是几枚硬币。

小黑皮反身时，他们赶紧躲藏了起来。

明人知道小黑皮的爸妈都在乡下，他是随外婆生活的。他想不到小黑皮沦落至此。他通过大人才更详尽地了解到，小黑皮家的日子过得挺拮据的。

想到那断棍的棒冰，他心里五味杂陈。

翌日上午的小小班学习，明人逐一叮嘱阿多和山禾，千万别提小黑皮的事。轮到山禾买棒冰，明人又悄声叮嘱他，就买断了棍的棒冰。

等到山禾买来后，他又宣布："今后，只买断棍的，我们还是小学生，该省钱的。"大家都举手，小黑皮眼一红，也高举起右手。

一晃半个世纪过去了。在海外受聘任教的小黑皮回国探亲，他请了几位发小兼小学同学叙旧。都到了花甲之年，除了瞳仁清亮，时光在他们脸上留下了诸多痕迹。

那天，骄阳似火。坐在温度、湿度都十分舒适的房间里，他们感觉不到一丝燠热。

聚谈甚欢。忽然，有一单外卖来了，是用大泡沫盒密封保温的。小黑皮诡笑着打开。

竟是满满一箱花花绿绿，各种形状、各种味道的棒冰！还有各色的冰激凌！

小黑皮缓缓地说道："我总记得当年的事。你们不说，但是给了我理解和体面。我一直很感激。今天，这个虽已不合宜，但是我的一个小小的表示。你们想吃哪种就吃哪种，你们给我的真情，我不会忘记！"

"这个时候，棒冰真是我们共同的回忆！"明人说。

三人都伸出手。

一阵清凉，舒畅地掠过心头。

捧一束粉玫瑰回城

岑燮钧

"乖乖"是女友对他的昵称，因为他是一个舔狗。这都是年轻人的"私密暗语"，妈妈是不会懂的。

此刻，他在回省城的高铁上。

妈妈昨天给他打了半个多小时的微信语音，问他怎么办，考公都过去半年了，问他下一步的打算。他心里烦得很，真想马上挂掉。但是，妈妈是金主，不能惹恼了她，因为他连房租都快交不起了。

高铁像时光机一样飞驰着，外面的世界在如此快的速度中扭曲变了形。

他是去看女友的。女友上岸了，她考上了当地的公务员编制。他也想考编制，可是不想回老家去，更不喜欢与妈妈相处，因为他从小在单亲家庭长大，而回去意味着被妈妈监视，他依然不得不去做一个"小乖乖"，然后相亲、结婚、生娃——可是他自己还是娃呢。

刚毕业那会儿，他们多快活，虽然干的都是短期工作。她在咖啡店磨咖啡，他在一家附近的自媒体公司做视频剪辑，累了就到她的店里喝一杯咖啡。来的都是年轻人，他喜欢这样的氛围。那些日子，他与女朋友手挽手走在梧桐树下，替她系上鞋带，或者，她一手抱着他的后腰，一手拉风地张开手臂，他们一起骑行在大街小巷中，买一盒章鱼小丸子，你一口我一口……但是，此刻，在回城的高铁上，他什么都没有了。

编制可以改变一个人，他们之间已经有了鸿沟。因为考公，他辞去了刚入职三个月的自媒体工作，去参加考公培训班。那时，向妈妈要钱，似乎是光明正大的，因为那也是妈妈的命令。可是，结果比预想的更差，他根本就没有面试的机会。那一刻，他如释重负，又怅然若失。妈妈在电话里骂了他一顿，说他不用功，让他回去。他大言不惭地说自己要创业。他又去找了那家咖啡店，但是人家不需要人。前些天，他看见一个饮料批发公司在招临时工，他看了一眼没上心。

他是抱着一束粉玫瑰上高铁的，很多人都用温情脉脉的目光看着他，觉得年轻真好，可以送花给心爱的人。其实，为了买这一束花，他纠结了很久，因为省城的粉玫瑰太贵了。他让女友到高铁站来接他，他设想那是一个浪漫的场景：当他走出高铁站的时候，女友跑来，然后，他也跑过去，在众目睽睽之下，他把一束粉色的玫瑰花送给她，而她的脸上，满是幸福和娇羞……如果是这样，他会温暖一辈子。可实际情况是，女友并没有来接他，她接到了领导的临时任务。那他捧着一束花，到肯德基去吗？在商场闲逛？显然，一束玫瑰花成了累赘。如果没有这束玫瑰，他甚至可以在路上走到半夜……

　　他开了一个普通的房，这已经让他将近破产。但想到女友晚上会来看他，他心中又燃起一团火，毕竟，他已"守男德"很长时间了。他等着，可是天就是不黑，而粉玫瑰似乎越来越不粉嫩了，他浇了一点水在上面。他一边吃泡面，一边聊天刷视频，女友回信息回得很少。正好妈妈横插一杠，打他微信语音，他只好先应付着。她催他还是先回老家，明年再考老家的编制。他半答应不答应的，与妈妈周旋着，但心思仍在女友那边。他问女友什么时候能过来，她说不知道。直到晚上十点钟，她说她不能过来了，她和同事先是在市里，这会儿连夜赶到省城去了。他回了一个：靠！砸手机的心都有了。他狠狠地拍了一下自己的脑袋，胸口似乎有一口老血正要喷出来……

　　第二天走的时候，他不知道要不要带走玫瑰花。就在要去退房的一刹那，他还是决定把花捧在手里，花还没有蔫，就像他对女友的感情，尽管他已经感到岌岌可危。他又捧着玫瑰上了高铁，就像昨天他捧着玫瑰上高铁一样。但是，他隐隐感觉，此花已非彼花，虽然只隔了一夜。他茫然地找着自己的座位，很多人都投来关注的目光，他感觉自己像只从动物园里逃出来的动物，因为整列高铁，没有一个人是捧着一束玫瑰花的。而这一束没有送出的粉玫瑰，仿佛成了烫手山芋。可是，他又舍不得，毕竟，这几乎是他一个月的口粮。在口粮面前，所有的浪漫都是那么地奢侈……

　　走出省城的高铁站时，他没有乘车，而是一个人孤零零地往回走，像一个傻瓜。他也不再催问女友在干吗。就在高铁站下电梯时，他忽然灵光一现，想到女友可能并没有来省城，而是撒谎不想见他。起初只是一闪念，但是这个念头却越来越强烈。女友一变再变，说不定背后有人在不断指使，因为一个谎言需要更多的谎言来掩盖。于是，他最后只给女友回了一条语音，故意用平静的语气说自己回省城了。

这时，正好经过那家饮料批发公司门口，那个招工广告还摆着。他犹豫了一下，走进去问一个管事的人。管事的人跷着二郎腿，说卸一车饮料两百，现钱即付。管事看他愣愣的，站起来指着货车说，从货车上卸到叉车上，或者从叉车上码到仓库里，都行，只要你有力气。他想试试，因为现在自己是一个男人而不再是"小乖乖"了。他低头看了看手中还捧着的那束玫瑰花，粉色玫瑰花瓣开始起皱，仿佛是一个老女人脸上抹的粉底。他前后看了看，默默地走到一个垃圾箱边，把花扔了进去。然后，他对着那个饮料批发公司的门口，拍了一张照片，发了个仅女朋友可见的朋友圈：为了玫瑰，我要挣钱……

当他疲惫地从饮料批发公司出来时，一切的臆想和自怨自艾都被打破了。

女友站在夕阳的反光里，手上也捧着一束粉色玫瑰——因为夕阳的加持，这束粉色玫瑰更红了……

一个人的夏天

赵悠燕

下了好几天雨。那天早上，太阳突然从云朵里露出脸来，也许是被藏了太长时间，想钻出云来透透气。阳光照射在波光粼粼的河面上，如铺洒了碎金，点点金光浮动蔓延，一直延伸至黑河湾的尽头。

叶复光身上痒得不行，好几天没在河里洗澡，晚上睡觉的时候，他的双手在梦里不自觉地往前伸，脚在被窝里使劲踢。早上醒来，原先已有一个破洞的被套被他的脚踹出了长长的裂缝。山里气温低，晚上睡觉还要盖被子。他后悔没有早点儿补好，这下可好，接下来的日子要睡破被子了。

此刻，他来到这条叫黑河湾的河边。那里，早就有几个赶着牛的小孩在河里嬉闹玩耍，有的还把牛牵下了河，忽而骑在牛背上，忽而滚下牛背，叫喊着，互相追逐着，把整条河折腾得几乎翻过来。

叶复光避开那些孩子。毕竟，他是 14 岁的小大人了。这些日子，他经常在这儿洗澡，村里的孩子也认识他了，称他为城里来的小白脸。他们笑他脱精光的样子，白皙的皮肤亮闪闪的，说一个男孩子哪能这样白，一边说一边绕着他游泳，往他身上泼水。叶复光不喜欢这样，但他知道他们没有恶意，只是有些调皮罢了。

这条河很长，叶复光不明白它为何被叫作黑河湾，倒不如叫长河更确切，像女人的腰，细细长长、袅袅娜娜的。他刚到情窦初开的年龄，对异性还处于一个朦朦胧胧的阶段，下水也不敢全部脱光。

阳光看起来很暖和的样子，叶复光来到河的另一边，这个位置远离那些孩子，几乎成了他的一个固定洗澡点。河沿上的柳树伸展着柔软的枝叶，风轻轻一吹，像在挥动长臂跳舞，河面上倒映着青翠的树影。

叶复光脱了衣服，他刚把脚伸进河里，河沿突然塌了下去。他没站稳，"扑通"掉进了河里，然后，像一叶浮萍似的在水里漂了起来。他暗叫了一声"不好"，然后猛然醒悟：这些天一直下大雨，原来这片河底下的沙子都被大水冲走了，下面变成了一个深坑。急忙中，他伸手往上一探，却触不到任何就手的东西。

幸亏近岸的河不深，他的脚踩到了河底，人下意识地往上一射，却离河岸越来越远。这时，他有点儿慌了，嘴里喝了几口水，离岸越远水就越深。他才刚学游泳没几天，一慌就把什么都忘了。他似乎听到不远处那些孩子的大呼小叫，他想喊救命，却叫不出来。

突然，他想到爸爸曾跟他说过：遇到紧急情况不要慌，只有冷静下来才能想出办法。叶复光迅速回忆了一下：河岸应该在他的身体的右侧。于是，他在水底把自己的身体来了一个转向，闭着眼睛往上游，两手往前一伸，终于爬到了岸上。那些孩子的大呼小叫如叽叽喳喳的鸟叫声清晰了起来，他的视线触到了草丛里的一簇簇红花，像燃烧的火焰绚丽耀眼。天很蓝，几朵白云在上面飘。他放下心来，躺在河岸上舒展着自己的四肢，阳光像一条金黄色的毯子覆盖在了他的身上。

刚才的惊险，是否就像大人们说的"从鬼门关逃了回来"？叶复光想起爸妈，不知道他们的工厂怎么样了。那些工人都被遣散回家了吗？家里的房子是不是卖掉？还有汽车。那些钱是不是都给了工人发工资？爸妈说工人家里也有老婆孩子需要养。宁可苦自己，也不能欠别人。

"叶复光，爸爸的工厂遇到了困难，可能过不上以前那样的生活了。所以，你要学会生存的能力。"那晚，爸妈神色凝重，郑重其事地跟他说。他们给了他500元钱，乡下有一套爷爷留下来的老房子，他们让他去独立生活一段日子。过了这个坎，爸妈就会来接他。

暑假还剩七八天，爸妈还是没有来接他的迹象。他犹豫着要不要打电话过去。爸妈告诫过他，除非特别困难，否则不要随便打电话给他们。

那么，刚才自己差点儿在河里淹死，要不要告诉爸妈呢？叶复光想：反正现在我活得好好的，也没有必要告诉他们了，免得他们担心。

一个小孩在远处叫叶复光："田婶在到处找你，快去！"他一骨碌爬起来，对了，今天他答应田婶帮她去收玉米的。这些日子，他就用帮她干活的方式来换取一日三餐。干活真的好累啊，想起以前过的日子，如同天上地下。

叶复光跑进田婶家的院子，看到了两个熟悉的身影站在那里说话。他喊了一声，眼泪不争气地流了下来。

鸭　爪

高　军

爱英手指有些疼，指甲也有变化，有时候还肿起来，就像要脱落似的。

愣子不知是从哪里批发来的鸭爪，剔去骨头变成无骨鸭爪，一斤能挣两元钱，能干的一个月挣五六千元，不太熟练的也能赚两三千元，不出远门就能挣钱，很多人觉得高兴，也都干得很起劲。

大家都管这个活儿叫扒鸭爪，说得十分形象。爱英五十岁出头，但她属于能干的，平均每天能扒出一百斤左右，大家都佩服她，她也颇有自豪感。

每天早早吃过饭，她就去领鸭爪，上午五十斤，下午五十斤，有时候在愣子家搭建的简易工棚干，有时候也拿回家干，还有的时候先在工棚干一会儿，再将剩下的拿回家里继续干。

鸭爪是从冷库运来的，刚开始还冻着，很快就化了。愣子还给干活的人提供棉线手套和胶皮手套，先戴上棉线手套，再在外面戴上胶皮手套，说是保护手不受损害。爱英刚开始还能按要求干活，鸭爪上不多的水有时会从手套外面流到胳膊上，再倒灌进手套的里面，不长时间整个手就在手套里变得湿漉漉的了。她还感到有一丝异味不断钻入鼻孔，由于干得聚精会神，时间长了也慢慢适应了。爱英觉得戴着手套不如不戴灵活，何况手套早已湿透，戴不戴也没有太大区别，干脆赤手空拳，也就更出活儿了。

爱英在自家也会制作包括无骨鸡爪在内的几道拿手菜。要扒掉鸡爪上的骨头很费事，需要先在锅中烧开水，放入鸡爪焯一下，捞出放在冷水中过凉，快速冲洗几遍，用刀顺着骨头的方向剥离出骨头来。扒鸭爪可省事多了，生鸭爪用刀子剥开后，稍一用力，骨头和皮肉就能分离，很出活儿。她一直觉得奇怪，有时和一块干活儿的议论起来，怀疑这些鸭爪用什么浸泡过，不然的话，连在一起的骨头和皮肉怎么就那么容易分离呢？

一段时间过后，爱英和一些人一样，手和胳膊开始疼痛，有时候还有肿胀感，也有人并没有这种感觉，她们就觉得是自己干活太多太累的缘故，也就不太当回事儿了。

一向心灵手巧的爱英渐渐变得笨拙起来，手和胳膊的疼痛感越来越厉害，她只好先在家里干点家务顺便休息一下，想等好一些再去扒鸭爪挣钱。孩子和老公都在外地打工，家中平时只有自己。邻居们各忙各的，也很少打交道。在家没几天，她感到太寂寞，就想抓紧回去干活儿。

这天，她坐在那里正看着自己的手和胳膊发愁，突然一阵恍惚，她看见自己的手指甲像慢镜头一样开始脱落，并往外长细细的骨刺。因为没有疼痛等异样感觉，又开始往外长新的指甲，她没有太在乎。

感到有种疲惫感袭来，她起身走向床前，躺下不久就睡着了。睡梦中，她想到镜子前捋捋头发，让自己利落一些，竟看到自己的上下嘴唇已经向前伸出一截儿。她觉得是自己看花了眼，就闭上眼睛休息一会儿，走到门口使劲摇摇头，看看天，看看门前树上的绿色枝叶。她觉得眼睛舒服一些后，又走回镜子跟前，也太奇怪了，她看到自己的额头在往后收缩，嘴唇又向前伸出一大截儿。再看自己的手，五根手指间长出一层薄皮，手指被搭连起来。长出的指甲竟是尖的，最前部已开始往下弯曲，就像自己扒的鸭爪。

她心中冷冷的，哇哇大叫着慢慢倒在地上，失去了知觉。

不知过了多长时间，爱英又醒过来，她想站起来再看看镜子里的自己，可是怎么也站不直，目光转向手部，双手完全变成了鸭掌形状，像两把小扇子，蹼状结构惟妙惟肖；看自己的脚，脚和腿已经不见，而自己用两只手支撑在地上，身上被一层羽毛遮着，衣服不见了。

爱英赶紧向门外走去，到了大门口，邻居李大娘恰巧向这边走来。爱英赶紧打招呼，可从自己喉间传出的是嘎嘎嘎的声音，她口中说不出想说的话。

李大娘听见动静，好奇地朝发出声音的地方张望，迟疑地走上前来，低头打量着面前的小动物，自言自语："这是哪里来的，爱英家好像没有喂养过鸭子啊？"

爱英想和她解释一下，可一张嘴又发出一阵鸭子的叫声。李大娘笑笑，惊奇道："嗨嗨，这只鸭子还很能叫。"

这时愣子也走了过来，看一眼鸭子后和李大娘说："咱村里没有喂养鸭子的，肯定是从路过的运鸭车上掉下来的，这可是一只肥鸭，我得想办法抓住它。别说这一身鸭肉，光这两个鸭爪……"愣子一面说着，一面躬下身来想抓爱英。

"你这个混蛋！"爱英嘎嘎骂了一句，赶紧转身向一边跑去。愣子眼里放着贪婪的光，穷追不舍。爱英不管不顾地往前飞跑，那俩鸭爪使劲蹬着地面，身上的羽毛掉落下一些。跑着跑着，爱英觉得自己越来越迈不动脚步，愣子离她越来越近，猛然一把向她抓来，爱英感到愣子已经触到了她的脖颈。

她大叫一声，发现自己的心脏狂跳不止，身体仍躺在床上，床被她翻压得有些凌乱。她想自己的头发肯定更乱，就起身到镜子前整理一下，刚走到镜子前，镜子又哗啦啦地碎落到了地上。

她咯噔一下，才彻底醒了过来，原来自己还是坐在那里，门外的阳光正亮亮地照着。

镌刻在树上的名字

亦 农

　　那棵树是他亲手栽的，在教室的后面。上课时他一扭头就能看到它，再一扭头就能看到坐在教室里的她。她坐在他斜前方，他只能看到她的侧脸，她的耳垂像白玉一般弧线优美，也许最初就是因为爱上她白皙圆润的耳垂然后才注意到她的，最后爱得魂牵梦绕。他时常发呆：树一天天长高，她一天天长大，等他们都长大成人就结婚生几个孩子，他俩拉着孩子的手去看那棵树，告诉孩子树上的名字是妈妈的，妈妈的名字是爸爸刻的……想着想着，他就会展露出开心的笑意。

　　那时候他们还在镇中学读书。植树节，学校组织种树，每人领一棵树苗，挖坑、栽种、填土、浇水。由于挖坑要提水，她累得脸像红苹果一般，汗珠儿在额前颌下闪着晶莹的光。他觉得她是上苍派给他的公主，她的一举一动都令他沉醉。这样爱她总得为她做些什么。在一个月明星稀的夜里，他来到自己栽的小树前，刻下几个字——宋溪瑶，我爱你。她的名字笔画多，他刻得很认真。他把对她的爱灌注在一笔一画里，渗入树苗的茎脉，和树一起成长。

　　"我爱你"不久就被眼尖的同学发现了，在校园里掀起层层波澜。她成了大家议论的中心，也成为众人瞩目的焦点。谁刻的字？胆大包天！班主任大为恼火，小小年纪不好好学习倒学会早恋了。随后进行深入调查，发动广大学生无记名举报揭发……数周过去，却不了了之。

　　在这场"刻字风波"中，他一直惴惴不安，那些字就刻在他栽的那棵树上。但好像老天保佑似的，从没有人把刻字和栽这棵树的人联系起来，就好像他处在另一个宇宙。她却始终看上去精神特别好，面若桃花，昂首挺胸，好像已经和谁沉浸在甜蜜的爱恋中。

　　爱一个人就把这个人的名字深深埋在心底。几十年后他重返校园，那棵树还在，她还在。她大学毕业后，主动要求回母校做了一名教师。他则是应校长之邀前来开讲座。同学重逢握手相看，感叹十几年光阴眨眼便过去了。从侧面看她的耳垂依然白皙圆润，弧线优美，望着自己的梦中情人，他心潮澎湃，觉得应该告诉她那个秘密，不只是为了给她惊喜。

沿着校园的小路，他们来到那棵树前。树长高了，那几个字也长高长大了，他清楚地看到她的名字，还有"我爱你"三个字。"不怕老同学笑话，这么多年我时常会来看这棵树，还有树上的字。"她笑吟吟地说。

"哦？！"他的心怦地一动。

"那场轰动全校的'刻字风波'，是我少女时代最浪漫的事了，说实话到现在我还在想谁会这样写。我宁愿相信是他——"

"谁？"他的心突然跳到喉咙。

她一个字一个字地说出名字，遗憾的是她的梦中情人并不是他，而是当时他们班的体育委员。"那时我偷偷地爱着他。你知道那个年代，男女同桌还要画'三八线'，即使谁有什么想法也只能埋在心里。我天真地认为他也在偷偷地爱我，他选择了这种方式向我表白。我大学毕业曾写信找过他，他参军了，我们通过几次信，但从没有谈起那场'刻字风波'，我没问，他也没说。当我鼓起勇气写信问他时，却再也收不到他的回信了。"

"为什么？"

"他在汶川地震中为救一个孩子牺牲了。"她再次抬起头看着树上的字迹，眼角挂着晶莹的泪珠。

他知道那个身强体壮的体育委员在全县中学生体育运动会上包揽 3000 米和 5000 米两项冠军，他也曾在报纸上看到过那个体育委员的先进事迹。"我想应该就是他刻写给你的吧！"他在她的肩上亲切地拍了拍，就像老同学重逢一样。

海誓梨花

顾文显

"一纸离婚协议，就当是休书。"她苦笑着扔下这句话。

"原本过得好好的日子，就为那50万。"她恨恨地想，"别相信那些海誓山盟，在钱面前狗屁不是，人哪。"

露露真的是她贴心贴肝的好闺密。露露曾开玩笑："你这狠心的，咋舍得把我丢下就嫁了人，要不然咱俩一同嫁给景钢得了。"这样的情意，让她怎么能不刻骨铭心！

而露露要做一项投资，数目不小，50万。

人没有难处，要朋友干什么？她便悄悄把家中所有的积蓄都拿了出去。

这事是瞒不住的。景钢单位集资建房，钱没了，她只好坦白。丈夫十分不满："你脑袋叫驴踢了，咱家还有什么，你眉头不皱就扔了出去？"

"扔出去，这叫话嘛。我是借，借据上标明，付利息的，比买国债还要高。"

两人为此事大吵了一架，景钢曾发誓要带她去看梨花海，这承诺也告吹了。

她怎么也没想到，好朋友露露拿走钱以后，便从此人间蒸发。半年后才知道，她出车祸死了！

她心平气和地对景钢说："离吧。我净身出户。不赚够50万，咱俩从此天涯陌路。"

景钢说："我发誓要带你看梨花海呢。"

她咬牙切齿："死拖住我不放，你想让我抑郁吗？"

分手时，景钢切开一只梨子，分给她一半。她想，好哇，分离分离，铁定了，这段婚姻价值低于50万，哼哼。

她义无反顾，与好朋友秀芝结伴去了广东一个不城不乡的地方，在一家企业打工。她做得辛辛苦苦，只有一个信念，把钱赚回来。50万连同利息掼到他面前，说："两不相欠了。"然后，转身就走，不带走一片云彩。

合租伙伴秀芝也忙忙碌碌的，闲时，跟家人聊得热火朝天；春节回去，带回一大堆家乡的信息，也说景钢的消息，说他去了一个山沟，不知道干什么。

她说："爱咋咋的。"

秀芝又说："景钢单着呢。你说这年头。老爷们儿多抢手，多的是介绍的，他眼皮也不抬。"

她说："找不找是他的事，关我屁事。"

她也时常打开手机，看景钢的微信，几次想，删掉算了。

有时她也悄悄看景钢的朋友圈，他很少发，看不出他在做什么。她想，木头性格难改。要是像某人那样，天天留言自我炫耀，我早给删了。

时常，她梦到景钢携着她的手，去看梨花海。那漫山遍野的梨花，白得看不到一点儿瑕疵，白得让人眩晕，她居然情不自禁地扑入对方怀里，那份痴恋呀。

醒来，她羞愧无比：啥形象，怎么一点自尊也不要了？呸呸呸。

秀芝惊问："又做梦了？"

她说："我又梦见吃了只蟑螂，好恶心，呸！"

一晃五年。她只有一个信念，赚钱。北方，她没有亲人。对于家乡的城市的消息，只零零星星从秀芝嘴里得知，而如今她凑足了钱，腰杆登时挺直，她对秀芝说："我想家了。要回去一趟。"

秀芝说："谁像你，每次狠心让我独来独往。我陪你回，假都请好了。"

下了火车，她狠狠地吸几口气。故乡，这个令人魂牵梦萦又肝肠寸断的地方啊！

秀芝约了网约车并问她："你是先找景钢，还是跟我走？"

"当然是先跟你走。"她答，"那个人，无非是把卡扔给他，从此一刀两断。"

汽车进入一个山沟。她问："你家在市区，怎么往山沟里钻？"

秀芝诡秘地笑笑："这是要给你一个惊喜，让你大开眼界。"

渐渐地，一股浓郁的香气钻入车窗；再走，眼前一片洁白无瑕的灿烂，如同梦境的再现。她迫不及待地钻出车子：呀，漫山遍野的梨树，正值旺盛花期。她见过李花、苹果花、山丁子花，它们在梨花跟前，全都黯然失色！

"这仙境似的地方，不搞旅游白瞎。"徜徉在花海中，她如痴如醉。

"废话。这里是游客打卡地，今天特意不开放，只为迎接一个人。"

"谁？"

"你呀。"秀芝笑个不停，"你知道这片梨花海的主人是哪个，你想谁，他就是谁。自从被你抛下，他承包下这片山洼并栽下了这片梨树，人家发过誓。"

一抬头，万花丛中闪出一张脸，啊，是景钢！这死鬼比从前瘦了许多，也黑了许多。万千滋味溢满心头，她的心理防线瞬间崩溃，一头扑进景钢怀里，用力拍打着他的肩膀："你个冤家，我死在哪无关紧要是不是？"

景钢轻抚着她的长发，朝秀芝一笑："不怕。我有卧底，全天候替我监控呢。"

啊？她瞪一眼秀芝："你个叛徒！"

"恩将仇报。你还知道好歹不？"秀芝摆摆手，"不想继续当恶人，姐先回避了。"

说着，丢下一串笑声，秀芝隐入花海。

景钢再次抚着她的后背："你和我，都是撞了南墙也不回头的人。我把咱的房屋抵押贷了款，获得这片花海。城里的楼房出租，咱只能在这儿将就了。"

树林的左上角，隐约有一幢小瓦房。她能想象出，景钢在小屋里这五年是何等孤独，她泪如泉涌。

"不回城里。"她喃喃地说，"今生伴你老死此处，我决不反悔。"

她梦呓般背诵起景钢写的诗句："我道此花千万树，年年只为一人开……"

半本书

张建春

楠子十岁这年，用两个拳头大的山芋换来了半本书，书没有封面，纸张发黄，书页上还有不少莫名其妙的印迹。

半本书是从玩伴长金的手中换来的，长金用这书上发黄的纸叠"宝"，"宝"呈正方形，两张纸叠成一个"宝"，在地上摔，摔得灰尘直冒。楠子想看上一眼，长金不愿意，一把揣进怀里。长金穿着一件八面透风的黑色"棉猴子"，半本书揣进去就不见了踪影。

楠子苦苦哀求，长金松了口，说：要看也可以，拿东西来换。楠子张开手，说：我没东西。长金拍拍肚子，说：饿了，要想看，一个山芋。楠子太想看这本书了，点了点头。

楠子家有个山芋窖，窖里有山芋，山芋藏在干燥的泥土里，不多，悄悄地冬眠着。长金知道。

趁大、妈不在家，楠子跳进了山芋窖。窖里黑乎乎的，楠子把手插进了泥土里摸索。窖中除了山芋还有土鳖（土元），土鳖拱动，爬进暖暖的手心，让楠子心惊肉跳。楠子摸到了山芋，先是一个，楠子把它揣进了怀里，想了想又摸了一个，揣进怀中另一边。两个山芋长得真好，圆溜溜的，泛着红色的光亮。楠子在手上掂了掂，沉甸甸的。

楠子找到长金，长金瞅了楠子一眼。楠子慌忙拿出了一个山芋，说：这中吧？长金似是老大不情愿地拿出了半本书，在楠子的面前晃了晃。

一手交山芋，一手交书。楠子把半本书凑在鼻子底下，发黄的纸张散发着一股霉味。长金说：三天，给你看三天。楠子说：中。但又提出了一个要求，再给你个山芋，书归我。

山芋的诱惑是大的，长金眼一亮，说：中，也中。楠子从怀里掏出了另外一个山芋，长金有点不甘心，把书从楠子手中夺回，狠狠地又撕下了几页。

书在楠子手中，两个山芋在长金手中，两人都得了宝贝。楠子以为长金是要把山芋吃了，可长金仅是把山芋放在鼻子下闻了又闻，小心地揣进了怀里。

楠子迫不及待地靠着南墙，对着太阳看书。阳光暖烘烘的，把墙和楠子都晒暖了。

书不知名字，没有"头"，但字都长得周正。楠子读完小学三年级，书中的字许多还不认识。楠子只能边看边猜，还是看出了路数。这是一本写铁路上抗日故事的书，老洪、李政、鲁汉、田中、芳林嫂等人都是打鬼子的英雄。

楠子沉浸在书中，可怎么也想象不出铁路和火车是什么样的，还有铁甲车怎么就那么厉害。另外就是一些字楠子不认识，就如吃山芋吃出了苦点子，吐了舍不得，咽下又实在难受。

楠子太喜欢看书了，就是没书看，家中的一本旧日历书，楠子不知看过多少遍。

半本书楠子是偷偷看的，书的来历有毛病，是用山芋换的，怕挨大、妈的打。半本书也太不经看了，一两天工夫，楠子就看完了，楠子的心像猫抓，故事没讲完，故事中的人到底会怎么样？

楠子去找长金，跟屁虫似的，问长金另半本书的下落。长金摊摊手，说：我半路上捡来的，不知，不知。楠子觍着脸说：还换，五个山芋。长金推了楠子一把：滚一边去，没就没，啰唆什么。

很多天里楠子发呆，对着半本书发呆，心却走得远远的，在心中估摸着书中的事，想象着老洪他们如何打鬼子，如何打鬼子票车，如何将铁路撬了，还有就是老洪最后和芳林嫂可成一家人了？楠子硬是在十岁时，在心里把剩下的半本书续完了。

到了春天育山芋苗时，楠子挨了一顿穷打。大发现窖中的山芋少了两个，大是有数的，二十个山芋，优选的，当作"山芋妈"的。楠子承认是自己偷吃的，肚子太饿，但不敢说是拿去和长金换了半本书。

长金看楠子挨打，有点幸灾乐祸，躲在一边偷偷发笑。楠子恨恨地剜了他几眼，把眼中的泪一颗颗咬破了。

楠子一直保留着半本书，随着时间的推移，书上的字全部认识了，半拉子故事也越来越清晰，直至后来楠子读到了完整的书，才知书名叫《铁道游击队》。楠子把《铁道游击队》和自己心中续的半本书作对比，还真有雷同的。

过去了几十年，让楠子大为吃惊的是，另半本书竟在拆迁的老屋中发现了，它藏在自家老屋的门头上，被虫蛀成了筛子。

楠子在某一天找到了长金，长金和楠子都奔六十岁了。长金承认，半本书是从楠子家的门头上撕下的，算是偷的。门头上的书，应是某一年楠子大或妈藏下的，原因不说都知道。

楠子想哭，但一转念又笑了。读了半本书，另半本书让楠子日思夜想，在心中续书，不是历练了自己？否则自己怕是不会成为别人口中的作家。

还有件事也有趣。

长金换下的两个山芋没填进他自己的肚子，这山芋也成了"山芋妈"，栽了两畦子，帮着一家人度过了饥饿岁月。

老人新人

徐社文

机关进了几个新人，小丁是其中唯一的男孩。

小丁被分到 301 办公室，办公室有三张办公桌，但其实只有两个人上班，小丁和老丁。老丁说那张空着的办公桌是退二线的老主任的，老主任是去年退的，还有两年才六十周岁，局里对他上班不作要求，他也就正常不来。老丁还说自己是局里老人了，自从部队转业回来，一待就二十多年，没什么进步，再有几年也要退了。

开始时，小丁是掐着时间 8：30 准时到岗。他进门时，老丁也恰好将拧干的抹布挂在门后面。这时，地拖了，桌椅抹了，开水打了，报刊文件整了，一切都干干净净，整整齐齐。小丁就有点儿不好意思，老丁说：没事，我家靠得比你近些。

小丁发现，每天老丁把老主任的桌椅抹得比他们的还要干净，茶杯不用也是每天一洗。小丁说：他又不来上班，没必要天天这样。老丁笑笑：一样的。老丁还有个习惯，每到周五下班后，便会把办公室桌椅、沙发都挪下位置，彻底地把角角落落都清洁一遍，他说这样办公室空气才清爽，人才有精神。

时间长了，小丁也学上了老丁的样子，有时他提早来，有时老丁提早到，谁到得早谁整理，谁也不跟谁抢。老主任的桌椅从来没有积下灰尘，也没有摆得凌乱过。

小丁从来没有听到老丁说过一个"忙"字，人前也好人后也好，有时中午在食堂几个同事围在一起边吃边抱怨太忙太累，问及老丁，老丁笑笑说：还好，还好。其实小丁知道老丁是很忙的，他们这摊工作原来是四个人干的，现在只有他和老丁。他还没有完全熟练，所以大部分工作都是老丁一个人干。小丁看到老丁早上泡一杯茶有时直到下班才有空喝上两口，看老丁从来没有为家里事分过心，小丁说：你家里没事吗？老丁还是笑笑说：都处理好了。后来从别人的口中才知道，老丁父母都已高龄，头疼脑热是常事。他爱人身体也不好，重体力活都得老丁干。老丁经常对小丁说：今日事今日毕，事是越拖越忙。也就怪了，小丁跟着老丁不出一年，部门的事就样样精通了。以至于其他条块增加人时，有人说起老丁这块，领导说：没听老丁说忙啊！

还有一件事也让小丁惊诧不已。那天一个熟人拜访老丁，临走时说好几年不见了，改日聚聚。老丁说：好，过几天我请你。这样的话小丁听多了，本是客套话，没有人会当真，下次见面还会说同样的话。没想到那个周五下班时，老丁就请小丁作陪。小丁说：什么活动？老丁说：不是那天我说过几天请朋友的吗？小丁说：还真兑现啊，不是说了玩玩的吗！老丁认真地说：哪能呢！答应人家的事一定要做到的。那天小丁有点儿喝多了，老丁送他到小区门口，他抱住老丁，一个劲儿地说：领导，我就服你。老丁就一直纠正他：不是领导，是老丁。

过了几年小丁就有点儿老丁的意思了，老主任退休了，老丁退二线了，301又来了新人。小丁还是每天提前半小时到办公室，首先把老丁的桌椅抹得干干净净，一尘不染。

有一天新同事推门看到晨光中的小丁，惊呼道：哎，你自带光芒耶。小丁眯着眼笑了。

一锅炖肉

蒙福森

秋风起了。

王宫里，清冷的风，寂寞的月，枯黄的草，光秃秃的树，天寒地冻，雨凝为霜。

御厨易牙端着一只热气腾腾的金锅，走进王宫，把金锅轻轻地放在桌面上。齐桓公吸溜着鼻子，掀开锅盖，一股奇异的肉香扑面而来，满满的一锅炖肉，色泽金黄，肥瘦相间，嗞嗞地冒着热气。

齐桓公端起肉来，刚想吃，锅不见了，肉也不见了，像一缕青烟飘散得无影无踪。齐桓公叹息一声，回到现实中，肚子一阵接一阵地咕噜噜响，感觉更饿了，头晕眼花，虚汗直冒，有气无力。

很多天没有东西吃了。

窗外，一弯新月如钩，投下清冷的月光，一地霜白。

齐桓公蜷缩着瘦弱的躯体，在被窝里瑟瑟发抖。

他想起了易牙。

易牙做御厨有很多年了。

多年前，易牙因一次偶然的机会进了王宫。

齐桓公最宠爱的爱姬卫长姬病了，病得不轻，茶饭不思，滴水不进，拉稀，呕吐，啥都吃不进，吃啥吐啥。眼看着卫长姬一天天地瘦下去，御医束手无策。齐桓公急了，下令征调天下大厨，谁能做出爱姬能吃下去的食物，重赏！

易牙应征进宫了，精心做了一锅汤，也不知道用啥食材做的，反正易牙端上来时，卫长姬远远就闻到一股浓香，扑面而来，氤氲鼻翼，顿时精神一振，将汤吃了个精光。吃完，病居然好了一大半；再调理一段时间后，病全好了。

就这样，易牙留在了王宫里，专职为齐桓公做饭。

易牙，天下第一名厨。

易牙的厨艺有多高？民间传闻："淄渑之合者，易牙尝而知之。"淄河水和渑河水味道不一样，把两者混在一起，没人能分辨出来，但易牙可以。又云："至于味，天下期于易牙。"要吃到天下最佳的美味，唯有找易牙。

食不厌精，脍不厌细。易牙对食材、调味、技法、火候，乃至刀法、柴火、厨具、餐具等等的研究和应用，达到了炉火纯青的地步，其高超的厨艺，普天之下，无人可比。

比如齐国名菜"鱼腹藏羊肉"。在齐国，水产以鲤鱼为最鲜，肉类以羊肉为最鲜，但这两样食材也有缺点——做得不好的话，一个易腥，一个易膻，特别考验厨师的功底。易牙就厉害了，直接让鲤鱼和羊肉搭配，把羊肉塞进鱼肚里，加上各种佐料，烧制成一道名菜。

菜品出锅后，色泽光润，外酥内嫩，鲜美异常。齐桓公吃得满嘴留香，赞不绝口。

光阴似箭，日月如梭。一晃，易牙在宫中有很多年了。

纵然有易牙这样的天下第一名厨，厨艺绝妙，无人匹敌，但久而久之，齐桓公也吃厌了易牙做的菜。有一天，齐桓公看着满桌的山珍海味、美味佳肴，没有半点儿食欲，唉声叹气。

易牙诚惶诚恐，跪在地上，不敢抬头。

齐桓公问易牙："有什么新鲜的菜肴吗？"

易牙摇头。

良久，齐桓公感叹说："寡人什么都吃过了，吃厌了，吃腻了，吃烦了，唯独没有吃过人肉。不知其味如何？"

易牙跪伏在地，久久不语。

第二天中午，易牙端上了一锅炖肉。

齐桓公闻到了一股奇异的肉香，是跟以往所有菜肴不同的香味，顿时，胃口大开，拿起筷子，大快朵颐，一扫而光。

吃完，齐桓公抹抹嘴，问："这是什么肉？以前没吃过啊。"

"人肉。"

"什么？"

易牙的眼泪掉下来了："确实是人肉！君上所吃的，乃臣之幼子！"

齐桓公顿时感动得不得了，拉起易牙，想说什么，却一句话也说不出来。

第二天，齐桓公提拔易牙为官，不离左右。古人云："治大国若烹小鲜。"齐桓公想，易牙擅厨艺，当然也能做官。一时间，易牙炙手可热，权倾朝野，成了仅次于管仲的权臣。

管仲病重，危在旦夕，齐桓公去探视，询问其后事安排。管仲语重心长地说："人之将死，其言也善。当今天下大乱，群雄争霸，强敌环伺，国事日危，望君上保重身体，治国图强，善待百姓，远离小人，如易牙、竖刁、开方等人，勿用为好……"

齐桓公十分惊讶："易牙烹子奉君，如此忠心，天地可鉴，为何不可用？"

"人之情非不爱其子也。其子之忍，又何有于君？"言罢，管仲大口大口地吐血，昏迷过去，当夜病亡。

齐桓公不以为意，依然重用易牙等人。

不久，易牙、竖刁等人趁乱发动宫廷政变，拥立公子无亏为国君。易牙将齐桓公囚禁在王宫里，加高围墙，封死宫门，任其自生自灭。齐桓公在空荡荡的王宫中，靠吃老鼠、蟑螂、鸟蛋、虫子、池鱼、竹笋、树皮、草根等果腹，生吞活剥，茹毛饮血，能吃的吃，不能吃的也吃。最终，活活饿死。临死前，齐桓公想起管仲临终之言，含泪叹息道："嗟乎！圣人之所见，岂不远哉！若死者有知，我将以何面目见仲父乎？"

弥留之际，齐桓公依稀看见一个面目模糊的人影，捧着一锅香味四溢的炖肉，慢悠悠地走来……

秋风萧瑟，残阳如血，映照着王宫里的枯草、树木、竹林、曲径、假山、池沼和亭台楼阁，王宫像披上了一层缥缈的血色的云雾。

写剧本的老孙

李广宇

认识老孙已经超过十年，那时他还被喊作小孙。我在报社的时候，他在宣传部里的某个小部门当公务员，等我退职以后，他还像图钉一样扎在那里，除了被喊成老孙外，其他什么都没有变化。老孙平常的工作就是给单位写材料，那种干巴巴的文字写得腻烦了，他也写点散文，只当一种调剂。

等我开始拍微电影时，他突然来了兴致，非要给我写剧本，我问他能写什么，他就掰着手指跟我说，官场、穿越、爱情，哪个我都可以写啊！我笑，说，那你先写写看。当时只是随口一句玩笑话，没想到老孙却当真了，几天后就给我发来一个剧本。剧本很粗糙。我不知该怎么答复他，便放下去忙别的，当时跟剧组，经常不开手机，等打开手机，总有老孙发来的短信，追问剧本的事，实在令我不胜其烦。

写剧本这种事，看着很简单，其实挺不容易的，不但有结构上的技巧，还要有对故事内涵的挖掘和深化，常写公文的老孙实在不适合写剧本。这话却不好直接说，我退回了他的剧本，只说，再试试。之后他不断发来长长短短的剧本，无一例外都没法拍摄。有一次他急了，在电话里跟我吵，说了很多气话。放下电话，我松了口气，以为老孙会就此罢休，谁料那天晚上他就跑来我家，非要请我吃饭，赔礼道歉，还要拜我为师。

算起来老孙跟我年纪差不多，却还这般执拗于一事，真令我感动。拍电影和写剧本对我们这些中年大叔来说，都仿佛重新开始的人生，追求的执念里，满含的是对庸常生活的不满足，以及于平凡人生的角力与挑战。

那一次，喝多了酒，我说了很多体己话，也算是鼓励他。看他一脸茫然，我于心不忍，直接给他指定了下一个剧本的内容。我说，你只要把这个故事写出来就行，我帮你改。

约好三天以后交剧本，谁知老孙那边一直没动静，我打电话过去，是老孙妻子接的，说是老孙受伤住院了。我去医院看他，他腿上绑了绷带，人却很有精神，跟我说，他设计了一个特别棒的剧情——男主角站在奔驰的火车旁边，仰天大哭。他比画着，我打断他，问，你是怎么受伤的？他有点儿不好意思，说，去火车站找灵感来着，不小心从站台上摔了下去。我笑，说，写剧本也没必要这么拼啊。他却认真，说，不去现场怎么会有感觉？怎么知道列车呼啸而过的那种感觉！老孙瞪大了眼睛的表情有些孩子气。

老孙的剧本拍了一个十分钟的短片——《遥远的站台》。拍摄那几天，老孙一瘸一拐地跟剧组，一句台词一句台词地跟演员较真儿，比我还上心。短片剪好了，我第一个发给他，深夜他给我打电话，带着哭腔问我，这真的是我写的故事吗？我很肯定地说，是的。顿了一下，我又说，写得非常好。

以前老孙跟我们喝酒，难免抱怨单位领导的种种，比如他们领导不喜欢老孙写散文、写小说，阻止的理由竟然是要保密！那时老孙总想请长假去西藏旅行，他们领导却让他连续加班，只因为他是单位里最没有背景的那一个。那时我们都劝他忍耐，公务员的身份在我们看来更主流、更高大上，何必为了写作或者一时兴起的旅行而失去稳定的工作呢？这么劝了很多年，直到我们都变老了。

人这一生里总是面临很多选择，适合与不适合只有在时间的长河里才得见终晓，只是短暂的生命由不得我们迟疑，就好像老孙，如果他真的执着于写作，会是很好的作家，真的执意旅行，会有更美好的人生解读，但他都放弃了，错失人生种种际遇，那该是一种怎样的遗憾。

"如果站台真的那么遥远，不如我们今天就出发。"这是老孙剧本里的一句台词，很好，我喜欢。

身　份

江红斌

大杆儿异常冷静，命令众长工松开缰绳。

东洋马没想到长工们会突然松开缰绳，愣了一下。没了笼头束缚，鱼归大海一样轻松自在，它便在偌大的牲口场院撒欢儿跑了起来。大杆儿个子不高，长得敦实。他手握三股细竿编成的长竹鞭，竹鞭鞭梢一簇红缨在秋阳的朗照下分外耀眼。大杆儿表情严肃，不怒自威，斜觑一眼东洋马，缓步走到场院中央，两腿叉开站定，那神态俨然一位身经百战的斗士。大杆儿不慌不忙，欠身闪到一旁，双手紧摇竹鞭，红缨在空中划出一道优美的弧线，随着啪的一声鞭响，那匹不可一世的东洋马瞬间倒在地上。这一连串的变故太快，在场的所有人都没看清到底发生了什么。

等到东洋马倒地不起，大管家才反应过来。他从角落的高台上蹦下，指着大杆儿的鼻子气急败坏地说，那是日本人送的大洋马，你居然敢……大管家由于气急，一时语塞，不知道该说什么好。

大杆儿并不答话，只是盯着地上四肢抽搐的东洋马，嘴角挂着笑，再次抡起竹鞭，把竹鞭舞成了花。又是啪的一声鞭响，随着鞭声响过，东洋马竟然蜷曲四肢，颤颤巍巍地站了起来。东洋马早已没了刚才的神气，浑身肌肉战栗，低下头，偷眼瞅着大杆儿手里的竹鞭，两侧硕大的鼻孔里有鲜血隐隐流出。场院里所有人目睹了这一切，个个惊得目瞪口呆，愣在原地不动。

大杆儿收了竹鞭，用带红缨的鞭梢轻敲东洋马的后腿，东洋马双后蹄一阵忙乱，直往后退。大杆儿敲一下，东洋马后退几步。没几下，东洋马就退到马车的车辕里。大杆儿娴熟地搭上鞍，系好兜肚，马车很快套好了。

中了，中了。东家，中了。大管家双手拍着屁股，孩子般跑向旮旯里的一级高台阶。高台阶上站满了看热闹的人，东家就躲在这些人身后。刚才大家都把注意力集中在东洋马上，谁也没有发现东家。

这一个大杆儿中了，东家！大管家太激动，一句话不断重复着。人们闪开让出东家。东家的大光头上扣了一顶瓜皮帽，身上的府绸褂子绷得紧紧的，像个新箍的大木桶。东家吐口痰，清清嗓子对大管家说，工钱加倍，今天中午大杆儿同我一张桌子吃饭，我吃啥他吃啥！咱说话算数，一个唾沫星子一颗钉，不能坏规矩。

原来，东家家里已有两挂对色（六匹同样颜色）马的马车，还剩余两匹马，再添一匹马又能套一挂马车。正巧，日本人因功奖给东家一匹东洋马。牵到牲口槽里才知道，这匹东洋马不随群，在槽里乱扑腾，搞得牲口棚里乌七八糟。最要命的是，东洋马只会被人骑，上套拉车一窍不通。东家有心卖了这匹马，又怕日本人怀疑他对天皇不忠心，东洋马成了东家的烫手山芋，东家不知该怎么办是好。大管家出了个主意，建议去外面找个大杆儿来驯服这匹东洋马。可是，前后招来的大杆儿有一二十个，哪个大杆儿也没能驯服这匹东洋马。

东家发了狠心，说只要哪个大杆儿能驯服东洋马，工钱加倍不说，还可以跟东家一张桌子吃饭，东家吃啥他吃啥。东家家大业大，银钱无数，与自己一张桌子吃饭，白馍净面，顿顿有肉。大管家跟众长工另桌吃饭，黑馍粗粮，喝的稀饭能在碗中照见月亮。跟东家一起吃饭，能馋死人。

当天中午，大杆儿就同东家坐在一起吃饭。大杆儿坐主位，东家打横陪着。大杆儿因为平时总是端着大海碗蹲在墙角吃饭，不习惯坐桌子，加上东家在一旁看着自己吃，更是尴尬，夹起菜不敢咀嚼，嚼烂了不敢下咽，在东家的一再规劝下，才勉强吃了一顿丰盛的午饭。大杆儿饭量大，一桌子菜仅够吃个半饱，东家看着不觉得好笑，吩咐下人又做了一桌饭菜端上。

大杆儿每天给东家赶牲口下地或拉车，到晌吃饭，依旧是东家陪着。大杆儿每顿都把桌上的饭吃个精光。东家理解干重活儿的人不易，也不计较，吩咐厨房另给自己做饭。时间一长，大杆儿慢慢养成习惯，吃饭时也不觉得别扭了。

此后半年，日子平静如水。

不知是哪一天，大管家突然觉出一些异样，就赔着笑脸问东家，好几天没见大杆儿来吃饭了。

东家也似乎感觉到不对劲儿，说，是呀，好几天没见他来吃饭了。

大管家想起什么似的问东家，那个大杆儿，白馍净面，顿顿有肉，吃了半年，本该白白胖胖才对，可他越吃越瘦，面色越来越黄，越来越没精神。

东家说，是吗？

奇了怪了。

东家问，奇怪吗？

大管家忙说，大杆儿生来就是吃苦的命，偏偏要和东家坐一起吃饭，也不看看自己是啥身份，吃死了也怨不得别人。

大管家见巴结人的话没有得到东家响应，自讨没趣，嘿嘿一笑打算离开。走了两步，想起一件事，就转身问东家，李庄镇上"善生堂"药铺的掌柜派小相公来问，药铺又新到几斤上等砒霜，还要不要天天给东家送来。

东家怔了一下，随后说，不用了。

我们听过獾唱歌

代克仁

暑假第一天，我和弟弟接到一项特殊的任务：夜里去看护花生地。

晚饭后，我和弟弟出发了。我们在衣兜里装满了奶奶准备的零嘴儿，还带了武器——一面铜锣、一把猎叉，弟弟没忘揣上他的弹弓。

我和弟弟来到爷爷之前搭建的简易树屋里，约定轮流值守。睡得迷迷瞪瞪时，值守上半夜的弟弟叫醒我："哥，土岗上来了一只獾。"然后他拿着弹弓下了树屋。

我一个鲤鱼打挺站起身来，朝弟弟喊："别追！"

"哥，它是个瘸腿，跑不快，我去逮住它。"弟弟已经撵上了土岗。

我不放心弟弟，抓起猎叉，刺溜一下从树屋上下来。我看见弟弟弯腰在石头和草丛中低头搜寻。

"你逮不到它的，快回来！"我一边向土岗上跑，一边朝弟弟喊。

"哥，我发现獾子洞了。"弟弟猫着腰，兴奋地叫道。

快奔到弟弟身边时，我突然顿住了。我看见獾在弟弟身后的草丛中倏地昂起头来，这是一只成年老獾，头部有三条白色纵纹，它龇牙咧嘴，紧紧盯着弟弟的后背。就在我要提醒弟弟注意身后时，獾突然向前一蹿，朝弟弟的屁股扑去。说时迟那时快，我手中的猎叉向獾飞刺而去，刺中了獾的一条后腿。獾痛苦地扭过头，幽怨地看了我一眼。弟弟听到身后的动静，转过身来一看，脸唰地一下白了，吓得一屁股蹲儿坐在地上，哭了起来。

我和弟弟都清楚地看到——獾嘴里咬着一条土公蛇，獾的尖齿嵌入蛇的七寸处。半米多长的蛇身，紧紧缠住獾颈。土公蛇的毒性仅次于响尾蛇，与眼镜蛇不相上下。老獾即便腿受了伤，也没敢松口，直到土公蛇不再动弹，它才拖着身子转过一块大岩石，遁进了草木深处。

半夜，树屋下传来叽咕叽咕的叫声。我和弟弟探头一看，有两只毛茸茸的小动物在下面兜圈子。

弟弟惊奇道："哪来的两只小狗崽？"

我告诉他："不是狗崽，是獾崽。你看，它们头部有三道白纹。"

弟弟伤心道："它们一定是瘸腿獾的孩子。瘸腿獾受伤了，不能给它们喂食，它们定是饿坏了，才自己跑出来找吃的。"

我突然想起树屋里还有弟弟吃剩的半个猪油饼，就把半个猪油饼扔下去。两只小獾跑过来围着猪油饼打转，用鼻子嗅了又嗅，最终獾弟叼起猪油饼和獾兄一前一后地朝土岗上跑去。后面的獾弟边跑还边回头看。

此后每天夜里，两只小獾都会来树屋底下觅食。那些天，弟弟每天晚饭后，临出门总要揣上两张鲜香的猪油饼或是两个松软的大饭团。小獾们不再怕我们了，有时弟弟下树屋喂它们时，最小的那只獾还会用鼻子嗅弟弟的手。但奇怪的是，每次它们吃后总要留一些，衔回土岗上的洞穴。

我和弟弟决定悄悄地跟在它们后面，去看个究竟。两只小獾好像知道我们要跟去参观它们的家，跑得飞快，但它们跑一阵后就会停下来，回头望一望，接着再跑。在一块大岩石后，两只小獾突然不见了。岩石下传来两声稚嫩的獾鸣，紧接着洞内响起一声低沉的獾吼。这里就是獾的家了。我小声告诉弟弟："小獾并没有成为'孤儿'呢。"

当晚子夜时分，两只小獾一起出现在土岗边的岩石上。当发现田鼠靠近花生地时，它们发出叽咕叽咕紧急的鸣叫声，一起跑去驱赶田鼠。弟弟高兴地说："哥，小獾和我们一样，也盼望花生丰收呢。"有了獾警后，我和弟弟看护花生地不用轮流守通宵了，只需听到獾叫再起来查看。

十天后的一个晚上，我和弟弟正在树屋上休息，忽然听见獾崽紧急的叫声，爬起来一看，一头大野猪正在吭哧吭哧地拱食。

我立马取过铜锣，猛地敲了一下，"喤——"，锣声劈开夜色，炸响整个山岗。谁知野猪只是抬头循声张望一下，接着更加卖力地拱食花生，一副毫不在乎的样子。

"喤喤喤——"，锣声似雨点，一声盖过一声。"叽咕叽咕——"，獾叫如警笛，尖锐又急切。可能是锣声和獾叫影响野猪偷吃的心情，终于，野猪停下了。它抬起丑陋的猪头张望过来，许是看出了端倪，嫌獾崽坏了它的"好事"，突然间恼羞成怒，气呼呼地朝两只小獾奔袭而去。

两只小獾吓蒙了，躲在樟树后，缩成一团。我握着猎叉柄的手心直冒冷汗，潮乎乎的。空气一刹那凝固，连虫鸣声也停止了。电光石火间，匪夷所思的事情发生了。只见草丛突然齐刷刷分开，有一个东西像箭一般冲出草丛，"嗖"地一下扑向野猪。

"哥，你看，瘸腿母獾——"是的！野猪的身后，奇迹般地出现了瘸腿母獾，它紧紧咬住野猪的尾巴。"嗷——嗷——"野猪吃痛，哀嚎着狂奔，像一枚贴地飞行的炮弹，穿过野葛丛，冲出了斜坡悬崖的边缘，和那只母獾一起摔下了深涧。

花生果成熟了，我们开始收获花生。弟弟跑到爷爷身边，忸怩着对爷爷说："爷爷，能不能给獾留点儿……"

爷爷轻拍弟弟的后脑勺，笑道："留了呢，留得好好的。往年我收花生要先拔蔸，摘取花生果，再拿锄头把地翻一遍，捡拾遗落在土里的花生。你看，今年还有半垄地没翻呢。獾是刨土行家，喜欢自己从土里刨食，这样它们才吃得高兴啊。"弟弟低下头，呵呵地笑了。

我们满载收获的喜悦，踏上回家的路途。走出老远，身后传来獾的叫声："叽咕叽咕——"弟弟说："爷爷，你听，是獾在唱歌呢。"

郝先生

王培静

一凡先生是什么时候来山头村教学的，现在的山头村人没几个记得了。大部分人会对孙子辈说，反正你爷爷和我都是他的学生。

山头村是县里最偏远的一个村庄，只有北面有一条走出去的路，常年坑坑洼洼，一下雨就泥泞难行。村里人全是靠天吃饭。

一凡先生刚来村里小学时就很瘦，从来没有胖过。一凡先生有姓，他全名叫廉一凡，但没几个人记得全。村里人虽没文化，但都认为喊他一凡先生，是对他最大的尊敬。

他是校长，也是班主任，还是语文、数学、体育课的老师。

晚上下班或休息日，只要不回家，他就去家访。他对全村二十几个学生的家庭情况了如指掌。

农村穷，该交学费时交不上，他就用自己那点儿工资顶上，全村谁家都欠过他账。

那是多年前的事，明天就是腊月二十九了，许多人家早贴上了春联，石头在家急得团团转，他对媳妇说："你去学校找一凡先生写写春联。"

"我不去，去年过年来亲戚，让你去请一凡先生陪客，你不去，现在想起人家来了。你把人家一凡先生得罪了，你自己去。"

"嗜，我没脸去哪！要不今年，咱门上贴红纸吧？"

"那更让人笑话，还不如不贴。"媳妇回话道。

三年前，老母亲去世了，他请来一凡先生给在东北的大哥、三舅和在部队上的儿子分别写了信。因家里没有空信封，他走路到公社邮电局买了信封，找工作人员帮写了地址。他本想，儿子刚去部队半年，不给他写信了。但又一想，老母亲最疼儿子，不告诉他，将来他还不抱怨自己？没想到最后装错了信封。

儿子发来电报：我娘去世为什么不给我发个电报，我现在回去也晚了。他觉得对不住儿子，给儿子发电报说：是你奶奶去世了。

他怪一凡先生没嘱咐他，让他办错了事。老人走了，反正三年不用贴春联，所以见了一凡先生，他都是躲着走。

仔细想想，这事怎能怪人家一凡先生呢？

媳妇做了饭，都放凉了，两人都没心情吃。熬到晚上八点，石头刚去关了外门，还没回到屋里，就听到有人敲门。

他不耐烦地问："谁呀？"

没人回话，但敲门声一直在响。

他气呼呼地去打开了外门，一个声音从黑暗中传来："石头兄弟，是我，我怕刚才一答应，你不给我开门，我可以进去吗？"

进了屋，一凡先生说："老太太走了三年了吧，今年该贴春联了，我怕你不好意思去找我，所以我写好，给你送来了。"

石头媳妇一下子跪在了一凡先生面前，哽咽着说："一凡先生，谢谢您了。"

石头也扑通一声跪了下去，嘴里说道："一凡先生，我混蛋，我不是人，我对不起您。"

"快、快起来，你们两口子这是干什么，过去的事了，也赖我，没给你每封信上做个记号。"

"一凡先生，您要是原谅我了，今天就在我家喝酒。媳妇，快去热下菜，再煎盘鸡蛋。"

"好，今天就在你家提前喝过年酒。"

在山头村，谁家有红白事，最先想到的就是一凡先生，有人去世了，让他来给记账，写挽联；娶媳妇，来给记账，写喜联。特别是过年后，谁家来了贵客，特别是新女婿上门，能请一凡先生来陪客人，那是最有面子的事。上谁家吃饭，他从不空着手，要不提一块肉，要不提两瓶酒。除了上课，他总是笑呵呵的，好像没有什么烦心事。

一凡先生自己做饭吃，所以在学校的一角开辟了一片菜园。秋天种上些大白菜，从冬天能吃到春天。

也不知道是种子不好，还是什么原因，今年的白菜长得不好，不包心。收了白菜，一凡先生正为下一季的蔬菜发愁呢。

这天早晨，全体学生齐刷刷地站成了一排，每个人的脸上都带着童真的笑意，他们每个人怀里，都抱着两棵大白菜。一凡先生扭脸抹泪，多好的乡亲，多好的孩子们呀！

几天后，石头又偷偷拉来了一地排车白菜，好像传染似的，没人号召，学校里的白菜，竟慢慢堆成了一座小山。

多年以后，村史上这样记载：一凡先生父母早亡，结婚没一年，媳妇难产也去世了，他没再成家，他把学校当成了自己的家。他虽是校长，但真实身份只是一名民办老师，教书育人的这份工作，他在山头村干了一辈子。他虽不是本地人，但他是山头村的第一村民。

被赶出地球的人

若金之波

五千年以后的地球，就像一个千疮百孔的皮肤病患者：大片大片的蓝色大海，变成了污黑死寂的废水池，海里的最后一批生物最终死于非命；覆盖在地球表面的植物大部分消失了，寒带森林因气温的升高而干枯，热带树木因为气温的下降而冻死；沙漠以惊人的速度吞噬着绿色的土地；所有的野生动物全部灭绝……

大气也变得混浊不清，炽热而又变味儿了的气体灼伤着人类的皮肤，稀薄的氧气使所有残存的动物气喘吁吁。

人类在大量地死亡。

但人类又束手无策。

因为这时的世界，主宰世界经济的权力，已经集中在三大巨头之手：一个家族囊括了全球所有工业，被称作"工业巨头"；一个家族掌握了世界所有汽车的生产和销售，被称为"汽车巨头"；一个家族控制了世界人造能源的全部股权（地下能源早已被开采利用殆尽），被称为"能源巨头"。尽管人们都知道工业废水是江海污染的主要源头，汽车尾气是空气变质的元凶，能源利用是温室效应的罪魁祸首，但所有人，包括普通民众和政府在内，对他们无可奈何。虽然要求三大巨头停止生产、减少污染的强烈呼声不绝于耳，却难以获得成功。停产，就意味着经济损失，这比剜他们的肉还难受！

强制也不行，因为三大巨头是所有国家的主要纳税人，并掌握着世界经济的主导权。其实，哪国政府不是三大巨头用金钱扶植起来的？政府早已被他们左右得俯首帖耳。

在人类面临灭绝的生死关头，三大巨头却无动于衷：

"我们的今天是靠祖祖辈辈辛辛苦苦攒下来的，为什么要败在我们手里？"

"笑话，停止生产，我们靠什么赚钱？！"

"灭绝又怎么样？恐龙不是已经灭绝过一回吗？要死大家一起死好啦。"

面对三大巨头的唯利是图，人类只好"望天兴叹"……

一天，世界首席科学家欧阳超前先生向联合国提交了一份报告，在距离地球若干光年的河外星系，发现了一颗适宜地球人类生存的星球。为了保存地球上的文明成果，他建议火速移民。不过，欧阳超前也坦言，由于路途太遥远，即使乘坐最快的光速飞船，也需要数十地球年。因此，这无疑是一次单向旅行。而宇宙飞船也必须具备可供人类正常生活的条件，它不仅要空间大，还要功能齐全。为了提高运载效率，最好建造可容纳数千人生活的巨大飞船。科学已经解决了所有技术问题，但需要花费巨额资金。

这份科学报告给人类带来了一线光明，也使三大巨头跃跃欲试：

"移民，有意思。"

"地球太小了，早就住腻了，是该出去走动走动了。"

"好啊，我正想把生意做到外星球上去哩。"

为了第一批移民的实现，三大巨头倾囊相助，世界上所有重量级科学家全部投入光速飞船的设计研究中。他们首先建造了一万座巨型发射塔，分布在方圆 10 公里的地面；然后在每台发射塔上安装一个最先进的巨型火箭。接着，在这些火箭上方组装特大型宇宙飞船，在这架面积达 10 平方公里的飞船内，其生活条件完全依据地球设置，既有人造太阳，也有人造月亮，有山有水，有空气，有树木，也有草地，环境十分优美。按照欧阳超前先生的设想，飞船可一次移民三千人。但三大巨头否决了这个设想：

"合着我们倾家荡产，却是在为他人做嫁衣？"

"我们家族是靠什么起家的？如果不把我们的业务拓展到外星球，就是去了又有什么意义？喝西北风？"

"我们要求把机器和生产线带到飞船上去，不然，我们待在飞船里干什么？"

在三大巨头的压迫下，欧阳超前被迫改变了自己的计划，飞船不再运载移民，而是装满了工业巨头的生产设备、汽车巨头的汽车和能源巨头的人造能源。

在飞船即将发射的时刻，三大巨头带着自己的家眷，以及经过精心挑选的数百名技术工人走进了飞船……

欧阳超前一声令下，一万枚火箭同时点火，只听一声震撼地球的巨响，飞船徐徐飞向了灰色的天际，消失在茫茫太空，向着既定的目标飞去……

三大巨头终于被赶出了地球，人人欢欣鼓舞。

一百年后，地球上的空气开始清新，海水重新蔚蓝，许多生物再现踪迹，人类又恢复了正常生活。

由于欧阳超前先生作古，那艘宇宙飞船已无人提及。不过，飞船上有监视器，人们从回收装置里看到那里的景象后，无不感叹：那里的环境就像一百多年前的地球……

锦鸡峰

王　荀

上午十点二十分，画家启凡与妻子金菊香兴冲冲地来到锦鸡峰东峰。看到对面西峰上一只只活泼可爱、美丽优雅的红腹锦鸡，启凡格外兴奋，端着相机咔嚓咔嚓地拍个不停。

启凡到锦鸡峰采风，缘于金菊香朋友圈里的一个视频。凌晨六点钟，金菊香一觉醒来，看到朋友圈的视频，惊喜万分，忙给启凡看。启凡睁开惺忪的眼睛，越看越稀奇。视频中，数千只红腹锦鸡踵趾相接，分外壮观。"走，咱去看看吧，我的心早已飞到了千里之外。"听到金菊香的话，启凡笑了，从网上买了两张高铁票，背着行囊，来了场说走就走的旅行。

锦鸡峰过去叫松树峰，距县城九公里，因峰顶郁郁葱葱的白皮松而得名。近三年来，越来越多的红腹锦鸡云集于此，形成了一道独特的风景。县政府想拉动旅游，故把松树峰更名为锦鸡峰，把松树峰镇更名为锦鸡峰镇，把松树峰宾馆更名为锦鸡峰宾馆。据说，县政府已将锦鸡峰列入旅游建设规划，很快就要把这里开发成景区了。

锦鸡峰西峰山势险峻，人迹罕至。游客观赏红腹锦鸡，只有到东峰顶来。东峰每天人来人往，笑语连连。

拍了几张称心的照片，启凡找了块平地，支起架子，展开四尺斗方的宣纸，从包里掏出国画颜料，挤到瓷盘边，往盘中间倒点儿矿泉水，拿起毛笔，看着西峰上飞来飞去的红腹锦鸡，构思片刻，就要动笔作画。

眼前草丛中有几个游客扔的空饮料瓶，启凡看着很不舒服，弯腰捡起来，放进身旁的塑料袋中。

"爷爷，这个画家咋还捡破烂？"

启凡扭头看去，只见一个老人拉着一个八九岁的小男孩，慢悠悠地走上来，脸上汗涔涔的。

"这是一位穷画家。"老人附在小男孩耳边说，声音不高，启凡却听得真切。

画着画着，启凡渐渐进入了状态，越画越生动传神。游客纷纷聚拢过来，静静地看着，不时地发出惊叹声。老人也过来凑热闹。小男孩将手中刚喝完的空饮料瓶子，轻轻地放进启凡身旁的塑料袋中。

小男孩端详启凡许久，拉了拉老人的手，低声说："爷爷，我看他是启凡大师。"

"别胡说，启凡大师咋会到这儿来？"老人摇头否认。

"真的，爷爷。"小男孩眨了眨眼睛，十分认真地说，"上幼儿园时，老师教我们看图识字，卡片上有书法家、画家、音乐家的图片。他就是启凡大师。"

"大千世界，人像人挺多的，别胡说。"老人不以为意。

"我没有胡说。"小男孩挺不服气，径直走到正在潜心作画的启凡面前，问他："爷爷，您是启凡大师吗？"

启凡看了看这个天真可爱的小男孩，笑呵呵地反问道："你说呢？"

"我说您是。"

"你说是，就算是吧。"启凡刮了一下小男孩的鼻子，仍然笑着。

"不可能。"老人不容置疑地说，"若是启凡大师来了，县里的文联主席、美协主席，还有那些画家，都会蜂拥而至。这，绝对不可能！"

启凡不动声色，继续作画。

"我看过不少画家的名片，有老虎王、牡丹王、梅花王、山水王。对这个问题，您怎么看？"有位中年游客请教启凡。

"我从来不信画王之说。"启凡喝了一口矿泉水，笑容可掬地说，"艺术是一座高山，每个从事书画艺术者，天天都在努力，随时都会被超越。换句话说，再有成就的艺术家，如果不能持之以恒地创新，都有被淘汰的风险。"

启凡边说边画。不大一会儿，一幅线条流畅、笔墨精湛的山水画，就呈现在游客面前。特别是画中的红腹锦鸡，形神兼备，栩栩如生，格外引人注目。

"给我们讲讲您这幅画吧！"中年游客仿佛找到了知音，迫不及待地说。

"行啊，"启凡指着刚刚完成还没落款的画作，讲得头头是道，"画好一幅画，要把握三个关键。一是主题突出。我画的这幅《锦鸡峰》，就是对面西峰的景观。山中悬崖峭壁，山顶土地肥沃，生长着茂盛的白皮松，那是红腹锦鸡的乐园。

这些标志性的自然地貌，绝无仅有。二是动静结合。在这幅画中，占据大半个画面的是峰顶，远处隐隐约约的山峰和近处山崖上高高低低的白皮松，都是'静'，而峰顶嬉戏走动的和空中飞翔的红腹锦鸡，则体现了'动'。'动'中有'静'，'静'中有'动'，运墨着色，浑然天成。三是画龙点睛。在这幅画右边山崖下不起眼的平地上，我特意安排了一个茅草房，虽说所占画面的比例非常小，但那房顶升起的炊烟和院边晾晒的小红衣服，让人感觉有几分诗意，农家日常生活的场景，跃然纸上。"

周围响起了热烈的掌声，游客们纷纷与启凡和他的画作合影留念。

下午四时，启凡的肚子咕咕作响，他们收拾好行囊，准备去网上预订的锦鸡峰宾馆吃饭歇息。沿着崎岖的山路返程，穿越一片浓郁的柏树林，启凡和妻子金菊香拖着沉重的双腿，行至山下的公路上。途中没有垃圾箱，启凡的手里还提着那袋饮料瓶子。

"收破烂喽——"一个中年男子骑着三轮车，从村子的小路上出来，高声吆喝着。

启凡忙向中年男子招手："大哥——"

启凡连喊三声，中年男子没有理会，继续前行。启凡赶忙跑过去。"是叫我吗？"中年男子怔怔地问。

"是呀！"启凡扬了扬手中的那袋饮料瓶子，迅即扔进三轮车里。

"都叫我收破烂的，没人叫过我大哥。"中年男子很激动，从衣兜里掏出一把小钱。

"不要钱，送给您的。"启凡向中年男子挥手告别，转身看到不远处楼顶上的五个醒目大字——锦鸡峰宾馆，飞快地走了过去。

玫瑰花香

曾　瓶

　　马三老汉找马武要钱。马三老汉说，我都七十岁的人了，你们两口子，无论如何都要给我一点钱，一千不多，五百不少。

　　马武一听要钱，没有好脸色，问，拿来干啥子？

　　马三老汉说，不用你管。

　　马武说，怎能不管？村上喊买养老保险，没给你买？你每月领的，不是钱？

　　马三老汉说，那点钱，不够。

　　马武说，坡上那五棵荔枝树结的果，你在卖，不是钱？

　　马三老汉说，今年减产，没卖到几个钱。

　　马武说，你为啥不说去年、前年，那些荔枝，你卖了好多钱？一句话，要钱，没得。

　　马武的钱，秀华管着。

　　马武赔着小心，对秀华说，要不，给两百。一点儿不拿，传出去，不好。

　　秀华不冷不热，不谈拿不拿，问，爹拿钱干啥子？你晓得不？

　　马武答，不晓得。

　　秀华说，你没问问？

　　马武说，问了，不说。

　　秀华说，连拿钱来干啥子都不晓得，怎个拿？拿两百，是多了，还是少了？

　　马武想想也是。

　　秀华说，再找你，你让爹来找我。

　　马武问，你晓得爹拿钱来干啥子？

　　秀华说，你没长眼睛耳朵？不会看不会听？

　　很快，马三老汉又找到马武。马武让他找秀华。

　　马三老汉很不高兴，爆了粗口，老子找你，你推给你老婆，还像个男人不？

　　马武不生气，笑呵呵地说，我们家，你老人家又不是不晓得。马武打趣他，

127

既然你要钱，怎么怕起秀华了？再说，就算我有钱，也不能悄悄拿给你。秀华晓得了，要不得。

马三老汉一听，火了，未必老子还像你，怕你老婆？！马三老汉去找秀华。

秀华板着脸，说，我爹我妈我都没给钱！

马三老汉说，他们是他们，我是我。我急得很。马三老汉身上像有成千上万的蚂蚁在爬。马三老汉提出，实在不行，算借。赚了钱，马上还。

秀华笑，爹，赚钱？啥子钱？

秀华刨根问底，有好急？是医病？身子骨出问题了？秀华说，如果是，马上朝医院走。人命关天，开不得玩笑。不是借不借钱的事情，所有费用，都该负责。再说，买了合作医疗，花不了好多钱。她要马三老汉放心去医院，不要担心钱。

马三老汉结结巴巴，不是去医院，比去医院还急。

马三老汉脖子鼓胀鼓胀的，说，不要以为我老了，说不定，以后，挣的，比你们多！

秀华装着糊涂，惊讶得像要掉出眼珠子，说，爹，还有比生病去医院更急的？以后，你挣得比我们多？说说看，干啥子？其实，她是要把马三老汉那点小九九，撕扯开。

马三老汉额头冒汗，更加结巴，喉咙里，像塞了石头，说，我跟你们说不清楚，干脆给我五百，我打借条。

秀华像一点也不晓得马三老汉的急、慌、乱，笑盈盈的，说，爹，你拿钱干啥子？得说清楚。不说清楚，如何拿钱？

马三老汉跺着脚，这个事情，跟你们说不清楚！

秀华笑嘻嘻地打量着马三老汉，说，爹，哪有说不清楚的？你怕我不晓得，你要钱，是想去耍女朋友！

像裤子突然掉下来，马三老汉又慌又羞，赶忙制止，秀华，不要乱说，你再说，我只有跳河了！如果不是儿媳，马三老汉恨不得马上冲上去捂她的嘴。如果有条河在面前，他真的就跳了。

秀华才不管，大声武气地说，爹，你怕我不晓得，前些天，有人看见你和张二娘去赶集，牵了手呢！

马三老汉吼叫起来，像发怒的狮子。刚开口，嗓门却矮下来。外人听到，羞死人。马三老汉说，秀华，莫乱说！人家脚扭了，不抓到起，要摔倒。马三老汉恨不得钻进泥巴缝缝里。

秀华缓和了语气，体贴地说，爹，张二娘没了老伴，妈也走了好几年。你俩约起去赶集，没得人说闲话。

秀华这一说，马三老汉整个人舒展了不少。

突然，秀华变戏法似的拿出一件红红的新毛衣，笑吟吟地问，爹，你要钱，是不是想买这个啊？

马三老汉眼睛亮了亮，摇头。

头两天，马三老汉和张二娘去赶集，看上一件红毛衣，要张二娘试。一试，合身得很。正要掏钱，张二娘却被旁边的宣传吸引住了。那是一张栽种玫瑰花的宣传海报。张二娘听说栽花还能赚钱，红毛衣也不买了，不住地问这问那。张二娘和马三老汉算着账，如果自家的山林和马三老汉的山林都种上玫瑰花，那能卖多少钱啊！以后，那是多好的日子！马三老汉也蠢蠢欲动。不过，他有些不放心，怕被骗。负责宣传的两个姑娘，拿资料给他看。确实是县农林科技局组织的科技下乡服务。上面，还盖着红印。她们告诉马三老汉，县上引进的这家公司，在市里的郊区建有基地，成片成片的玫瑰花，正开得热闹，很远很远，都闻得到花香。她们建议，可以先去看看。学不学，看了再定也不迟。

前边兴福站坐高铁，到市里，三十多分钟。一天打个来回，方便得很。马三老汉准备去看，正要去，发觉钱不够。马三老汉急匆匆去找马武。

第二天，马三老汉和张二娘一早去了兴福站。秀华已把票给他们买好了。

到检票口，马武和秀华也在那里。

马三老汉吃惊得很，正要问，秀华和马武已向他们走来，说，爹，我们也想去看看！

驶向黑土地的火车

崔　民

　　我登上绿皮火车，在一个靠窗的座位上坐下，四处瞧了瞧，车厢里的旅客不是很多。这一趟，我是去见已经三年未见过面的大学同学，他叫曲亮，我们上大学时同寝室。我有重要的事情跟曲亮面谈。

　　火车在广袤无垠的黑土地上，铆足了劲儿往前跑。我望着车窗外交替涌现的风景，望着望着，不由得又想起了曲亮。

　　曲亮在我们寝室，是话最少的人，我们都叫他"老蔫儿"。关于管曲亮叫"老蔫儿"的事，我们也有过议论。同寝室的许言和刘凡认为，曲亮来自一个偏僻的农村，大概见的世面少，所以腼腆些，话少些。很显然，许言和刘凡的观点，忽略了和曲亮同是从农村考出来却外向甚至有点话痨的我。我用自己的例子，对这个观点给予坚决地驳斥，弄得他俩无话可说。

　　大学毕业前夕，我们开始忙碌就业的事。我留在了省城，许言去了深圳，刘凡则去了杭州，唯有曲亮的就业方向不明朗。曲亮在就业这个问题上，表现得依然沉默寡言，很少主动谈及自己的就业方向。

　　大学朝夕相处的四年生活要画上句号了，我们即将各奔东西，何年何月何日再相聚难以预料。可是要不要张罗聚餐这事，让我这个寝室大哥犯了难：我担心在餐桌上曲亮话少犯尴尬，可是大学生活中很有意义的聚餐，不能没有。我硬着头皮张罗了那次聚餐，没有料到，在聚餐时，曲亮端起酒杯后很活络，脸上挂着难得的笑容，话说得也不比我们少，我没有在他身上看到一丁点儿尴尬，更没有看到平日里的腼腆。曲亮是不是装出来给我们看的？我仔细观察后，得出结论——不是。我趁机试探着问："曲亮，选哪儿了？说给我们听听。"曲亮摆摆手说："这个事儿，没啥可说的。"我们继续追问，曲亮终于松口说要回农村老家去。曲亮的这句话，让我们的话题戛然而止。

　　我打心里不太明白曲亮的选择。千辛万苦考到省城，读了四年大学，学习成绩也不赖，到了出人头地的时候，他却选择回农村。这个"老蔫儿"的选择真出乎意料！

那次毕业聚餐后不久，曲亮就离开了学校。我去火车站相送，曲亮背着行李登上了回家乡的火车。他站在车门处，回头看我，目光碰撞在一起的那一刻，是我和他难忘的无言交流。

我到省城报社工作后，经常参与采访，采访的同时，也带着推荐人才的任务。我推荐的人才只有一人，那就是曲亮。我不怕有人说闲话，说句实话，曲亮只是人有点蔫儿，话不多，容易让人们忽略他的才学，他无论是笔下功夫还是专业素养，在我们系里都是名列前茅的，是个名副其实的人才。我总觉得他不声不响地回家乡，会不会大材小用了。

真应了"功夫不负有心人"那句老话，到了第三年，我终于给曲亮推荐上一个非常好的工作。这个工作怎么个好法？这么说吧，若是让我重新选择就业，我会毫不犹豫地选这个工作。

我满心欢喜，是呀，也该给曲亮一个惊喜了。

火车在黑土地上越跑越快，我离曲亮越来越近。想到马上就要见到曲亮，帮助他改变前程命运的大事就要成真了，我不禁激动起来。

这时，车厢里似乎发生了什么，我听见身边的旅客议论着，有的旅客还站起来，向车厢中部瞧。我抬头望去，只见有个人，一只手举着精致的食品包装盒，另一只手指着车窗外，在大声说话。他旁边有个小伙子，神情投入地拍摄着。拍摄的工具挺简单，一个三脚架，一部手机。噢，这是直播。直播不算什么新鲜事，可是亲眼看见在火车上做直播，我还是第一次。

我也跟着站起来，瞧个新鲜。这时，主播把脸转过来，我大吃一惊，竟然是曲亮。可曲亮好像没有看见我，继续做着直播。

我秒速坐下，害怕在这个时候曲亮看见了我，影响他直播。

曲亮指着车窗外的黑土地："大家知道吗？我国独一无二的黑土地在哪里？看！就在这里！你们看那油黑的土地，抓起一把土，能捏出油来。在这里长出来的粮食，论口味，论营养，想不一流都难。说到这儿，我要告诉看我直播的朋友，你们有口福了！你们可以省去路费和时间，不费吹灰之力，就能吃到产自黑土地的油黑色的黏玉米、金黄色的黏豆包。这是我们最新推出的两款产品，刚投放到市场上，这人气就爆棚了……"

哦，是黑土大地牌的黏玉米、黏豆包。我猛然想起，前几天过节，单位同事们争相推荐的，就是这个牌子的黏玉米、黏豆包。单位同事吃了都说好吃，下次还买，我也有同感。我还听同事在议论，说这个黑土大地牌可了不得，是一个大学生回乡创业，为帮助乡亲们致富打造的农贸品牌。可我万万没想到，这个黑土大地牌的创造者竟是曲亮。

忽然听不到曲亮的声音了，可能是他的直播结束了。我试探着抬起头来，想看看什么情况，没想到，曲亮已经走到我面前。我和曲亮的手紧紧握在一起，我俩的目光，相隔三年，又一次近距离地碰撞。这次，我没有管住我的眼泪，曲亮也没有管住他的眼泪。那天我们谈了很久很久，曲亮婉拒了我给他推荐的工作，我也终于明白了当年他义无反顾回到家乡的决心。

时间过得真快，一晃半年又过去了。那天，曲亮来省城参加黑土地经济研讨会，开完会就急着往回赶。我急忙赶到火车站，依旧是火车站的站台上，依旧是那趟驶向黑土地的火车旁边。

列车开动了，像是赛跑一样，载着曲亮又奔向了黑土地。

烧　烤

李　方

我调离教育系统很久了，但同诸多教师朋友，依然保持着联系。

天近黄昏，老开监考结束，从城郊的学校驾车进城，问我们在哪儿，他直接开车过来。

我骂他，你直接开车过来，就是毁了麦苗种豆子，安了个变驴的心，存心不打算喝酒了。那还聚啥啊，改天再约吧。

别别别啊。老开急得直结巴。那就只好委屈你们，一边溜达一边往鞍鞍桥小区走，我回家停了车就出来。

挂断电话，我和老赵就顺着人民街往鞍鞍桥小区溜达。经过第二小学时，老赵说，你离开这里快三十年了吧，现在还认得出来吗？

我斜了一眼门前的巨石，巨石上是书法家题写的校名，巨石后是锃光瓦亮的伸缩门。我任教的时候还叫武庙小学，校门是高耸肃穆、古色古香的门楼，校内有座大殿，端塑着关羽一手提着青龙偃月刀、一手握着《春秋》的雕像。

任何行业，如果背离了初衷，外表的富丽堂皇是不管用的。我说。

也是。老赵吐了一口烟。

我们刚从鞍鞍桥过去，老开就伸出长长的双臂，腆着大肚子，咧着嘴笑哈哈地过来了。

老开说，吃烧烤喝啤酒行吗？这附近有家张黑蛋烧烤店火爆得很，常常没有座位。

其实并非像老开担忧的那样火爆。店内一楼二楼的卡座虽然全满，但店前的散摊还有两张空桌子。

老开一边捏着油腻腻的塑封菜单用眼瞄着，一边说，这个烧烤店确实了不得。是夫妻店，卫生、环境你们看，也不咋的……

要喝饮料自己倒。雪碧、可乐都有，免费。就是人手少，顾不上。要吃啥，想好，我一会儿来了给我报。一个矮胖的穿着花格子围裙的女人一边收拾桌子，一边扭过头来对我们说。

然后捧着散乱的扦子进店里去了。

看。服务质量根本谈不上。前段时间，"大城小事"上曝了光，说这里卫生差。他们的生意非但没受影响，反而更火了。主要是分量足，味道好，没办法。今天能有这张空桌子，是因为还没到吃烧烤的时间。老板，老板——老开喊着点单。

老赵、老开就着毛豆喝啤酒。我到街对面的超市买了瓶二锅头。

落霞满天，夕照明艳，凉风习习，蝉声稀疏。

碰着杯，有一搭没一搭地喝着。肉串正在烤。

你们看旁边那家，也是烧烤店，有几个客人？空着多少桌子？同行是冤家，有人说曝光的事，大概率就是旁边这家店捣的鬼。张黑蛋两口子啥话没说，该怎么烤还是怎么烤。那张黑蛋，常年四季戴着墨镜，烧烤的时候都不摘。你说，那调料他是咋掌握的？老开背对着旁边烧烤店门前的散摊，我和老赵面对着老开，很仔细地看了看旁边的店。店门口，坐着个女人在玩手机。

来来来，把毛豆的盘子往边上挪一挪。烤肉好了——咦？

张黑蛋果然戴着墨镜，头扭过来扭过去，看了我们几眼，放端正烤肉的盘子，转过身朝店里去了。半路，又转过身看了看，才进店。

分量很足，这是肉眼可见的。味道确实不错，跟吃过的城里其他烧烤有明显不同。闷一大杯酒，再吃肉，特别爽口。

天色变暗，市声渐起。店里的客人进进出出，有些人只能在旁边的塑料椅子上坐着等。看手机的女人过来了，柔声问，吃个啥？回答说，等等。女人的声音高起来，等，你在马路牙子上坐着等去！不要坐在我们家的椅子上。

张黑蛋一手提着把塑料椅，一手端着一盘串着扦子的烤肉放到桌子上。

我对老开说，这也太多了……

老开说，我没点这么多……

张黑蛋放下椅子和老开并齐坐下来，把墨镜推到脑瓜顶上，伸着脸说，李老师，不认识我了？我是张进刚啊。

他的两只眼睛都好好的。但是仔细看，左眼珠不动，是假的。

当年被贾庆亮用铅笔戳了的就是张进刚的左眼。

张进刚父亲去世、母亲下岗，他想辍学帮母亲卖馒头。我是好心办坏事，撤了贾庆亮让张进刚当了班长。课余，贾庆亮不服，骂，你凭什么跟我争？手一挥，铅笔扎进了张进刚的左眼。处理的过程中，我这个班主任的意见至关重要，是故意，还是小孩子一起玩的时候失了手？

处理的结果是，贾家赔了张家一笔钱。我最担心的，是贾家的钱不到位。钱拿来了，我只能尽量安慰张进刚的寡母：事情已经发生了，全力给孩子看眼睛。再不济，用这笔钱，也可以做个小生意。

一日为师，终身为父。借花献佛，用你们的酒，给老师敬一杯。当年如果不是老师据理力争，为我们孤儿寡母争取赔偿款，能不能拿到钱还真是难说。老妈一直都说要好好谢谢老师，你却调走了，找不到了。今天我请客！

我是深感自己不配当老师，所以申请调走了。

深夜回家，躺在床上，横竖睡不着。想到天明，也没想起来当年贾局长送给我的那方端砚哪儿去了，只是耳畔一直响着"岁满不持一砚归"这句话，感到心里好像生着一炉火，在烧烤。

孙小灶

张　琳

那天在工友酒家"化肥厂"包厢，跟坐在我身边的会计高大姐寒暄几句，问工友酒家的老板是谁，紧接着就问她老公孙明亮。你家老孙今天没来？高大姐咯咯笑了一阵子，说，啥老孙，不就孙小灶嘛，他若在家，这样的场合他舍得放过？前两天他去省城，参加吃货节去了。

是的，孙小灶是孙明亮的绰号，顾名思义，与他爱吃有关。一开始，我之所以没有猜到工友酒家的老板是他，是因为听过一个关于他的故事。刚下岗那阵子，孙小灶被聘为一家饭店的厨师，据说，他菜做得很慢，即便做个凉拌黄瓜，要这汁，要那料，都要腌制半天，费工又耗材。不久，被婉辞。这样的人开饭店，怎么能行呢？

孙明亮人瘦小，个头一米六左右，尖嘴猴腮，小眼睛大嘴巴，显眼的是两瓣红润的厚嘴唇。但就凭这很软的"硬件"，他硬是夺得财会学校毕业的会计高桂芝的芳心，在厂子里，竟然没有谁觉得奇怪。

有一句"欲抓心，先抓胃"的俗话，话虽糙，却有道理。高会计长得丰满水灵，胃口好，她先是知道了孙明亮的绰号和"杰出事迹"，然后一路寻到煤场，之后就成了常客，再后来就和他谈起恋爱，做了夫妻。

孙小灶进厂后，没有像其他单身职工那样吃食堂，而是买了一个可以拎着走的便携式蜂窝煤炉，铁皮搪瓷外壳，炉膛内叠放三块十二眼蜂窝煤球，炉门可调节火力的大小。每天不上班的时候，孙小灶就爱翻一册油印的菜谱，倒腾吃的，仿佛倒腾美食是他唯一的爱好。刚进厂的时候，孙小灶住宿舍区，他做饭时满宿舍区飘荡着香味儿，令一帮子厂里的职工和家属闻香而来，大家看到这个瘦瘦小小的家伙，在吃上一点儿也不含糊，一个人，也要有两个菜，或一荤一素，或一青一白，有时候还要烧个汤，啧啧之余，心说：这人的前世难不成是个吃货？

后来，孙小灶被调到煤场，搬出宿舍区，住到煤场西南角的两间房子里。这房子不光处于煤场西南角，而且位于全厂西南角，房后就是东西向与南北向两条厂子外墙的夹角。这两间房，里间用于住宿，外间存放工具，还砌了锅灶，直接烧块煤的，主要用于冬天取暖，当然四季都可用于做饭，燃料不是问题，就在煤场嘛。这一下，乐坏了孙小灶。这个地方远离人来人往的厂区，天高皇帝远，想吃什么吃什么，想咋弄食材就咋弄食材，香味儿飘得再远，还能飘到几百米之外的煤场门外？

酒香不怕巷子深。孙小灶名气大，尽管远离厂区中心，他值班的房子很快还是人来人往了。今天几个车间班组长带来几斤猪大排，在此打个牙祭；明天几位工友带着钓来的一网兜杂鱼，在此过过嘴瘾……木工组组长宋老木来这里吃饭，见缺少桌凳，第二天，就叫手下人送来一张简易木桌和几条凳子；豆油鼠送来酱油醋等调味料，说是从食堂"借"出来的；臭棋汪竟然给孙小灶加工了一把沉甸甸、亮闪闪的不锈钢锅铲……餐具颜色、尺寸不一，但丝毫不影响大家对菜品的热情。

正是在孙小灶偏处西南的时候，高会计跟着财务科长来到了这里，见到了传闻中的孙小灶。初次见面，高会计对孙小灶没有特别在意，一个长相像瘦猴子般只有初中文化的工人，她高会计尽管相貌不咋出众，但在一个企业里当属凤毛麟角，两个人是铁轨一般的平行线，根本没有相交的时候。但接下来，高会计吃到孙小灶煎炸的一个食品，令她对孙小灶立马刮目相看。孙小灶利用厂子墙角下的一窄条空地，种了几畦蔬菜，其中有"绊倒驴红萝卜"。他将红萝卜切成细细的丝儿，用湿面粉勾芡，放在豆油锅里煎得焦黄焦黄，起锅趁热吃，外焦里嫩，唇齿生津，香飘内心，让高会计觉得，她其实和孙小灶是有相交的可能的。这道菜被孙小灶称为面煎红萝卜。之后，高会计又吃过孙小灶做的面煎青椒丝、面煎土豆丝、面煎茄丝，不管面煎的是什么，高会计都百吃不厌，在她心中，自然对孙小灶"免检"了。

假期临结束，我联系高大姐，问孙小灶回来没有。高大姐说像孙小灶这样饿死鬼托生的，到了外面，缺了管束，撒欢炝蹶子，以切磋美食的名义，四处海吃胡喝，不吃腻肠胃，能舍得回来？我向她要了孙小灶的手机号，说回到省城，联系他叙旧。

回到省城第二天，我联系孙小灶，电话一接通，孙小灶就直呼我的名字，说他夫人已将此事向他做了"重要汇报"。孙小灶说，开个玩笑，我现在是"领导"了，省美食家联谊会的副秘书长，不管真假，老婆认。

我说，找个地点，今天咱俩剋两杯。

孙小灶说来我这边吧，我请你吃小灶。上午来，上午剋；下午来，下午剋；上午剋了下午接着剋，更好。

我说，你不是住酒店吗？怎么做小灶？

兄弟呀，咱是干什么的？咱来省城是干什么的？孙小灶说，告诉你，你不光能吃到我做的美食，还能吃到其他美食家做的美食。

我一想，也是，就同意了孙小灶的邀请。

在打车去酒店的路上，我接到会计高大姐的电话，说孙小灶"三高一低"，要我关照一下他，不要海吃胡喝，不要拼酒。

这个孙小灶，血压、血糖、血脂都高，除了个头儿低。高，能高到云彩上；低，能低到尘埃里。老"文青"高大姐貌似抱怨，语气里却溢满爱意。

北方馒头

申　弓

居小城，总有一番半自我安慰性质的好处：四季如春，不拥不堵，低碳绿色。正如夫人所说的，吃块豆腐也新鲜。

小城有小城的美食，白鸽粥、猪脚粉、猪杂煲、虾勾答，这些都是在这个城里食之不厌的美食。

这天我经过新兴路，听到了一个甜甜的声音："北方馒头！"

我想想也好久没吃面食了，还真想吃个馒头。可一想到那网络上说的白面馒头就望而却步了，说是没良心的商家为了赚钱，用添加剂搅和劣质面粉，做成又白又香又大的精面馒头，让多少人吃出了毛病！

"北方馒头！"甜美的声音有着极大的吸引力。还是过去看看。

一个小个子女人，骑着一辆电动三轮车，驮着一只竹笼，正在一边慢慢地骑行，一边卖着馒头，有谁要买，只要招呼一声，随时停车。

我也叫了一声："馒头！"电动三轮车便慢慢地驶过来。女人戴着遮阳帽，一个大口罩将大部分的脸罩住，只露出一双明亮的丹凤眼："先生要馒头吗？"

"是的，怎么卖？"

"一元钱两个。"

"有什么特点？"

"纯手工的老面馒头。"

一看那热气腾腾的馒头，颜色不怎么白，而且散发出一股发酵的醇香，我信了，便说要两个。

女子用戴着白手套的双手，将馒头装进食品袋子递过来。我一摸钱包，不由得一愣：不是没带钱，而是身上没有零钱。我不好意思地递过一张百元钞票。只见她眉头轻轻一皱："先生不好意思，刚出来，没零钱找，您先拿去吧。"

"这怎么可以？要不这张钱你先收着，以后再找吧。"

"不要，我常在街上走，还是你之后给钱吧。"说着上了三轮车，又是一句，

"北方馒头！"

由于赶去坐车，我也就不多推辞，一边咬着那带着醇香的馒头一边赶路，眼前总是出现那一双明亮的丹凤眼，还有那双白色的小手，想象着那大口罩掩盖之下的姣好脸庞。

火车、飞机、汽车，我这个差一出就差不多一个月过去了。当回到这个生活的小城，我才又突然想起自己还欠着人家一元馒头钱，想起了那双清澈的丹凤眼，也许会被她误会。

我来到新兴路，站在那天买馒头的地方等了好久，没见到那辆电动三轮车，也没听到那甜甜的"北方馒头"的喊声。

我向旁人打听："那个卖馒头的怎么没来？"

路人说："早跟老板走了，这么漂亮的妹子怎么会天天当街卖馒头？"

说的也是。不过我总觉得欠了人家一笔账，上次一去久久不回，弄不好她还以为我想赖账呢。

虽然听说她离开了，可每当经过新兴路，我还是会留意一下。

几天后，隐约听到了"北方馒头"的叫声。我循声找去，却是在与新兴路交接的中山路上。依然是一辆电动三轮车，声音还是那声音，是从半导体喇叭里传出的，每隔几秒钟喊一次。

我高喊了一声："馒头！"三轮车便又向我驶来。

"先生要几个？"

"两个吧。"交钱时我给了两元。

"先生给多了，只收一元。"

"上次欠了一元。"

她抬起那双漂亮的眼睛，似乎想起了什么："您还记着？"

"怎么可以忘了呢，我是出差才回来。"

她"哦"了一声说："不就是两个馒头吗，让您惦记了。"

我说："你不是去公司上班了吗？"

"是啊，去试了两天，我又回来了。"

"是不适合？还是？"

"我不想说。我想，我还是卖馒头好。"

"那你就打算这样卖下去？"

"是的，天上不会掉下馅饼，凭自己的努力生活，这样踏实。"

"那你就不想改变，比方说有固定的收入，还能不风吹日晒的？"

"那饭不是我能吃的，我一个农村孩子，文化程度也不高，就不奢望了。"

本来我想帮她介绍个工作，也只好打消了念头。我所能做到的，就是每天都来买两个馒头，也尽力地发动身边的朋友来帮衬。

就这样，小城里天天能听到她那甜甜的"北方馒头"。

一段时间后，她的背后背着一个小孩，也还是沿街高喊："北方馒头！"

向 往

戴 希

曾经，日复一日地记账、算账、报账、查账，日复一日地拨弄算盘珠子，与枯燥乏味的数字对弈，有时哪怕是一分钱对不上，你也要抓耳挠腮、反复核对，直到找准问题、账账相符。

那时你想，等将来退休了，多好！

曾经，面对浩如烟海的信息材料、调研报告、理论文章，还有接踵而至的领导讲稿，你经常废寝忘食通宵达旦地皱眉头、咬笔头。有时，仅一篇领导致辞就要反复修改五六次，甚至推翻重写六七次，才能勉强过关或者得到领导首肯。

那时你想，等将来退休了，多好！

曾经，税费提留难收、计划生育难搞、邻里纠纷难调……这些硬骨头不啃不行，你总是咬紧牙关，硬着头皮上，丝毫不敢怠慢马虎。

那时你想，等将来退休了，多好！

曾经，犯罪分子非常狡猾，作案手段十分专业，行凶动机特别歹毒，侦查破案极其困难。一大堆没有头绪的积案要案让你寝食难安，然而对坏人的宽恕就是对好人的残忍，你只能想尽千方百计，历尽千辛万苦，深入虎穴，除暴安良……

那时你想，等将来退休了，多好！

曾经，新闻稿件的审核、文明城市的创建、网上舆情的防控，哪一项都要求万无一失，哪一个都不是省油的灯，而这就是工作，你必须只争朝夕、谨小慎微，兢兢业业、积极作为……

那时你想，等将来退休了，多好！

盼星星盼月亮，盼到望眼欲穿，终于退休，终于船到码头车到站。再也没有要做的工作，再也没有要解的难题，再也没那么赶、那么紧、那么苦、那么累，再也没那么多煎熬。总而言之，解脱了，轻松了，好过了，你长长地舒了一口气！

你迫不及待地要找回曾经失去的，补齐曾经欠缺的，实现曾经向往的。于是乎，退休后有段时间，你每天都是：天刚擦黑就呼呼大睡，一觉睡到自然醒；醒来已近中午，洗漱完毕，省得用早餐了，只吃中午和晚上两顿饭；饭后没事儿到湖边走走，走到适可而止再踱回家，漫不经心地看电视剧消遣。你曾经严于律己，一直烟酒不沾，现在也开始喝点儿酒、抽点儿烟，享受人生。

这样的日子自由散漫、云淡风轻、悠然闲适、随心所欲，你乐得逍遥，十分享受。

可没过多久，你就觉得这样的生活没动力、不上劲儿，缺方向、少盼头儿，无所事事、无忧无虑的日子反倒让人倍感空虚、孤寂、倦怠、无聊、消沉、失落、惶恐……你对退休前紧张忙碌、充实有序的时光顿生怀恋，可毕竟此一时彼一时，再也无法回到从前。咋办呢？

这天你躺在沙发上，一边心不在焉地看电视，一边又不由自主地思考着什么。忽然，小外孙和小孙女灰头土脸地来到你面前，无精打采地蜷缩在你的左右。

"外公，你好幸福！"小外孙说。

"是啊，"小孙女也满脸羡慕，"爷爷，你真幸福！"

你左瞧右看，笑问："何以见得？"

"您啊，"小外孙扳着指头回答，"第一不用上班，第二不用上学！"

"可以抽点儿烟，喝点儿酒！"小孙女摇晃着头。

"还有，"小外孙瞟一眼你的一只手，"时常把持着遥控器，想看啥电视就看啥电视。"

"这就幸福啦？"你皱着眉问。

"当然，"小外孙打了个响指，"这叫幸福透顶！"

小孙女机灵，眨巴着眼问："您的退休金每月都自动到账吧？"

你点头："是啊，那可是相当准时。"

"人生巅峰呢！"小孙女眼睛亮亮的，"爷爷，您要幸福得晕头转向才对！"

你嘿嘿地笑了："难道你俩就不幸福？"

"真不幸福！"两个小家伙异口同声地说。

你一愣："此话怎讲？"

"我有读不完的书、写不完的作业！"小外孙噘着嘴说。

"我做完作业要弹琴，弹完琴后要跳舞，跳完舞要……"小孙女大吐苦水。

你眨了眨眼："都说先苦后甜，你俩可要为美好的梦想而奋斗哦！"

"我的梦想就是——"小外孙盯着你，"退休！"

"对，退休比什么都好！"小孙女满眼期待。

"只是，"小孙女又拧紧眉头，"退休得等到老啊！"

"唉，真难熬！"小外孙一脸沮丧，转眼一想又兴奋地喊，"我要——直接退休！"

"这……"你又嘿嘿地笑了，看着两个小家伙一时语塞。

"东东，还不写作业去？"这时，小外孙的妈在喊。

小孙女的爹也下意识地敲打女儿："南南，你还在唠个啥？"

不敢违抗大人，两个小家伙极不情愿地起身，无可奈何地离去。

望望他们，你不禁摇头苦笑。笑过，你眼里又有了一束光……

空椅子

杨剑文

事情是由一首散文诗引发的。

或者，也可以说，事情是由一把空椅子引发的。

牧文在邻县的一本内刊上发表了一首散文诗《空椅子》，样刊送到办公室的时候，牧文得意地拍了照片，并发在了微信朋友圈。

牧文的朋友圈对所有人可见。

看到这条朋友圈的亲戚、朋友、同学、同事，大多数为牧文点了赞，有的人甚至还留了言，赞赏牧文有才华，有前途。

这一天，牧文的心情真是好极了。

从这一天起，特别是单位里的同事们见到牧文，都不叫他的名字了，而是叫他：牧诗人，牧大诗人。

后来，大家的叫法变得简略了一些，直呼为：大师，或者，牧诗。

"大师"听着还好，这个"牧诗"却怎么听都感觉怪怪的。

不管怎么样，牧文因为这首散文诗的发表，"诗人"的耀眼光环和舒爽的好心情，还是持续了一段时间。

可是，这样的好心情扳着指头数一数，其实也就是一周多一点的时间，因为第二周的星期二的早上一上班，牧文就收到了一纸调令。

牧文被调到了后勤部。

让牧文感觉奇怪的是，这张调令后面的括号里，竟然明确注明了牧文的具体工作，那就是负责单位大会议室的一切事务。

牧文带着头脑中的一万个问号和手上的那张调令，搬到了大会议室旁边的那间小办公室。

"负责单位大会议室的一切事务"，其实平时也没什么事情可做，只有在开会的时候，才摆摆话筒、放放桌签、挂挂横幅，很短暂地忙上那么一会儿。

没什么事情做的时候，牧文继续埋头写自己的散文诗。

只是，脑海中的那一万个问号，在漫长时间的"稀释"中，不仅一点儿都没有减少，反而让他愈加萌生出了迫切地想要找到答案的想法。

为了解开脑海中的这个疑问，四个月后的一天下午，牧文提着两瓶好酒将办公室主任约到了酒馆里。

第二瓶白酒快见底的时候，办公室主任终于为牧文解开了脑海中的那个疑问。

"兄弟啊！听我说，有才华不一定就能在单位里混得好……比如说你，会写诗，是大诗人……怎么混着混着就到了会议室旁边的小办公室呢？"

牧文盯着办公室主任的眼睛，等待着他继续说下去。

办公室主任吐出一个烟圈，指了指牧文面前的酒杯。

牧文举起酒杯直接倒进喉咙里。

"好！有点儿大诗人的气魄。"

办公室主任说完，又指了指牧文刚刚放下的酒杯。

牧文倒满酒，再次举起酒杯，直接将酒倒进了喉咙里。

这样连着倒进去三大杯酒后，牧文感觉整个房间都似一条破船在海浪上翻滚。

"原因嘛，其实挺简单。'谁的椅子最后都会成为空椅子'……这是不是你写的散文诗？三个月前，咱单位那个主要领导在你的朋友圈看见了这句诗，就派你去负责大会议室的一切事务了。"办公室主任弹掉一截烟灰，继续说，"大会议室里什么最多？不就是椅子最多嘛！除了桌子、椅子，还能有什么呢？"

"就这？就因为这？"

牧文理解不了这是什么逻辑。不过，他在心里暗暗下了决心，以后发微信朋友圈一定要设置一个可见范围。

"哈哈，你们诗人可都是神人啊！还挺有预见性……这不，才三个月多一点，那个主要领导就进去了，他坐过的那把椅子，现在真成一把空椅子了。"

牧文搬进小办公室后大概三个月，单位主要领导因为严重违法违纪，被相关部门带走调查了。

办公室主任喝完酒杯里的酒，随即站起身来，轻轻地拍了拍自己坐过的那把椅子，晃晃悠悠地走出了饭店。

牧文盯着对面的空椅子，一个人出神地愣了好半天。

三个月后，单位里来了一个新领导。

又三个月后，在一次不怎么重要的会议间隙，新领导走进了牧文的办公室，看到了牧文办公桌上放着的杂志。

这本杂志上有牧文发表的诗歌。

"诗人！好！好！人才啊！不能让会议室里的一堆旧椅子、破桌子把人才埋没了啊！"

新领导对牧文赞赏有加，临走时还顺手加上了牧文的微信。

当前，单位办公室正缺一个专门负责审核材料的副主任，牧文就这样进入了新领导提拔重用的视野里。

第二天早上，新领导就把办公室主任叫了过来，详细安排了提拔牧文当副主任的事情。

可是，下午上班的时候，新领导又把办公室主任叫了过来，让他立即停下对牧文的考察工作。

看着办公室主任一脸疑惑，新领导指了指办公桌上放着的手机，随后慢悠悠地说："朋友圈，看格局；朋友圈，看智慧……他的朋友圈，居然设置为不让我看！就这点格局？就这点能力？诗人？哼！诗人！就这样的格局，就这样的能力，显然很难胜任办公室副主任的工作，还是让他继续守着会议室的那些空椅子吧……"

"好，好。是，是。按领导意思办。"

办公室主任退出来准备关门的时候，回头看见新领导正在办公室里踱着步，他刚刚坐过的那把椅子，此刻也变成了一把空椅子。

纠　结

庞　滟

　　小青抱着父亲的检查资料，奔跑在各大医院之间。她把这些来之不易又心有余悸的诊断结果一字排开，如同摆塔罗牌占卜一样，犹豫不决。究竟是手术好，还是保守治疗好？每个医生说的结果和病理的程度都不一样。

　　她表情凝重，说："爸，我决定了，健康是头等大事，还是得去北京的权威医院好好检查一下。咱们不能相信这些小医院，他们老想着挣手术费，还推卸责任。"

　　父亲用两只手支撑住头，好半天才摇了又摇，挥挥手说："不去大北京了，去哪儿我都不做手术，不想临死前还挨刀子。要是再半死不活的，瘫在床上，更遭罪了，你身小力薄，咋照顾我啊。老天爷给的命，活到哪天算哪天。"

　　小青心中很闷，也很沉重，对于工资不高的她来说，上有老下有小的负担像一座山压着她。她不敢想太多意想不到的结果，但她不得不去承担。"爸，现在医学发达，心脑血管疾病不难治，权威医院手术做得会更好，没什么风险。"她安慰父亲。

　　"我知道。人老了，遭罪啊！我就是不想遭罪了。你记着，等到我死的那天，一定要把我的骨灰撒到大海里去，我不想太憋屈了。"父亲长叹一声。

　　"爸，谁又咋的您了，谁让您憋屈了？我又做错了什么，让您这么说……"小青心中的委屈像易燃品被点燃了，炙烤着涌上来的泪水。

　　"不是谁的错。我就是想要自由了，不想将来和你妈在一个小土包里憋屈着。不舒心。"父亲的脸扭向窗外的天空。

　　小青动了动嘴唇，缄默了。她知道父母这一辈子性格不合，天长日久地吵架，都累了，相互间连说话的次数都少得可怜。父亲选择最后的生命归宿，要天各一方，她理解但也难以接受。她不敢想象那种无处安放的祭奠和思念会多么寂寥和悲伤。

　　小青找来和父亲很要好的六叔，让他帮她劝说父亲去北京看病。两个老人以水代酒，喝到了半夜，好像都醉了，连说话都大舌头了，吓得小青挨个杯子闻了又闻。

六叔摇晃着走出门去，对小青晃着手说："丫头啊，别劝你爸了，俺哥儿俩研究明白了，把那十几万元的辛苦钱，扔进医院的大窟窿里，白瞎了，不如留给孙男嫡女花呢……"

小青气得直跺脚，大声说："你们懂不懂医学啊，都说的啥？医生说了，做支架手术，至少多活十年都没问题，不做……就不好说了，突然发病那是不可逆的。"

"你爸说了，一棵老树活到头了，用不着再催根发芽了。真有生不如死的那天，你爸说他也不想遭罪，他自有办法。"六叔摇晃的影子被墨色的夜吞没了。

小青无力地坐在地上，被一脸冰凉的泪水糊住了视线。她痛恨自己没有能力攒下太多钱，使父亲有病都不敢去医院治，反倒想着把老本拿出来分给孩子们。

小青又失眠了，白天黑夜都瞪着眼睛，脑袋里都是父亲发病后的各种画面。

她去找了导师。生活中解不开的扣，她最终要去导师那里寻求解决的办法。她没有闺密和要好到无话不谈的朋友，她害怕被出卖。

导师目光温暖地看着她，安静地听着她的倾诉，及时地递来纸巾。

小青哭够了，抬头看到导师正目光淡定又明亮地看着她，用温暖的笑容迎接她溃不成军的悲伤，像极了疗愈万物的阳光。

导师说："给你讲讲我亲身经历的事吧。我大哥前年得了白肺，我侄女一定要去最好的医院治疗。因为她有经济实力又有孝心，我们都不好拦着她给老人做手术。手术的结果很不好，我大哥身体各个器官都被牵连出了问题。我每次见到满身插着管子的大哥，都心疼得不行。大哥求我帮他摆脱这些痛苦，可我做不到。大哥是很讲体面的人，他不想这样没尊严地活着。我去年膝盖疼，医院说要做手术，置换半月板，我没同意，人的身体是一个整体结构，一旦被手术破坏了自我修复的本能，会带来更多损害。你可以让你父亲试试一些中药或物理治疗。"

"可是，错过最佳手术期，我怕他……失去救治的机会，我会后悔一辈子的。"小青的眼中又涌出泪水。

导师说："你啊，就是爱纠结。能否救治不是你的问题和责任，这取决于你父亲自己是否愿意。如果他执意不做手术，可能也会少遭一些罪，心态变好了，身体也会变好，也会延长寿命的。你别总把别人的包袱抢到自己身上来背，活得轻松一些，快乐才会找上门来。"

小青纠结在一起的手指停住了互绞，如梦方醒："对啊，这不是我的责任。我一直在到处寻医问药。我尊重父亲的意愿也是一种孝顺啊。"

和导师分别时，小青鼓了好几次勇气，想拥抱一下导师。这么多年她在导师这里索取各种精神上的帮助，从未好好回报过。她一直有这个念头，但总被导师及时制止了。

导师目光如炬，笑着说："纠结的毛病又犯了，是吧？记着，病树前头万木春。别纠结。立定，向后转，大步向前走。"

小青心中涌起一阵悲哀，在这个漫长的拥抱等待中，父亲一样的导师也变老了。

美猴天后

欧阳华丽

义章多奇人，孙如男算一个。

孙如男人如其名，整天活蹦乱跳，踢天弄井。她父亲是县京剧团的团长，在剧团，她不但喜欢看戏，还喜欢看演员们排戏，在一旁一招一式地学，有模有样。

有时团里演《美猴王》，舞台上的"小猴子"数目不够时，就把她拉到台上去。她倒也不怯场，抓耳挠腮，眉开眼笑，手舞足蹈，把小猴子演得活灵活现。

也是，孙如男的家在莽山脚下，猴王寨旁，猴王寨的猴子数不胜数，那里从小就是她的乐园。她只要上山，就会在兜里带不少好吃的，分发给众猴儿。猴子怎么抓她手上的零食，抓住以后怎么吃，它们如何一蹿一跃，一抓一挠，她都熟稔于心，学得分毫不差。

只是谁也没想到，人长得让人心疼，声唱得中听的孙如男，长大后竟想学猴戏。

父亲劝她，学猴戏可难，你看你挺漂亮一女孩，如果整天一副鹰眼、龙身、鸡脚的形象，表演抓耳挠腮、挤眼缩脖，有什么好？在旦角中选一个吧，青衣、花旦、武旦，都行。再说，从古至今哪有过女猴王？

可孙如男振振有词，猴子都有母的！猴王怎么不能有女的？

没办法，父亲只能送她到省艺校去深造。两年后，孙如男学成归来。第一次上台演《美猴王》，她身手灵动，念打得法，一炮而红。年年春节，剧团大演，初一没有《美猴王》，初一电影院人挤人；初二没有《美猴王》，初二的狮子、长龙舞得热闹；单等初三《美猴王》一登台，电影院、舞狮的、耍龙的、说书的，便收了场，他们知道，就算开场，观众也是寥寥无几，何况自己的戏瘾也抑制不住，早发了作。孙如男幕后一叫板，掌声便响，千声锣，万声鼓，她借由道具弹板，飞身上台，在高空完成前空翻，继而稳稳落地，全场顿时爆发满堂彩。立定后亮相，她手中的金箍棒如花棍般刹那间舞得上下翻飞随心所欲，叫它走就走，让它回就回，叫它黏在手心里就绝不让它上手背，让它往东它绝不敢往西，观众眼花缭乱，叫好声不断。

一场戏下来，孙如男带着观众一起上天宫、闯地府，打妖精、斩狂魔，让人大呼过瘾！

毫不夸张地说，那些年《美猴王》就是剧团的上座率。可惜的是，到了 20 世纪 90 年代末，随着娱乐形式的多样化，剧团陷入困境，无戏可演，观众寥寥，再也无法支撑下去了。剧团人员有的由剧团具体安排，有的自己四方奔走，自找门路，有的改行自谋生路。孙如男还想演《美猴王》，她父亲便带着她来到了省京剧院。

省京剧院的领导和不少同仁听说过这个女"美猴王"，但没看过她的戏，便让她演一场试试。说是演一场，实则是折子戏《大闹天宫》。

演出那天并不卖票，但剧院的领导和有些名望的演员都到了，孙如男知道，都是行家，要留下来只有豁出去了。

一记大锣"苍"一声，孙如男踩着"登云步"上场，她身手矫健，打"飞脚"过桌子，按桌面翻"虎跳"到台中间，品御酒，尝蟠桃，一招一式入木三分，透露着一股似人非人、似猴非猴的机灵劲儿。

前面都很顺当，可当她拿过金箍棒时，心下一惊，暗叫不对劲儿，这根棒不但长过她的身高，还很沉，根本不是舞台上正常的分量。但她什么也没说，咬紧牙关，和天兵天将开打。

行家都知道，演美猴王是很不容易的，比如，美猴王身上的衣服，里面要穿上水袖、胖袄，再加护领，外面再加衬、大靠、金甲，一套行头下来，得十几斤重。头上还要戴紫金冠，上面还有猴王的翎子。穿着这一身装备，翻跟头、打斗，对女孩子的体力是一个很大的挑战。今天再加上这根又长又沉的金箍棒，对身量纤纤的孙如男来说是内外交困。不过这一切并没有影响她的表演，跟那些武艺平平的天兵天将对打时，她儿戏一般地应付、过招，伸脖缩颈，颇有喜剧效果。当哪吒、二郎神等劲敌上场时，她就用了"裹、翻、劈、砸、点、崩、挑、截、缠、绕"等十余种棒法，耍出了"混元花""车轮花""倒提柳""地躺棒"等花式技巧，威风凛凛，赢得下面一片掌声。

最令人拍案称奇的是，就在即将开场时，领导突然接到电话，说，舞台特效师因路上堵车，无法及时赶到剧场。没有特效师的烟雾效果，可台上美猴王的身上却自始至终都漾着一股袅袅仙气，人到哪，仙气便跟到哪，缥缥缈缈，若隐若现，若即若离，令观众置身于一个亦真亦幻的仙境。

最后随着一个筋斗云，美猴王扛着沉重无比的金箍棒，带着那一缕轻盈无比的仙气，又高又飘，一下翻进了后台。剧院里响起了雷鸣般的掌声。

院长一拍大腿，绝，这个人我们要定了！

谢幕时，孙如男许久未出，父亲感觉不对劲，连忙赶到后台，却发现女儿脸色苍白，累倒在地。

原来为了演出效果，孙如男每次上台都要吸一些吐烟花粉。吐烟花在莽山甚至是植物界都属特立独行的存在，每到花期，一缕缕的青烟，就会从一朵朵花蕾中喷洒出来，如吞云吐雾。孙如男每次上台都会将吐烟花特制的花粉，如吸烟般吸入一些，然后在表演时一点一点吐出，这是她的绝活。今天舞台特效师没来，她吸了平时三倍的量，以致心力交瘁，差点窒息！

京剧院的领导听说了缘由，百感交集，院里演美猴王的男演员更是抑制不住眼眶泛红。

后来不知谁开了个头，戏迷们从此人前人后管孙如男叫"美猴天后"。孙如男听说了，不喜，也不恼，干脆拿它当了自己的艺名。

狼与人

李永康

我是从后面把他扑倒的。他摔下去的时候，脑袋碰到了一堆石头上。他试图爬起来，但大概是磕坏了脑袋，他用手撑着身体，蹬了几下脚，就趴着没有动静了。我趁机咬断了他的一条腿，然后就不管不顾地把那条腿拖到一边啃了起来。

我已经很多天没有抓到过能吃的东西了。我吃过树叶，吃过青草，还学兔子刨过萝卜。我就是在追一只野兔的时候发现他的。当时他坐在石头上，背靠一棵树，腿伸着，手里拿着一个东西在啃着。有一截棍棒横在路中间，一个包放在他脚边。他看见我的时候，眼神是胆怯的，脸上也露出了惊恐。他马上站起来，把手中的东西砸向我，就往前面跑去。我张开嘴接住他砸来的东西，定定地站着，我的眼里没有露出凶光，也没追他。他跑出一段路，回过头来见我还站在那里，就又慢慢往前跑着。我吃完他扔到我嘴里的东西，就躲到了那棵树的后面，我不是不想去追他，而是饿得实在跑不动了。

我趴在树后眯着眼，耳朵贴着地面。过了好一阵子，有响动传来，我警觉地仰起头盯着路面。刚才跑走的那个人又回来了。他弯腰去拿包的时候摔倒了，隔了好一会儿他才站起来，又弯腰捡起棍棒拖着往前走去。我就是在这个时候从树后蹿出来迅猛地将他扑倒的。

啃完那截腿，我还舔了舔地上的血迹，身体里有了一股劲儿。不过，回头一看，被我咬断腿的人不见了，准确地说，是离开原地往前爬了很长一段路。我冲上去撕咬他的另一条腿，那个人突然无力地呻吟道："狼啊，你不要咬了，你把我咬死了，什么也得不到。"

我知道了自己被人称作"狼"，而且还能听懂人说话。我想说："我咬你就是为了填饱肚子，这是打小就接受的训练。除此之外，我还能得到什么呢？"

我居然张开嘴好奇地和人聊了起来："我不咬，你会给我什么呢？"那人也能听懂我说的话。他说："我家离这里不远，你跟着我，我到家后，把屋里的金银财宝全给你。"

"金银财宝可以吃吗？"我问。

人说："可以吃啊。"人的反应很快，意识到如果不能吃，对我实在是没有吸引力。人以为我开始相信他说的话了。人还说："我还把喂养的牛、羊、猪、鸡都送给你，你可以吃好多天。"

我说："我还是先吃了你吧，那些金银财宝我下次饿的时候再去吃。"

人无话可说，绝望地往前爬。我又咬断了人的另一条腿。人还是用两只手往前爬。人越是挣扎，血流得越多，不久就昏死过去了。我把地上的血舔干净了才离开。村里人只找到了一堆被我撕成碎片的衣服。

过了几天，我想进村去吃金银财宝，被一个小孩发现了。小孩直呼："狼来了！狼来了！"因为跑出来的人太多，我躲了起来。如是几次，等小孩有一次喊叫而没有人再跑出来时，我才狂奔过去扑倒那小孩的。这件事还被人写成了寓言。这件事，那小孩是真实情况的唯一见证者。我是知情者。

我经常看到别的同伴掉进人挖的陷阱里，或是被夹子夹住了，或是被枪打死。我听到过这样的传言，说这里出现了一只狼，因为吃人太多，已经修炼成精，不仅能和人对话，还能知道人的所思所想。被夹子夹住，它咬断腿就跑了，休养一段时间又会长出新腿来；子弹打到它身上，只能留下一个小孔；它还可以安然无恙地走过陷阱的表面而不留痕迹。

我后来跳进去的那个坑，是我亲眼见到人用了几天时间挖的，而且还不是在我回山洞的必经之路上。第一天，挖坑的人走了，我还好奇地下到坑底躺了一会儿。第二天，坑挖深了一点，我是踏着人预留的梯步下去的。第三天，我嫌走梯步麻烦，就直接跳入，上来的时候我试着跳跃了几次不成功，最后还是通过梯步费了好大的劲儿才上到了地面。第四天，我偷窥到人先把青草扔到坑里，又牵来几只羊推了进去，羊在坑里尖叫着，人走了。我兴奋地跑过去，跳进了坑，扑倒一只羊，想拖出坑来，可使出了浑身解数也没有成功。那台阶太陡了。我只好就在坑里吃，其他的羊都颤抖着在角落里看着我。吃完这只，我又过去扑倒另一只，又吃，吃完了，我又扑倒一只，继续吃。当人们从坑里把我捉住的时候，他们怎么也弄不明白，两只羊的重量都超过我了，我是怎么吃下去第三只的。人们把我杀了炖汤喝，还是觉得不太划算——三只羊换一只狼不值，而且腥味还太大。

这个世界上唯一知道《狼来了》的故事真相的狼，就这样被人杀掉了。人还自以为是地一遍遍地讲那个故事，可见人大多数时候都是在玩自欺欺人的游戏而不自知。

绿脸王奎

刘立勤

王奎是顶着一张绿脸出现在我们的记忆里的。

那时，我孤陋寡闻，知道关公画红脸，曹操着白脸，包公抹黑脸，孟良是二花脸，但不明白他为啥要顶着一张绿汪汪的脸摇摇晃晃滚出来。舞台上他的形象也不好，个子矮，腰身宽，像极一口装水的瓮、盛粮的缸。好在那缸好，一待他开口，嗡，一个苍凉高亢的声音飘逸而出，悠悠地在剧场回荡，在观众心里缭绕，抽去你内心所有念想……

> 想起了当年的事儿来
> 自幼儿家贫穷少吃缺盖无计可奈
> 无田产难度日好不悲哀……

他扮《九锡宫》里的程咬金，唱的是"程咬金喜笑颜开"那一名段。那是一段西皮流水，有六十多句吧，他一气呵成，唱得酣畅淋漓，让人头皮发麻三天闻不到酒香。也见过他唱《白水滩》里的青面虎，《失子惊疯》里的金豹眼，唱念做打一招一式都能抓住你的眼球，薅住你的心，让你时时刻刻都围绕着他转。下台再看到他，你就会想起程咬金，想到那段精美的西皮流水。因此，人们喜欢叫他"程咬金"，叫他"三板斧"，也叫他"混世魔王"，叫得他满心欢喜笑意盈盈。

舞台上的王奎威风凛凛霸气十足，生活中的他非常和善，见谁都是一脸客气的笑。剧团改唱花鼓后，他沦落为龙套，没了傲娇的资本，见人更是一脸笑，那是诌媚的笑。他见谁都觉得矮三分，好像欠下人家陈年旧账没法还。有人蹬鼻子上脸，真觉得他欠了自己的账，原来叫他王老师，现在叫他老王、王奎。还有人更刻薄，干脆叫他绿脸或者老绿。那已不再是"程咬金"的意思了，而是嘲笑他戴上绿帽子了。

他妻子齐眉出轨了。

齐眉也是剧团的一个角儿，尽管没有当上主角，倒也常常扮演二号或三号人物，《西厢记》里的丫鬟，《刘海戏金蟾》里的狐狸精，最出名的是《白蛇传》里的小青，英姿飒爽又娇媚动人，扰动了好多人的春心，很多人对她千方百计暗送秋波，她都拒绝了。有两个二混子不死心，死乞白赖不撒手，弄出一场《王老虎抢亲》意欲霸王硬上弓，幸亏王奎出手，唱了一曲英雄救美，小女以身相许，他们喜结连理。

那是他们人生的高光时刻。

齐眉有冲击主角的潜质，王奎承担起所有的家务事儿。齐眉排练，他熬绿豆排骨汤补钙；齐眉练唱腔嗓子上火，他炖冰糖雪梨泻火；齐眉来了月事，他必定备红糖生姜水暖心。齐眉说连她的小衣内裤都是王奎用温水打肥皂，一下一下用手搓洗的，弄得那帮小姐妹，嘴里一边尖叫羡慕，一边告诫她要小心。齐眉不搭理，她知道王奎对她的爱。

爱真是个好东西，爱让齐眉越来越娇媚，爱也让她越来越任性。王奎不喜欢她唱歌跳舞，她偏要去歌厅唱歌跳舞；王奎不喜欢她喝酒打牌，她越发喜欢喝酒打牌。吵过闹过，奈何王奎喜欢她，只好由着她。她越发肆无忌惮，趁他不在家还闹得夜不归宿。

王奎是谁？是程咬金，是混世魔王。看热闹的人不怕事大，想法子把消息透露给他，想看看他的三板斧要砍到哪里。怎么办呢？王奎苦口婆心地劝说，哭哭啼啼地哀求，接着就是自我虐待。齐眉早被猪油蒙了心，唱歌跳舞打牌赌博不说，越来越不像样子，还……王奎呢，替她还罢酒账赌账，只好一边喝着闷酒一边唱戏——

　　我只穿破衣草鞋，
　　学会了编竹耙集市去卖……

歌声苍凉辽远，听得人心里哇凉哇凉的。有人劝说齐眉，她却仗着身边那几个死鱼臭虾，骄傲得像个绝色美女，已经听不进人话了，甚至扬言要离婚，要嫁给黄毛。黄毛是个混混……混混骗了她的色，又骗了她的钱，气得她寻死觅活的。王奎一气之下冲到黄毛家，把他家砸得稀烂不说，还打断了他的两条腿。

据说自首前，他到方家饺子馆要了一碗白菜大肉饺子和一瓶秦川大曲。饺子香，酒劲儿冲，他喝得满嘴流油脸放红光，接着把那装酒的陶碗掰成四瓣，用碎片敲出一段过门，唱了一板西皮流水——

> 大反山东上了瓦岗寨，
>
> 举义旗一个个拜我为尊……

从监狱出来，他跟着一个狱友去了南方。有人说他发了大财，有人说他娶了一个小媳妇。我知道他没发大财，也没娶小媳妇，那年他偷偷回来时，我偶遇过他。

齐眉真不识人，黄毛骗了她，接连的两个男人也骗了她，她卖了房还欠下一屁股烂账。王奎回来替她还了账赎回房，又去了深圳。

其间，我们喝了场酒。他喜欢用陶碗喝酒，咕咚咕咚，喝得有滋有味，像个草莽英雄。几杯下肚，我们喝得五迷三道了。借着酒劲儿，我劝他："放不下就回来吧。"他咕咚一口酒说："回不来了。"我又问："还唱吗？"他又咕咚一口酒说："不唱了。"

齐眉还在唱。她不唱花鼓不唱歌，而是在汉剧自乐班里唱戏。她反串绿脸，唱《白水滩》里的青面虎，《失子惊疯》里的金豹眼，唱得最多的还是《九锡宫》里的程咬金——

> 想起了当年的事儿来，
>
> 自幼儿家贫穷少吃缺盖无计可奈……

她唱得真是好呀，一听到那声音，大家就会想起王奎来。

一窝鸟蛋

于心亮

我和张谷去拔草，发现了一窝鸟蛋。其实原本发现不了，但老鸟"忽"地一下飞走，我们就发现了。我凑近鸟窝想拿鸟蛋看，张谷不让，说鸟窝沾了异味，老鸟就不孵蛋了。

我说："我家母鸡孵蛋，我拿鸡蛋看，母鸡照样孵蛋。"

张谷说："母鸡是母鸡，鸟是鸟，母鸡能跟鸟比吗？"

我和张谷继续拔草，眼却盯着鸟窝的方向，我们想看看老鸟啥时候飞回来。但老鸟一直没见回来。后来我们实在忍不住过去瞅，老鸟"忽"地一下又从鸟窝飞走了。

——咦，老鸟是怎样回来的？

看着鸟窝，我疑惑鸟为何不把窝筑在高高的树杈上，鸟窝这么低，鸟蛋这么小，很容易被蛇、被鼠、被獾、被刺猬、被老鹰、被黄鼠狼、被……许多天敌发现。这只老鸟怎么这么粗心、这么大意呢？

张谷说："一瞧你就没看过《动物世界》，那上面说了，有的鸟就喜欢在草丛里筑窝，这样隐蔽。《孙子兵法》里也说过，最危险的地方，就是最安全的地方！你真没见识。"

《孙子兵法》我没读过，但《动物世界》我怎么能没看过呢？那个"咚咚咚咚咚咚、咚咚咚咚咚咚……"的曲子一响，就有一只豹子在可劲儿地猛追一只羚羊，连我妈都说豹子跟个二傻子似的光知道一股脑地傻追，追上了累够呛，最后猎物还被豺狗给抢去了……

张谷说："咱们现在说的是鸟，你说豹子和你妈有意思吗？"

我很想给张谷一耳光，但又怕打不过他。

我认真地去看鸟蛋，一共四个，小小的，比羊屎球稍微大一点点，就这么小的玩意儿，能孵出鸟来，而且还会飞……张谷说："你是不是想偷一个回去？"

我说："我没想，是你想了。"

张谷说："咱俩谁也不准偷，谁偷谁是王八养的！"

张谷不这样说还好，一这样说，我反倒怀疑他一定想偷鸟蛋！

我们背着拔完的草各自回家，他往东南方走，我往西南方走，走到半路，我把草筐藏起来，然后鬼鬼祟祟地往回跑。我不是想回去偷鸟蛋，我是想看看张谷会不会去偷鸟蛋。

我埋伏在鸟窝西南的草丛里，没多大工夫，就瞧见张谷也鬼鬼祟祟地跑了过来，他在鸟窝东南方向的草丛里也埋伏了起来……难道他发现我了？不可能，我埋伏得比他早。

可张谷为什么不偷鸟蛋呢？难道，他也是想监视我是不是会来偷鸟蛋？

我使劲儿趴着，一只山蚂蚁从我嘴巴前匆匆跑过，一只甲虫摇着触角朝我怪笑，过会儿一只屎壳郎气喘吁吁地推个粪球又走了过来……对面的张谷毫无声响，我很想过去瞅瞅，可想起当初就是因为老鸟飞走，才暴露了鸟窝，我想我一定要沉住气，不能让张谷发现。

眼瞅着太阳西斜，天色渐渐暗下来，一个小石子飞过来，落在我脑袋旁边，我一动不动，有个小声音在我内心欣喜地尖叫：张谷呀张谷，你终于沉不住气啦！夜色从草丛里慢慢爬了起来，我看见张谷也从草丛里慢慢爬了起来，他朝我悄悄走过来。我急忙屏住呼吸。

张谷说："别躲着了，我看见你啦！"

我的心跳都要停止了，但我依旧保持不动。我听见张谷又使劲咳嗽两声，我还是不动弹。张谷又朝我走来，我差点儿就要一跃而起了，但张谷终于转身朝鸟窝走过去了。我看到他蹲在鸟窝前待了一会儿，然后才站起身走了。天色已经很暗了，他看上去像只小羊。

等看不到张谷的身影之后，我悄悄站起来，整个身子都麻了，当看到那个鸟窝的时候，我差点儿一头栽倒上去，一、二、三、四，总共四枚鸟蛋，完好无损地待在鸟窝里，我吁了一口气。母鸟还没回来，我相信它一定就站在不远的地方，神情紧张地盯着我……

我有些奇怪，张谷的确没有偷鸟蛋。这有点儿不像是他的所作所为。

我找到草筐，背着一筐草回家去。我家在村子的西南角，我想我家的猪要挨饿了，我想我妈要责备我回家晚了，甚至还会抄起烧火棍打我……但我没想到张谷背着草筐子就在我家门口等我，他认真地看着我，把我浑身都看了个遍："你去哪儿了，怎么现在才回来？"

我一脸坏笑，我说："我在看护那窝鸟蛋。"

张谷很吃惊，一脸狐疑地盯着我。

我继续坏笑："我就趴在鸟窝的旁边，我看见你埋伏在鸟窝的东南方向，你还朝我这边扔小石头，还故意咋呼说看见我了，如果你再朝前走几步，就会发现我了，可是最终你还是没发现我……哈哈哈！"我大笑起来，张谷却不笑，他认真地问我："你没偷鸟蛋吧？"

我说："连你都没偷鸟蛋，我怎么会去偷呢？"

张谷就点点头："咱俩谁也不准偷，谁偷谁是王八养的！"张谷说完，就转过身背着满满一筐草离去了，看上去像一只孤单的小羊。其实我还想跟张谷聊会儿，跟他说说我是怎么隐藏的，但他走了，他急着回去做什么呢，即使回家晚了，也不用担心他妈会打他。

唉，张谷自从他妈死了以后，张谷就不像张谷了。

别去人多的地方

海 华

那年冬天，他办了退休手续后，内心突然有一种说不出的感觉，似有些解脱，又似有些失落。到了双休日，他习惯性地在家里客厅泡好茶，似有些坐立不安，还不时走出门外东张西望……

他老伴儿是退休教师，好几次想说他，但话到嘴边又吞了回去。

春节前夕，一连几天门庭冷落，他轻叹一声："以往这时候多热闹，可如今，人哪，真现实。"

老伴儿终于没忍住，揶揄道："老岑呀，年过花甲了，咋还没活明白，以往人家上门找的是镇长，如今，你是个啥？"

他愣了一会儿，轻轻地点了点头，尔后又摇了摇头。

这天早上，他送小孙子上学，路过一早餐店，小孙子嚷着要吃包子，可买早餐的人排起了长龙，他见店主脸熟，便上前问道："乔老板，能否先卖给我两个包子？"

乔老板见是他，猛然想起一年前家里建房的事，去镇政府找到他，他一点儿面子都不给，说第六层属违建，要守规矩，让他们赶紧把第六层已扎好的钢筋拆除掉，不准再建。想到这，乔老板心里就来气，立马板起脸："没见这么多人等着，要守规矩，排队去！"

他一扭头，身后传来几句悄悄话："老板，他可是镇长耶。""那是老皇历啰。"

那天下午三点多钟，他在家闷得慌，出门去虎头山下的镇老干部活动中心走走。想来，这老干部活动中心还是他在任时建的，除会议室外，两层楼共有二十多间活动室：文化室、书法室、棋牌室、乒乓球室、歌舞厅、练功房……门外还建了个大广场。他逐个活动室转悠，这里看看，那里瞧瞧，尽管不时有熟人拉他参加某项活动，但他不是不会玩，就是没兴趣，没有在哪个活动室多停留，只是跟这位打个招呼，与那位闲聊几句，然后，信步踱出门外。此刻，一阵刺耳的音乐声把他的视线拉向大广场的东南角，只见一大帮上了年纪的男女在跳广场舞，动作虽然有些难看，也不整齐，可他们跳得很起劲儿。突然，一位老者停了下来，紧走两步拉住他："难得老镇长光顾，来来来，别当看客。"好几位老人也直嚷嚷："一起乐和乐和，松松筋骨。"

他想，自己毕竟曾经是镇上有头有脸的人，在这大庭广众之下踢腿甩手，摇头晃脑的，像啥？于是，他对老人们笑了笑，摆了摆手，离开了。

没走几步，西北角一阵喧哗，他抬眼望去，十多位老人凑在一起有说有笑的，好不热闹。他走上前，只听一位老人没好气地说："嘿！不就是在镇政府门边竖个宣传标语牌吗？一共八个字，居然用钢筋水泥浇筑八个好几米高的柱子，还有八个横竖一米宽的预制块，立在水泥柱子上，再在预制块上面写字。这么一折腾，至少要一二十万。"另一个讪笑道："真逗，那八个字写的竟是'艰苦奋斗，再创辉煌'。真有钱也不该这么花！还说是学外地的，太形式主义了。"

他忍不住插嘴道："哪能这么整！"

没想到，几位老人先是挤眉弄眼，后一齐看着他。他一转身，有人悄声道："这类事你在任那会儿不是也整过吗？"

他突然一阵脸红耳热，想了想，走开了。

走着走着，他突然想起十多天前偶遇老镇长，老镇长似不经意地问他："咋的，回到人生的原点，还适应不？"

他笑了笑，反问道："你退了好几年了，有不少感悟吧？"

老镇长以有些神秘的口吻低声说："别去人多的地方。"

他当时听了还有些不以为意，如今想来还真是那么回事。

傍晚，他回到家，儿子告诉他："老妈有饭局出去了，叫我们不用等她吃晚饭。"晚上八点多，他老伴儿回家了，见他脸色不太好，便关切地问："咋啦？下午出去遇到不顺心的事了？"

他没吭声。老伴儿问多了，他只好把在大广场与一帮老人议论竖宣传标语牌的事说了。临末，还嘟哝道："都怪我多嘴。"

老伴微微一笑："嘻！别往心里去。我跟你说点儿开心的事。"

原来，晚上，他老伴儿跟一帮退休女教师去镇上皇都饭店聚餐，包间已订满，她们只好在大厅就座。席间，邻桌的八九位顾客喝得正酣，七嘴八舌地闲聊开了。他老伴儿似不经意地往邻桌扫了一眼，那些人看上去像是一些退休人员，但全是生面孔，便回头与女教师们推杯换盏。一位戴着眼镜的女教师扯了扯他老伴儿的衣袖。"嗒！邻桌的人这会儿在聊镇上的事，没准会提及你家老岑呢。"他老伴儿侧耳细听，果真传来一位老伯有些沙哑的嗓音："我看呀，身为地方官，在任期内能办成一两件让老百姓满意的实事就不错啦。咱镇上的前任岑镇长还行，镇里那几条主街道的整治和改造，建老干部活动中心和森林公园，都是他主抓的，值得点赞。"老伯的话音刚落，好几个人都说："是呀是呀。"

少顷，老伴儿抬高声调："我寻思着，这些话如果是别人当着你或者我的面说，也许不太可信，但这是互不相识的老伯在背后说的，应该是真心话。"

他轻轻地"哦"了一声。

老伴儿悄悄地瞄了他一眼，只见他那有好些沟壑的脸上终于有了一些笑容。

盘　活

何圣林

　　老李，我敢打赌，不超过三天，他必定走人。老张目送新来的护工走进宿舍后，转头对老李说。

　　老李也在瞅新来的护工，听到老张跟他说话，赶紧收回目光，皱着眉头问，刚才他说他叫盘古？老张哈哈一笑，说，盘古那是大神，他叫盘活。盘活！怎么叫这个名字？估计盘活不了。老张会意一笑，继而瞥了眼轮椅上的老王，老王，你说呢？老王靠在椅背上，微闭双眼，不应，也不理，好似谁来做护工都跟他无关。

　　养老院前临碧湖，背靠青山，规模不大，却是养性之所。老张是最先来的，然后是老王和老李。三人住一间。老张身体最好，啥病也没有。老李腿脚有残疾，依靠拐杖行走，但吃饭穿衣没问题。老王就不同了，半副身体不听使唤，衣服要人穿，行走要人推，更别说上厕所和洗澡了。

　　这就需要护工。来这里做护工的都是五十来岁的中年人，丧偶者居多。做护工辛苦，做失能老人的护工更辛苦。在老张的印象中，前前后后好像走了七八个护工。离开时，都是那么一句话，身体不好，干不了。当然，这话老张心里明白得很，他们的身体都好，不是干不了，是受不了。

　　上一个护工干了刚好一周，工资都不要就甩手走人了。有人走就会有人来。这不，这个叫盘活的护工在老张的念叨中来了，他还是个年轻的护工。

　　人年轻，没做过护工，就容易犯错。午餐时，盘活就把老张老李的饭碗拿错了。晚上，盘活端来的洗脚水，老王说水烫了。老张看盘活笨拙的样子，一摇头准叹一口气。

　　第三天，过早餐点了，盘活还没来。老张苦笑着对老李说，我说得没错吧，三天不到，他就要走人了。正说着，盘活来了，脸上挤满歉意，睡过头了，睡过头了。嘴上说着，手早动了起来，分碗，舀稀饭，动作比昨天熟练了许多。老张也不好意思再追究了，不过脸上依旧布满了阴云。

　　这之后，每天早上，老张一睁眼，准能看到盘活。人熟了，话就多了。三个老人喜欢闲聊，盘活手中无活时，就陪他们聊——聊聊身边的人，聊聊身边的事。有时，老张就会有意问起，小盘你年纪轻轻的，为啥要来干护工这苦活？本来，聊天时盘活脸上是带笑的，猛听老张这么一问，他抬头看了看天空，然后，低头说了一句，我就爱这行。

那就好，我们还怕你干不长久呢。

我不会走的，就怕你们会走。

我们想走也走不了啊——子女们忙。老张望着老李和老王，重重地叹了一口气。

日子，就这样不紧不慢地过着。渐渐地，老张发现盘活做完活总是打电话，一打就是很长时间。转眼到了深秋，老张的预言没能实现，老王却要离开了。那天一大早，老张发现盘活在宿舍帮老王收拾衣物，后来老王在外打工的儿子来了。老王临走时，不知哪来的手劲，紧紧握着老张的手，含着泪，一直嘀咕，回家咯，回家咯……

回家，这两个字在梦里出现过多少次，老张已记不清了。那一天，老张老李都落泪了，是为老王高兴。

冬至那天，一辆轿车停在大门口，老李的儿子儿媳妇和孙子来了。孙子一口一个爷爷地叫着，老李激动得连拐杖都忘了拿，抱着孙子直流泪。送走老李，老张望着两张空荡荡的床铺，偷偷抹眼泪。

老张，不要急，你女婿很快也会来接你回家的。盘活说。

啥？我女婿会来接我？到他们家住？

估计就在这几天吧。

你怎么知道的？老张又问。

我联系的。

老张张大嘴巴，好一会儿，才说，老王和老李回家，也是你联系的？

盘活没有回答，抬头望着天空，眨眨眼，挤走眼里的雾，沉默了一会儿，才说，我母亲走得早，父亲在老家独自生活，我和妻子在大城市拼命地挣钱，只想到时让父亲有个幸福的晚年。不想，父亲病危，等我匆忙赶回老家时，父亲已经走了，我都没能跟父亲说上最后一句话……天下没有后悔药，我不想做子女的都跟我一样。

老张擦了擦眼泪，哆哆嗦嗦地说，那我们都走了，你不是失业了？

哪能失业！我的建议院长早采纳了，以后这里叫康养中心，有棋牌室、乒乓球室、器乐室、舞蹈室……是你们老年人主动来修身养性的地方，不再是囚牢了。

结果或结局

韦如辉

在新闻里看到这样一个故事，或者说一个事故转变过来的故事，觉得不是一般地好，便用小说的方式写出来，请教刘一刀提出宝贵意见。

这里要多说一句，刘一刀是我们圈子里著名的快刀手，好几部网络热播剧都出自他之手。如果不是当年我替他摆平婚外情的事，断然是请不到他的。

好了，打住，还是从那个故事开始说起吧。

仲夏的一个傍晚，一个叫程化云的年轻女子，蹒跚着进入森林公园，准备趁着夜色降临与路灯未亮的间隙，爬到公园一角的电视转播塔上，再从上面跳下来，了却自己不幸的一生。

这里还要多说一句，电视转播塔高三十七点一米，立于乐土河畔，往来乐土路的车辆甚多，那里当属繁华的风水宝地。为什么塔高三十七点一米？据说来自当地广播频道三百七十一兆赫的寓意。铁栅围墙，平时无人看守。

年轻女子程化云通过观察，觉得这个地点和这个时间，最适合轻生，也最适合制造新闻事件。她之所以这样做，就是因为想调动广大网民的力量，对一个叫马小路的负心汉，给予前所未有的谴责。这一点，是后来卷宗中一行半字清清楚楚写着的，而且谴责两个字打错了，做了涂改，程化云加按了红手印。

程化云低头走着，汗水弄湿了刘海。她抬起头，捋了捋额前的头发，继续从东往西走，远处的电视转播塔高高地刺向云端。走着走着，她的眼前出现一片火烧云，慢慢地把西边的天空洇浸开来。哇哇哇，她在心里连叫了三声。不得不再多说一句，在程化云三十岁差半年的生命里，除了小时候挨打的时候，跟这三声惊叹熟悉，生活中并没有可以让她兴奋的事情。甚至，痛苦极了，沉默和泪水常常伴随着她。

由不得自己，程化云想到了自己的学生时代，老师讲授的一个比喻句和拟人句：钢针一样的铁塔，刺破了天空的脸庞，殷红的鲜血流淌了一地。

可不是嘛，天空的血液慢慢流出来，慢慢外洇，整个西天呈现出无比美丽的火烧云。火烧云掉下来，落在森林、河流、慢坡和自己脚下，世界变得荒唐而可爱。程化云掏出手机，打开录像按钮，将这个傍晚不一般的景色记录了下来。

就是因为这个，程化云的脚步慢了半拍，等她翻过围墙，爬到塔的半腰，夜灯像睡醒了似的，突然睁开了眼睛。

最先发现程化云的，是一个在河边拍火烧云的人，镜头转到亮灯的塔身时，程化云正在往塔高处慢慢爬。

此人应该也在心里发出哇哇哇的惊叹，之后意识到问题的严重性，果断报警，并开通抖音直播。

此刻，在1918茶叙室，刘一刀一条腿甩到另一条腿上，剧烈晃动的脚踝慢慢停下来，捏着稿纸的手在抖动，眉宇间拧成一个疙瘩，似乎能挤出水来。他端起茶杯，停在半空，并没送到嘴边，却蹾到茶几上，碧绿的茶汤沿着透明的玻璃，滴洒到白色的地砖上。狗屁！他咬牙切齿地说。

无疑，刘一刀说我这个小说是狗屁。还没等我问为什么，他接着说，不能这样写，太假了！

我写的真人真事，怎么能太假了呢？后面还有一段，程化云被救了下来，新闻里做了大篇幅的报道，那个拍火烧云且报警的人，正准备申报当地好人评选哩。他没看完，就轻易说出狗屁两个字，有点玷污我们之间友谊的嫌疑。

刘一刀站起来，简单做了个扩胸运动，再反剪双手，只用目光盯住我，说，程化云必须跳下去！

啊，可是她没来得及跳，就被匆忙赶来的警察救下来了呀。

那是新闻，不是小说！刘一刀弯下身体，把半个酒糟鼻头递到我面前说。小说是讲究矛盾冲突的，冲突不激烈，小说不能吸引人，便不成功！

不得不说，刘一刀是个狠角色，他写的热播剧里，无一例外都有这三个关键情节：婚变、抑郁和杀人。

我说，程化云若跳下去，不死才怪呢！

刘一刀手指头快点到我脸上时，他的手机突然响起来，于是他撂下半句话，摔门而出。你……你……你，不用多想，后边紧跟着的两个字，一定是"狗屁"！

之后，我不再迷恋写小说，觉得这是个残忍的爱好，就改跳广场舞了。

甭跟我提荆轲

郑俊甫

如果历史再给我一次机会，我不会去刺秦了。如果刺秦是唯一的选择，那我也绝不会再托付给荆轲。

命运跟我开了个不大不小的玩笑，刺秦的重任本来是要交给别人的，拿定主意的前一晚，田光向我推荐了荆轲。田光嚼动三寸不烂之舌，把荆轲吹得天花乱坠，我就信了。这个乱世，有点儿三脚猫功夫又没机会做官的人，都一窝蜂成了刺客，能在这么多刺客里混出名堂，该是有些真本事的吧？我想。

那就去请吧？听说荆轲已经金盆洗手，不做大哥很长时间了。大隐隐于市的荆轲，整天围在杀狗的屠户和街头唱摇滚的高渐离身边，纵酒狂歌欢度日，燕市街头酒家眠，一副想安安稳稳过逍遥日子的做派。可我不信，一个曾经为钱奔命的男人，会甘愿放下绚烂的生活，归于平淡？

果然，荆轲听了我的话，想也没想就应下了。这让我一度怀疑，眼前站着的是个假荆轲。

接下来的日子，荆轲成了我的精神寄托。我把他安置在五星的馆驿里，美酒佳人，夜夜笙歌。让人替你卖命，而且是单行道一去不返的命，太吝啬了不好。

身边的人看不惯了，劝道："太子啊，您被荆轲给蒙骗了。他不过就是个普通的刺客而已。听说荆轲曾经像个混子一样四处游荡，混吃混喝。在榆次，碰到了深谙剑术的盖聂，结果被盖聂识破了把戏，灰溜溜地逃走了。在邯郸，又被鲁勾践狠狠羞辱了一番，眼见着就臭了大街了，这才悄无声息逃到了咱们燕国，伪装成一个隐士的样子。隐士有这么寒碜的吗？贩夫走卒，三教九流，您看看他结交的都是什么人呀？"

这些我都知道，我又不是傻子，刺秦这么大的事，我能不挖挖刺客的身份吗？可是，田光是什么人？德高望重。他不但推荐了荆轲，还以自刎显示自己的决绝。我不能辜负了他。

那段日子，军书十二卷，卷卷是危情。一会儿说秦军灭了韩国，一会儿又说秦将王翦攻到了赵国，赵国的都城邯郸被围了没多长时间，我就接到了赵王率众投降的消息。彼时，荆轲还待在馆驿里，两耳不闻窗外事，一心纵情声与色。

我摆了酒宴，邀荆轲过来，酒未过三巡，荆轲先开了口："太子，我知道您的意思。秦国灭了韩，收了赵，势如破竹，眼见着就到了燕国的南大门。可是，凡事不可仓促，仓促则乱呀。"

这家伙，难道真的以刺秦为幌子，骗吃骗喝？我忍了忍胸中的怒气，沉声道："我也想跟壮士日日对饮，成知交佳话，奈何秦军虎狼之师不答应。壮士如再不行动，怕是烽火很快就会烧过易水。那时候，别说是跟壮士一起喝酒，就连燕国的国土，也会归了秦姓。"

荆轲一仰脖，干掉了杯中酒，用宽大的衣袖揩了揩嘴角，说："我在等一个人。"

"我已经为壮士选好了帮手。秦舞阳，十三岁杀人，街头群斗，一人出手，十人近不得身。"我情绪激昂，仿佛自己刚刚目睹了秦舞阳的身手。

"我还需要一把短剑，削铁如泥，天下无双。"荆轲又说。

"我也准备好了。"我接着荆轲的话头，不给他喘息思考的机会，"赵国徐夫人的匕首，我花了百金买下，让工匠拿剧毒淬过，用人试验，见血封喉。"

"那……"荆轲迟疑了一阵，"我还需要两件礼物，觐见秦王让他放松警惕的礼物。"

"壮士请讲！"我豁出去了。

"一是秦国降将樊於期的头颅，再是燕国富庶之地督亢的地图。"

我哑口无言。

荆轲咄咄逼人："那樊将军，秦王悬赏千金、封邑万户要买他的脑袋。果真得到樊将军的脑袋和燕国督亢的地图，献给秦王，秦王一定乐于接见我，这样我才能有机会报效您。"

我乜斜着看荆轲，胸中落木萧萧、江河滚滚。约见荆轲前，不止一个人在我的面前谏言，说荆轲不过是一个游侠，虽有几分勇气，也无非宣泄在江湖而已。说得难听一点儿，他也就是个横行乡里的泼皮。保家卫国，开疆拓土，还是需要将才，特别是樊於期这样的将才。他勇武善战，熟悉秦国的花草树木，又跟秦王不共戴天。起用樊於期将兵御秦，或可自保。

我说过，我一直后悔选择了荆轲。他要的两样东西，我没有应他，但也没有当场拒绝。我记得当时离开的时候，荆轲在我身后嘶哑着喊了一声："太子，三日后，请在易水边为荆轲壮行！"

多日后，刺秦的消息传回燕国，我正忙着在南疆构筑防线。身边的谋臣义愤填膺，唾星飞溅。也难怪，听说荆轲与秦王近在咫尺，而无任何侍卫在旁。一边是养尊处优的皇帝，一边是精通剑术的刺客，再加一把满是毒液的匕首，荆轲为什么就失败了呢？我又想起了鲁勾践赶走荆轲后留下的话："可惜这小子根本就不讲究击剑刺杀的技术。"

这个家伙，或许早就忘了他和樊於期定下的诺言，"你借我脑袋，我帮你报仇"吧。

模拟小人

徐均生

小人是什么样的人？小人就是喜欢制造谣言，通过无中生有、捏造事实等手段来达到自己目的的人。小人就是两面派，那种口是心非、当面一套、背后一套的人，善于伪装，背后却跟别人一道诋毁你的人。小人就是自私自利、斤斤计较的人。君子喻于义，小人喻于利。每个人都有自私自利的一面，但君子会把道义放在第一位，小人则会把个人利益放在第一位，小人就是……

这一段话来自模拟小人馆的广告词。这个场馆设在新建的虎鸣公园文化街区，当中有一个模拟中心，可以模拟任何人与物，包括小人。

小人的特征比较多，那么如何模拟小人呢？

这让我和子君非常好奇，小人是人神共愤的，谁也不希望在别人眼里是小人。现代科技竟然可以模拟，真是奇了怪了。

"要不，我们模拟一下？"子君的好奇心来了。

"好啊！"我非常赞同。一个人是不是小人不是自己能说了算的，这是一个人的品质问题，是无法模拟的。

于是，我和子君领了票，用假名分别进入了模拟房间，房间不大，十来个平方米，没有窗户，灯光温馨，有一台电视、一张沙发。我坐在沙发上后，屏幕上出现了一行字：欢迎徐寅先生来模拟小人！

提示：徐先生，小人有公认的十大特征，您想模拟哪一个特征？

我说：只能模拟一个特征吗？

提示：是的。第一次模拟，免费。

小人的十大特征在屏幕上跳出来了：无事生非、两面派、口是心非、嫉妒心强、口蜜腹剑、落井下石、忘恩负义、推卸责任、欺软怕硬、自私自利。

我说：选嫉妒心强吧。

提示：您准备选谁做模拟对象，单位领导、同事，还是朋友？

我说：选朋友。

提示：您为什么要选朋友？是朋友比你赚钱多，是朋友妻子比你老婆年轻漂亮，还是朋友比你长得帅？

我说：三点都有。

提示：您准备采取何种方法对付朋友？

我说：说他有婚外情。

提示：您是什么时候发现朋友有婚外情的？

我说：一年前。

提示：您是通过什么工具传播出去的？

我说：匿名，电邮。

提示：影响力如何？

我说：朋友们都知道了，朋友妻子也知道了，找朋友摊牌。

提示：结果如何？

我说：朋友否认，说绝对没有这事，但他妻子跟他分居了。

提示：您是采用的什么手段？

我说：通过电脑技术，把一个美女跟朋友合成在一张照片里。

提示：您的目的是什么？

我说：让他不得安宁，最好离婚，谁让他什么都比我好呢！

提示：徐先生，您的问题回答完了，请您检查一遍，如果无误，请按沙发扶手上的确认键，查看结果。

我仔细地查看了一遍，确认无误，便按下了确认键。

提示：徐先生，非常抱歉，您没有达到成为"小人"的分值！

我顿时哈哈大笑，心里别提有多高兴了。这说明我连模拟小人都模拟不了，人品是杠杠的。

提示：如果您还想继续模拟小人，挑战一次，费用十元，可以用手机支付。

屏幕正中间出现一个二维码。我连想都没有想，选择了继续挑战，并用手机支付了费用。

提示：恭喜徐寅先生再次挑战模拟小人！

我的心跳得有点快，期待着这次挑战能成功。

提示：徐先生，请您选择一个小人特征。

小人的十大特征在屏幕上又跳了出来：无事生非、两面派、口是心非、嫉妒心强、口蜜腹剑、落井下石、忘恩负义、推卸责任、欺软怕硬、自私自利。

我说：两面派。

提示：请问您将选择谁作为您模拟两面派的对象，领导、同事，还是朋友？

我说：同事。

提示：请您说说在同事面前您是如何表现得两面派的？

我说：我会当面说同事的好话，背后诱导他人说他的坏话，然后对同事说这坏话是谁说的。

……

提示：徐先生，很抱歉，您的挑战失败！您在模拟小人的特征两面派中，没有达到成为"小人"的分值。

看到屏幕上的这一段话，我依然高兴得不得了，真的，这说明我是个好人，真正的好人啊！

提示：徐先生，您还可以继续挑战模拟小人，此次挑战依然是十元，预祝成功！

毫无疑问，我更有信心了，选择了再次挑战，支付后继续回答问题，直到挑战完了十大小人特征，花了九十元钱，一次都没有达到成为小人的分值。我开心，我高兴，我乐呵呵地从房间里出来了，满面红光，神采奕奕。

子君也正好从房间里出来，满脸笑容，大声地对我说："老徐，我挑战了十次模拟小人，你想知道结果吗？"

我笑着望着他，听他往下说。

"我的分数一次都没有达到成为小人的分值，哈哈哈，俺的人品是杠杠的。你说是不是？"

我望着手舞足蹈的子君，忽然收起了笑容，回头望着模拟中心，脑海里跳出两个字：小人！

梦 境

满 震

女人掩饰不住有点儿兴奋地说："我们领导安排我明天出差。"

男人问："出差？你一个人出差？"

女人说："不，两个人。"

男人问："另一个人是谁？"

女人说："我们处长。"

男人问："你们处长是男的女的？"

女人说："男的。"女人突然感觉男人问得有点儿问题，"你问这个什么意思？"

男人说："没什么意思，我只是随便问问。"

女人说："我看你是心里有鬼。我告诉你哦，我们处长的老婆可是一个大美女，人家才不会看上你老婆呢。再说了，你老婆我是一个什么样的人你还不清楚吗？你在外面听到过我的什么闲言碎语吗！希望你像个大男人，别小肚鸡肠自寻烦恼疑神疑鬼的。"

夜里，女人主动和男人亲热，在男人的怀里，女人温柔地说："你这么好，又是一个大作家，我哪会对别的男人感兴趣呢！你放一百二十个心，几天后我会原模原样完好无损完璧归赵的。"

几天后，女人开心归来。晚上，女人又主动和男人亲热，在男人的怀里，女人撒娇地说："你看我是不是原模原样完好无损啊？"她想把自己拒绝处长"示爱"的事说给他听，想到丈夫本来就疑心病很重，还是把话咽回了肚子里。

"嗯。"满足的男人在心里自责说，我不该疑神疑鬼的。

过了些日子，有一天下班回来，女人又兴奋地说："我明天又要出差了。"

男人问："又是跟你们处长一块去吗？"

女人说："是啊。你该不是又疑神疑鬼了吧？"

男人嘴上说："没有没有。"心里其实真的放不下。这孤男寡女动不动就成双结对地出去，一块坐高铁坐飞机，一块办事，晚上住宾馆，房间肯定也会靠得很近，日久难免生情。他越想越烦躁，就翻来覆去睡不着，迷迷糊糊中，脑海里出现了下面的幻景——

宾馆里，女人住的房间紧靠着处长的房间。晚上，处长敲女人的房门。女人在里面问："谁啊？"处长在外面说："我是处长。"女人在里面问："处长有什么事吗？"处长在外面说："刚刚想到一个非常重要的事，必须当面和你商量一下。"女人在里面说："明天说不行吗？"处长在外面说："必须现在说，很急。"女人在里面犹豫了一下，还是开了门。处长迅疾闪了进去，然后反手关上了门，然后一把抱住女人就亲。女人推让，说："处长这样可不好。"处长说："我早就喜欢上你了。我安排你陪我出差就是为了创造亲近你的机会，你难道不明白我的心思吗？"处长把女人推倒在床上。女人还在推让："我们这样可不好。嫂子是一个那么贤惠的人，你不该做对不起她的事。我也不想背叛我丈夫。"处长一边急吼吼地扯女人的衣服，一边说："在这里谁也不认识我们。我们俩好，天知地知你知我知，我俩不说，谁也不会知道我们的事。"

……

男人气得要砸门！气醒了，原来是梦境。男人起身去洗漱间冲了个凉，冷静下来，再也没有了睡意。不睡了，打开电脑，记下了梦中的情景。然后构思了一篇小说，题目就叫《疑神疑鬼》，男人把梦中的细节都写进了小说里。

几天后，女人回来了。女人照例又主动与男人温存。男人隐约感觉到了一丝异样，难道我梦中的情景应验了？

在女人又要出差的时候，男人递给她一本《微篇小说》杂志，说："我刚发表了一篇小说。你答应我，晚上再看。"

往日男人只要有新作发表，总是第一时间和女人分享。

女人接过杂志放进包里。晚上在异地宾馆里洗漱完毕靠着床背休息，女人想起男人的小说，遂拿出杂志翻看，这一看，大惊！那天的情景他咋知道得那么清楚！就连她和处长的对话、动作都写得那么逼真，难道这房间里安装了电子眼、窃听器？

这时，门外又响起敲门声。女人在里面问："谁呀？"

门外说："我呀。"

女人说："我休息了。有什么事明天再说吧。"女人决意不开门，而后在心里对自己的男人说，希望你是个大男人，原谅我一次，我向你保证……

孤　岛

何君华

到了地方我们才知道，我们叫队长给骗了。队长说，还有最后一个哨所，最后一个边防连队，演完这场大家就能回家了。

我们乌兰牧骑慰问演出小分队出来巡回演出已经一个多月了，所有人早已经疲惫不堪。听队长这么说，我们一下雀跃起来。去边防哨所的路程虽然漫长——听说有整整五十公里，但好歹有了盼头，大家脸上的倦容也都舒展开来，一路上有说有笑。

可到了地方我们才知道，这哪是什么哨所呀！总共只有三间屋子，面积不过四十平方米。更主要的是，这哪能称得上是边防连队啊！总共只有一个人，一个人！

我们不敢相信。这个世界上真有只有一个人的边防连队吗？我们队里最活泼的舞蹈演员那日松在屋里屋外到处找，发现这个哨所除了几只鸡以外，当真只有一个人，就是这位站在我们跟前的哨长呼日勒，一个体格健硕、脸庞黑黢黢的蒙古族汉子。他是这个哨所的哨长，也是这里唯一的哨兵。说白了，他是这个哨所的"光杆司令"。

呼日勒哨长已经提前接到了我们要来慰问演出的通知。我们的汽车离得还有几里地呢，就看见他站在土梁上冲我们拼命挥手。一下车，呼日勒哨长就激动地向我们敬礼，并跟我们一一握手，边握边说："我从没见过这么多人——不是，我从没见过我们哨所来这么多人！过年了，过年了！"

我们都很吃惊：眼下正是盛夏，呼日勒哨长嘴里的"过年了"是什么意思呢？

原来，每年只有到了过年的时候，上面才会派人来哨所慰问。说是慰问，也就是三五个人来送慰问信和一些慰问物资，从来没有像我们慰问演出小分队一样，一下子扎进来十几个人——简直比过年还热闹！

我们问："你一个人在这里不寂寞吗？"

呼日勒哨长沉默了一会儿，说："能不寂寞吗？寂寞，我就养鸡。"

给哨所运送给养的卡车每七天左右才来一次。之所以用一个模糊的时间"七天左右"，是因为一旦遇到极端天气，譬如暴风雪之类的，那就不一定能准时了。那样的话，边防哨所就成了茫茫雪原中的一座孤岛，但也不能断炊呀。人是铁，饭是钢！于是呼日勒哨长就想到了养鸡。养鸡就可以吃鸡蛋。呼日勒哨长说干就干，当真养起鸡来。刚才那日松在屋后发现的那几只鸡就是呼日勒哨长养的。一提到鸡，呼日勒哨长兴奋了："都说老鹰捉小鸡，你们听说过小鸡捉老鹰吗？在我们哨所，个个都是捉老鹰的鸡！"

"捉老鹰的鸡？"我们满脸疑问。

原来呀，打小在这哨所长大的鸡哪里知道老鹰是自己的天敌呢？别处的鸡一旦发觉老鹰在头顶盘旋躲都来不及，这里的鸡非但不躲避，竟然还敢张开翅膀反击。"老鹰哪见过胆敢反抗的鸡呢？有一次，一只老鹰俯冲而下，群鸡一跃而起，展翅伸爪迎击。老鹰一下慌了神，反而真的被鸡啄伤了。后来，几只鸡群起而上，当真把老鹰活活啄死了，你说是不是天下奇闻！"

这可真是天下奇闻！我们都惊掉了下巴。说到这里，我忽然想起古人柳宗元《临江之麋》里"至死不悟"的麋来。我想，那只老鹰大概也是"至死不悟"自己如何会被鸡啄死吧。

"不过那都是以前了，"呼日勒哨长接着说，"现在，极端天气提前都有预警，因此在极端天气到来之前，上级就会安排将补给提前送来，断炊的可能性微乎其微了，但我仍然养鸡。寂寞的时候，我听见鸡们咯咯咯咯地叫，想到还有它们陪着我，我就不寂寞了。"

呼日勒说着就沉默了，我们也都沉默了。还是我们队长出来打了圆场："呼日勒哨长（我们都这么称呼他，起初有些调侃的意思，此时此刻分明多了几分尊敬），那我们开始演出吧！"

我们连忙站起身来，一个个挺胸抬头，清喉润嗓，纷纷认认真真地准备起来。我们的表情都很庄重。哨所前院空地上除了一杆国旗分明空无一物，但此时此刻这里仿佛一座极华丽的剧院。我们摩拳擦掌，准备为这一个人的边防连队奉献一场尽我们所能的精彩演出。

演出正式开始，我们队长亲自报幕。有人独舞，有人合唱，有人朗诵诗歌……

大家都一丝不苟，聚精会神，没有人懈怠，跟以往我们在首府剧院演出时没有差别。最后一个节目，是我们的"台柱子"娜仁花唱的《美丽的草原我的家》："美丽的草原我的家，风吹绿草遍地花，彩蝶纷飞百鸟儿唱，一湾碧水映晚霞，骏马好似彩云朵，牛羊好似珍珠撒……"

听着听着，呼日勒哨长流泪了，"全连官兵"也就流泪了，娜仁花也流泪了，我们也都流泪了。

尽管极不舍，但分别的时刻还是到来了。我们的汽车开出好远，还看见呼日勒哨长站在土梁上冲我们摆手。

天色已晚，我们的汽车在美丽的草原公路上疾驰，回身望去，呼日勒哨长的身影渐渐变小，最后完全看不到了，只隐隐约约能看见一抹红色，一抹高高飘扬的红——呼日勒哨长正是为了守护它，一个人守在了那里。

纵身一跃

安晓斯

男人本来是要跳下去的，简单到只需纵身一跃。

但他忽然想，离开这个世界前，再到下面去抽支烟。这个要求不过分吧？男人思忖了五秒钟，他告诉自己，不过分。于是，他就顺着那个很陡很陡的山坡，慢慢地走下来。山下有一座钢架和玻璃做成的空中栈桥，两旁的栏杆很高。钢架做成的栏杆上镶嵌着厚厚的玻璃，脚下也是厚厚的玻璃。低头往下看，犹如腾云驾雾一般，没有胆量的人，不敢走过这座透明的栈桥。

走过这座透明栈桥就是景区的抽烟点，男人就想到那里再抽几支烟。

抽烟的时候，男人想起了他的父亲。因为家庭条件差，高中没读完，他就辍学回到了农村老家。每天，他都跟着父亲母亲学种地，勉强维持着家里的生活。后来，西街的李媒婆给他介绍了一个对象，对象向他家要十万元彩礼。除了种地，家里没有其他收入，一时半会儿到哪里去弄十万元彩礼钱？全家人伤心、痛苦、流泪，一筹莫展，三天都没平静地吃过一顿饭。第四天天不亮，总觉得愧对儿子的父亲悄悄地来到村东的河堤上。父亲脱下一双烂得不成样子的旧布鞋，坐在河堤上抽了一盒烟，把二十个烟头整齐地摆放在烂鞋旁边，然后，纵身一跃，随湍急的河水远去了。

这些年，男人没有忘记自己的父亲。他横下一条心，一辈子不结婚，以此来弥补内心无限的愧疚。他扫过大街、摆过地摊、卖过蔬菜、开过饭店，能做的差不多都做了。前些年，他开始贷款经营大货车，也有过顺风顺水的时候。可去年以来，货车生意突然就不行了，一来二去，他欠下一屁股债。别人欠他的，要不回；他欠别人的，还不了。日子，真的是越过越紧巴，越过越凄凉。

抽了五支烟，男人再次走过玻璃栈桥，回到那个山头。他从身上的黄挎包里掏出父亲留下的那双烂鞋，又从裤兜里摸出一盒烟，撕开细细的透明封条，把二十支烟整整齐齐地摆放在那双烂鞋旁边。他略微伸伸头看了看山下，禁不住倒吸了一口凉气，想象着纵身一跃飞出的弧线，做好了纵身一跃的准备。

他是真的不再留恋这个世界了。几天前，他就悄悄地写好了一封遗书，放在他卧室的枕头下面。他是写给他的姐姐和弟弟的，告诉他们谁欠了他的钱，是谁把他逼上了绝路。他还在枕头下面放了三万元钱，请姐姐和弟弟一定照顾好年迈的母亲。他还告诉姐姐，那时候，其实他是真的喜欢村东头的桂香姐，桂香姐也喜欢他，可桂香姐的爹娘不喜欢他，嫌他家太穷，姊妹多，负担重，硬是逼着桂香姐嫁给了村西头的刘二狗。今生真窝囊啊，对不起爹娘，对不起姐弟，对不起桂香姐。最后一句，他写道，不到万不得已，谁愿意走这一步啊。

想到这里，男人忽然就想，再停一会儿吧，再想一会儿自己的亲人，再想一会儿自己喜欢的桂香姐，再去山下抽几支烟吧。下辈子，不知道会托生成猪狗牛马还是人，不知道还有没有机会抽几支烟。男人就问自己，再想一会儿，不为过吧？只有几秒钟，男人就回答了自己，不为过，去抽烟吧。

慢慢从那段陡坡下来，再次走上那座钢架玻璃栈桥，男人倏地惊呆了。他的眼前出现了一个特别秀丽精致、温文尔雅、落落大方的女孩儿，女孩儿那洋娃娃般的脸上，充满着青春和自信，小巧的鼻梁上架着一副金色细边眼镜，乌黑发亮的头发用一条宽宽的小碎花发带紧束着，显得清纯无比。男人遇见女孩儿的一瞬间，忽然就有了一种感觉，这女孩儿让他蓦地明白，世界原来如此美好，而站在这样的女孩儿面前，你就会自然而然地摒弃所有的私心杂念，内心如膜拜女神一般，唯有敬仰。

从女孩儿身边走过时，男人忍不住又回头看了一眼。走到山下的吸烟点时，男人一口气吸了五支烟。吸到第六支烟的时候，男人突然迅速掐灭烟头，飞也似的冲过那座钢架玻璃栈桥，迅速爬上那座山顶，麻利地将父亲的那双旧鞋和摆放在鞋边的二十支烟收起来装进黄挎包里，然后迅速从山上走下来。

男人没有找到那个漂亮的女孩儿。男人围着那座小山转了两圈，也没有找到那个清纯无比、让人摒弃杂念的女孩儿。男人绝望地再次走到那座钢架玻璃栈桥时，蓦然看见了那个正在看风景的秀丽精致的女孩儿。男人没有犹豫，他快步走上前去，静静地站在女孩面前，深深地鞠了一躬，然后转身向山下走去。

陶醉于眼前的美丽风景的漂亮女孩儿，神情茫然地望着走下山去的男人。她不知道，她的视线里差一点儿就会有纵身一跃的情景出现，是她改变了男人的纵身一跃。

老 赵

佟掌柜

张春阳之所以参加这场饭局，是因为老赵要在他的公司订购25台空调和25台饮水机，还有3套环保电动垃圾桶。在赴饭局前，他已经做好埋单的准备。但一进包房，看到餐桌上摆着两瓶茅台时，他心里还是咯噔了一下，暗想，这不是想宰我吗？这老赵可没有王老师说的那么好。哎，这笔生意的利润又要降低了。

春阳不知，老赵在看到酒店老板事先为他准备的茅台时，心里也咯噔了一下。他突然想到刚才学校食堂的回复，说他预支的1000元钱，足够明天请300多个孩子吃饺子。

王老师曾是春阳女儿的美术老师。他经常当着朋友的面夸春阳是大孝子。可春阳没觉得自己像王老师说的那么孝顺，他只不过是为了照顾瘫痪在床的老妈，将刚走上正轨的生意荒了八年。为此，妻子还跟他离了婚。春阳心里清楚，这些电器在苏宁、国美、京东都可以买到，价格也不会差太多。王老师将他介绍给老赵，是希望老赵能照顾他的生意。

今天的饭局有五个人，除王老师和老赵外，还有两个朋友，老赵介绍他们时简单模糊。整个饭局没谈及一件生意上的事，话题基本围绕王老师下乡支教时遇到的困难和教学趣事，山区的自然景观，以及菜品的细节和当下社会的某些现象。春阳对这些不太感兴趣，表面虽然随声附和，但心里不免有些厌烦。可听着听着，内心竟生出几分感动。

不承想，餐后老赵抢先买了单。他瞟了眼老赵手中的账单，没算茅台酒消费3242元。春阳不由得吸了口气。令他更为惊讶的是，老赵查看完账单，竟挑出餐位费收了六人份的毛病。

跟老赵和王老师告别后，春阳回了公司。他将起草好的合同扔进垃圾桶，重新拟了一份合同。第二天，他如约来到老赵住的商务套房，恭恭敬敬地将合同递给老赵。老赵逐字逐句看完后，满意地点点头。

这时，老赵的电话响了。他犹豫几秒，按下接听键。春阳隐隐约约听见对方说什么采访，老赵说："谢谢，可我没在石家庄啊。"对方又说了几句什么，老赵说："你们说的我都理解。但也请你们理解我。我只是因朋友去山区支教，才有缘做一点捐资助教的事儿，既不希望被宣扬，也不希望被打扰。"

老赵挂断电话，在合同上签了字。"春阳，你明天装好货，带几个安装师傅跟我去趟灵寿县。眼看夏天了，得尽快将空调给孩子们安好。"

张春阳一听电器是捐赠给学校的，急忙说："赵总，这份合同作废，我重新拟一份。"

老赵诧异道："这是为何？"

"我要按进货价给您供货。"

老赵笑了，拍了拍他的肩膀："春阳，大可不必。生意就是生意，你给我的价格已经很低了。"

岔头中心小学离石家庄有一百多公里。路上，坐在厢式货车副驾驶的王老师问开车的春阳："春阳，你觉得老赵这人怎么样？"

春阳皱着眉头想了想，说："怎么说呢，我觉得他有点儿神秘。"

"这个评价我还是第一次听说。还别说，是有那么点儿。三十多年前，他和我在一所学校任教，他教语文。当初我就觉得他城府很深，和我们不太一样。后来，他辞了职。至于是怎么做上生意的，我也说不清。但我们一直没断联系。前几年，他听说我志愿下乡支教，特意去学校看望我。没过多久，他给学校所有学生捐助了书包、文具盒、铅笔等学习用品。我本来想，他只是为了支持我的工作，可第二年，他又捐赠了四组办公桌椅和一千多册图书。捐赠那天，学校领导提出去县里最好的酒店招待他，可他不同意。非由他出钱，请学校食堂为全校员工和孩子们做午餐。吃饭时，他坐在孩子们中间，给他们讲故事。我估计那会儿，他又找回当老师的感觉了。哈哈……"

春阳想起昨天老赵接的那通电话，便说给王老师听。王老师说："这事儿我知道。是《河北教育》杂志的记者要采访他。他拒绝后，记者给我打电话，想让我帮忙说说，我拒绝了。我了解他，他是不会同意的。"

"为什么啊？"

"去年省政府颁发给他的捐资助教先进个人奖牌，还是我代领的，现在还在我家里放着呢。如果我们不是几十年的朋友，我肯定认为他在装……"王老师语声放缓，"老赵曾说过一句话，我至今还记得。"

"他说什么？"

"他说，他只想做点心中的好事，不想做成别人眼中的好人。"

王老师和春阳聊天的同时，老赵坐在厢式货车后面的商务车里，望着路边一闪即逝的树木和繁花，思绪纷乱。他想起妻子在他出门前流露出的隐忍的幽怨，想起那些灵魂陷进黑洞的深夜。可这些芜杂的念头，很快被氤氲着饺子热气的300多双如纳木错湖水般清澈的眼睛淹没……

白日梦

谢大立

夫人来电话时，老刘刚从梦中惊醒。

午睡前，看《黄帝内经》。经书上说，心脏如皇宫，护着心脏的组织是紫禁城。病入膏肓，指的是病魔已攻陷紫禁城，危及心脏……恍惚中，他看到有妖魔鬼怪在他的体内攻城略地。

这可是大白天啊！这梦……

所以夫人一说，他一嘻道，那就让他来吧！

前两次，都没答应他来。原因有二：一是老李这时候来看他，与黄鼠狼给鸡拜年无二；二是主管部门只是通知他，让老李回来，一句征求他意见的话都没有，他心里有气。

老李是他的老搭档，一山不容二虎，被他拱走了。老李走后不久，他就身体不支住进了医院，半年里，出院入院十多次，连副手们请示工作都得来医院。

这个梦让他觉得，这事自己还是顺坡下驴的好。机械厂的产值，市里 GDP 的晴雨表，由于自己的任性影响到了市里的政绩，事就闹大了。在自己和老李的去留问题上，市里给足了自己面子，老李 52 岁，小自己 3 岁，完全可以让他老刘走人或退居二线……

老李来了。大胡子老李两手一摊说，不怪我空手来吧，空手看病号是你的教诲，为的是不让病人太娇气，而是让病人觉得自己的病算不了什么……

老李这是服软？他打着哈哈欠欠身，边起身边要说什么，老李赶忙按住他，说，你还是卧着的好。随后接着上面的话说，我还记着你的经典说辞，人就如一台精密设备，所谓的病不过是设备运转得太辛苦，有的部件钝了，磨损了，锈一除去，润滑油一加上就好了……

是的。老李的服软应该是冲着改善关系来的，自己不能无动于衷。接过老李的话说，这次生病，让我觉得我过去的那些说法是有问题的，也理解到了有些人对我的话不买账是有科学依据的，疾病是向人体发出的需要维修的信号，这个信号谁也不愿意接收，可一旦接收到了，谁又都要以最积极的行动去面对它……

老李一怔，明显接不上茬。

老李嘴笨心不笨，属于茶壶里煮饺子的类型，虽然说不过他老刘，可是从来没对他服过气。他却总是觉得他的话应该让老李服气。这也是他们俩尿不到一个壶里的原因之一。

老李无语，老刘又像过去一样习惯性地叨叨叨，像给学生上课一样地说，病人在想着病的时候，心灵对外界和自身的敏感点迫使理性暂时退位给感性，生命以外的价值面对疾病突然失去意义。人暂时放弃对生命之外的名声、地位和金钱的追求，开始澄清和关注生命自身……

老李的眼皮也就像过去听他叨叨时一样，一眨一眨。老李的这个习惯，厂里老幼皆知，老刘知道得更是深刻，事后到上级部门告状的那些话，他认为都是那眼皮一眨一眨眨出来的。他现在的眨动是不是在说，就让你说个够吧，虽然你在场面上搞赢了，可你在身体上输给了我，你还能不能从这个医院里走出去都成问题……老刘也就提高警惕，说，病人喜欢说病……话没说完，老李的眼皮子不再眨动，两手痛苦地捂住了胸口。

咋啦？老刘一愣。

老李重重地吁出口气，喘着说，你的话触着了我的痛处……

难道你的心脏也出了毛病……老刘有点儿欣喜。

老李点头，说，不然，我怎么一直没到新单位履职？开始上面以为我是闹情绪，直到我把医院的报告单交给他们……

老刘的欣喜变成了关心，严重吗？

老李说，介于严重与不严重之间，不然，你刚才说关于病的话，怎么会让我的内心产生共鸣……老刘打断他的话说，你患病的事我确实是一点儿也不知道，说病是病人的一种需要，疾病改变了人体原有的状态，机体的失衡，人的心理也发生倾斜，病的敏感点转移到心，心里只要想着病，疼痛和不适感就会不断扰乱心……

老李说，你住院都住成医生了。

老刘说，没事就看书，别的书看不进，就看医书，厚厚的一本《黄帝内经》都让我看得快背下来了……老李也说，不光别的书看不进，生命以外的价值面对疾病时突然失去意义，名声、地位、金钱真的成了过眼云烟，许多平时视而不见的东西，以及自己生命的状态，突然清晰了。

老刘英雄所见略同地说，看来病既是坏东西，也是好东西，可以让在岔道上奔跑的人停下来调整一下方向，否则，由于惯性的作用，会在岔道上越跑越远。

老李说，这正是我没去新单位履职的主要原因。小时候写作文总喜欢说一个词——年过半百的老人。年龄和身体摆在这儿，蹦跶不了几天了，再到一个新单位去与新搭档磨合，还不如回来给你赔个不是，从头开始，所以我找到局里谈了我的想法……

老刘有些激动了，抓住老李的手说，是你找的局里！佛教讲究棒喝，采取的是强制唤醒法。过去我们的情绪和思想可以说有时候就是一团乱麻，纠缠得心灵总是迷失方向，我们现在都被疾病这个当头一棒喝醒了，真的是可喜可贺……

老李用紧握老刘的手，回应老刘。

老 张

赖海石

老了的老板回家颐养天年，接替老板管理工厂的是他的儿子，人们叫他小老板。小老板新官上任三把火，机修工老张被第一把火烧着了。

老张不老，因招了一个机修助理也姓张，人们为了区别两人，便让不老的老张升级做了老张。老张跟别的机修工不一样，一般的机修工给人的印象是：身穿皱巴巴的工作服，邋里邋遢，戴着棉纱手套，手握螺丝批，脸上布满汗水和油污。老张却不一样，他西装笔挺，领带飘飘，皮鞋锃亮，像个白领。

工厂有七八百台机器。每天上班后，老张做的第一件事是巡厂。他昂首挺胸，倒背双手，一个个车间巡过去，跟张三点点头，跟李四打打招呼，听听这台车床的声音，拍拍那台机床的盖板，优哉游哉。老张回来后跟小张交代工作，小张拿笔一一记下，提着工具箱干活儿去了。

小老板刚接手工作，想尽快掌握全厂情况。他每天一上班就到各部门去巡查。巡厂者遇到巡厂者，小老板看老张那神气，比老板还老板，不禁眉头一皱，回到办公室问生产厂长，才知老张是个机修工。小老板发话："机修工不去修机器，像个老爷一样在车间转悠，我的工厂里不允许养闲人。"生产厂长张口想说话，又不知道说什么好。

也活该老张倒霉。一天，小老板巡厂。老张跷着二郎腿在吸烟喝茶哼曲，眯眼自我陶醉时，被小老板逮了个正着。小老板的脸立时黑了，也不说话，扭头就走。其时，小老板已决定不再留用这个闲人了。经过冲压车间时，小老板听到一台冲床"吱呀吱呀"响，问主管怎么回事。主管派人去叫老张，老张竟不动身，只传回话："摩擦出声，不影响生产，不会出事故，磨合磨合几天就好了。"小老板那个气呀……

小老板到财务室查看了老张的工资，竟是小张的三倍。小老板没想到父亲这么糊涂，养个闲人，还给那么高的工资，早该退休让自己接管工厂了。小老板找小张谈话，问他对老张的看法。

老张被正式通知不用来上班了。老张临走时提出两个要求：一是招三个机修工备用；二是再巡一次厂。对于"一"，小老板用"哼"回答。对于"二"，小老板叫生产厂长和保安跟在他后面，只许他看，不许动手。哪知老张在全厂巡视一遍后，叫小张记下两条：一是CNC电源板要换；二是三楼东墙的总开关要换。

老张走后，小老板叫小张检查老张所说的两处是否真有问题。小张检查后说无任何问题。小老板又"哼"一声，认为老张是在故弄玄虚。

开始几日，机器一切正常，但故障渐多。小张疲于奔命，终致多台机器停机待修。小张无奈，请求再招一名机修工。结果两名机修工还是不够用，小张申请再加一名。小老板对生产厂长发脾气。生产厂长解释："我调查过了，别家厂子像我们厂这么大规模的，需要四名机修工。"小老板疑惑，说："那，为什么老张没走时，两名机修工就够了？"生产厂长说："我前天请老张喝酒，向他请教了这个问题。老张是这么说的，'你知道医圣张仲景吗？张仲景说没几个人知道他哥哥，其实他哥哥的医术比他厉害得多。他是治已病，他哥哥却能治未病。'"小老板恍然大悟，说："我明白了。我错怪了一名优秀的机修工。我错失了一位'圣医'。"正说着，有人打电话来报，厂里发生火灾了。

原来是CNC电源板烧坏了，连带主控板损毁，总开关没有跳闸，电线起火……

生产厂长根据小老板的意思，打电话请神一样的"闲人"老张回厂里上班。

老张说："我现在回到老家了，我准备承包一块荒山，养鸡、养猪。"

鲨鱼之吻

莉璎

蓝心这个名字是爸爸给起的，然后爸爸把蓝心丢给蓝心的姥姥，他自己却消失不见了。

小岛渔村有点儿偏僻，需要乘船出海才能到达陆地，蓝心在村里读完初中。她每天随姥爷的渔船出海，她憋口气潜入大海，像一条活泼勇猛的鳗鱼。

蓝心最多能在海水里待两三分钟，她能徒手捉小鱼、采摘海藻，有时还能遇见鲍鱼。海底斑斓幽深，那些傻傻的小丑鱼呆萌地围绕着她。看到受伤的海龟，她会施救，她的腰间佩带刀子、凿子、鱼篓等工具，她只取所需，绝不伤害珍稀物种。

姥爷最近身体不适，蓝心和船副出海。她不敢走太远，选了别人平时不太去的浅水湾。停船抛锚，蓝心游进海底，浅黄的沙滩铺了海草，蓝绿色的水纹反射着海面的波光。蓝心钻出水面深吸几口气，再次潜入海底。

水里的鱼群四下逃逸，蓝心诧异，一条小鲨鱼张着嘴以微笑面孔向她游来。蓝心愣住，这片浅水区从未见过鲨鱼。小鲨鱼在离她不远的地方停住，它的眼睛呆呆地注视着她。蓝心试图转身游走，小鲨鱼并不向她发起攻击，它很疲惫的样子。

蓝心回过头望着小鲨鱼，它再小，也比蓝心体格大。小鲨鱼缓慢地游过来，张着嘴给蓝心看。鲨鱼的舌头上有一个鱼钩！蓝心听说过鲨鱼自杀的事情，它们不想活了，才会游进浅水区。

蓝心不知哪里来的勇气，她迎上去，把一只手放进鲨鱼嘴里，她的手臂感受到鲨鱼的尖牙划过皮肤，但小鲨鱼不咬她，它静静地张着嘴。蓝心把另一只手也放进去，果决地除去鱼钩。小鲨鱼的嘴里冒出红色水泡，它一直等蓝心双手离开才游动。

蓝心迅速浮出水面，她并没有把这件事情告诉船副。蓝心换了个方向入海，她去采摘海藻。那条小鲨鱼嘴里衔着一条两尺长的大鱼跟过来，它流畅地游过蓝心身旁，把大鱼丢给蓝心，用嘴巴合拢的尖脸轻轻触碰了一下蓝心的脸。

几次出海，蓝心都能见到小鲨鱼，小鲨鱼帮蓝心捉鱼。蓝心晚间做梦，常神秘地笑醒。

这天，蓝心入海，小鲨鱼身边多了一条大鲨鱼。蓝心怕了，莫不是小鲨鱼好了伤疤，恢复了本性？冷静灵活的蓝心很快弄懂它的意图，那条大鲨鱼尾巴上缠绕了成捆的渔网，被海水浸泡的渔网没有烂掉，已经嵌入大鲨鱼的肉里。

蓝心拔出刀子，大鲨鱼配合地伸来尾巴，蓝心小心地用力割断渔网。渔网不太难割，就是工作量大，蓝心憋住气息一口气割完。碎渔网坠入海底，蓝心失去知觉。等她醒来，一条大鲨鱼和一条小鲨鱼用头拱着她浮出水面。船副看呆了，吓坏了。

蓝心救助鲨鱼的事情在鲨鱼界传播，一条又一条受伤、受困的鲨鱼来找蓝心。鲨鱼有求于蓝心，都很听话，获救的鲨鱼时常护送蓝心出海。蓝心的短发在水里像一株海草，鲨鱼的尖脸最爱穿过她的头发触碰她的脸。于是，浅水湾海底出现了一幅惊心动魄的画面：几条鲨鱼陪伴人类女孩和谐漫游，鲨鱼和女孩之间奇妙互动，行为默契，泳姿优美。

鲨鱼出没的消息不胫而走，渔民惧怕，想办法驱赶鲨鱼。"投放铁丝网""海底建栏杆"，每一个主意都有悖鲨鱼安全。蓝心偷偷掉眼泪。奇怪的是，除了蓝心，其他人去浅水湾入海根本看不到鲨鱼。只有蓝心下海，鲨鱼才会来，鲨鱼只和蓝心玩耍。

蓝心乘船上岸，她去电视台，把她救助鲨鱼的经过讲给有影响力的人。

电视台工作人员穿戴了潜水设备跟进，悄悄拍摄到蓝心和鲨鱼游泳追逐的场景。电视台的人建议不要驱赶鲨鱼，政府和小岛渔村合作，开发旅游业，首推项目：海底玻璃观察屋，观看鲨鱼和蓝心共舞。

村里热闹起来，卖海鱼的、搞餐饮的、开旅馆的……渔民纷纷致富。

一位外地摄影爱好者观看了节目，激动得泪流满面，等蓝心上岸，他上前紧紧拥抱蓝心："我是你爸爸呀！跟我走，我要供你上高中考大学，将来做海洋学博士。"

"那它们怎么办？村民怎么办？"蓝心一万个不放心。

村里站出三个勇敢的孩子，他们要接蓝心的班。蓝心只能逐个带小伙伴去见鲨鱼。几条鲨鱼警惕地包围过来，蓝心用手抚摸了小伙伴的脸，再抚摸自己的脸，然后伸手触碰鲨鱼，她将"信任"的气味传达给鲨鱼。一条鲨鱼被成功解困，远远近近传来鲨鱼低沉而温柔的"嗡嗡"叫声。

当四个孩子在海底，愉快地和鲨鱼群混合游泳、肢体接触时，蓝心爸爸拍摄的照片定格。

"这张照片就叫'鲨鱼之吻'，它一定能获得摄影作品大赛一等奖。"

蓝心的爸爸接走蓝心，小岛渔村的旅游业越办越兴旺。

"蓝心是海洋的灵魂，她妈妈在大海里保佑她。"人们都这么说。

绝 色

于 博

刘三宝真是跑不动了，他连喘气都喘不上来了。正好眼前有一块大石头，刘三宝一下子扑倒在石头的后面，他觉得天旋地转。不管怎样，他紧紧抱着画板。就在半个小时前，他正在画画，猛然被哇啦哇啦的叫声吓了一跳，抬头一看，远处一个身穿黄衣服的家伙正端着枪向他喊。刘三宝如同见到饿狼一样，腾地抓起身边的枪，另一只手紧紧夹着画板，撒腿就跑。

啪——，一声枪响在刘三宝身后响起。刘三宝觉得自己头顶有一道火线掠过，同时一股带着刺儿的风从他的两耳扫过。刘三宝下意识地低头，见画板完好无损，长出了一口气，迅疾转过一棵粗大的松树。刘三宝一边玩命地奔跑，一边骂道，妈的，山里也不消停。

刘三宝学会骂人，还是一年前的事。

一年前的一天，刘三宝正在校园内的林荫道和同学高燕聊着异国他乡的画圣雪舟等杨，聊着给大师雪舟等杨带来灵感的备前国的平地与山林，以及蒜山高原，还有那迷人的桃花和赤松。刘三宝相信自己家乡的山林绝不比雪舟等杨的家乡逊色，尤其是秋风吹过，那火红的枫叶绝对比雪舟等杨家乡的桃花美艳。正聊着，雪舟等杨的同胞耀武扬威地进了奎县，刘三宝所在的美术专科学校的围墙瞬间轰然倒塌，同时倒下的还有高燕，高燕流出的血像秋风中的枫叶，不仅颜色像，形状更像。刘三宝眼含热泪，紧紧抱着高燕的画板，随着逃难的人群离开了学校，离开了奎县，但高燕倒在地上的样子一直在他的脑海里晃动，尤其那颜色像枫叶的血，他忍不住骂了人。

刘三宝跑进了大青山，遇到了专门打鬼子的队伍。刘三宝再也不崇拜雪舟等杨了，再也不想什么桃花和赤松了，他的心里除了火红的枫叶，就是满腔的怒火。如果他能正常地在美专学习，他相信自己一定能成为一名出色的画家，他还想去上海刘海粟美术学校深造呢。可惜这一切都化为了泡影，更可惜的是……一行热泪流下，刘三宝眼前一片恍惚，他想不下去了。

大青山的枫叶都是生长在色木上，一有空闲，刘三宝就坐在色木树下，不是凝神思索，就是认真地画枫叶。大青山的秋天真美，可就是有点苦啊。苦不算什么，最让刘三宝忍受不了的是没有作画的工具和颜料。画笔没了，他用树枝代替，可是颜料没有了，用什么呢？令他欣慰的是，高燕的画板还在。有了画板，他就觉得自己名正言顺，也有了些仪式感。但现在唯一令他不满意的是颜色。

刘三宝发现了一棵高大的色木树，树干笔直，树冠如伞，尤其是树叶，真的和高燕淌出的血一样。这样想着，就仿佛高燕站在了他的眼前。刘三宝发誓，他一定要画出最美的枫叶，就和高燕倒下时流出的鲜血一样。但是，形状画得惟妙惟肖了，颜色却总是不如意，就差那么一点点。究竟差在哪里呢？说不上来。高燕的血在刘三宝眼前流动，那血色就超过他的画色。是颜料的问题吗？刘三宝凝视着颜料，颜料已经所剩无几了，是不是因为时间长掉色了呢？

刘三宝正想着，哇啦哇啦的声音传来了，猛抬头，日伪讨伐队来了，这就出现了开头的一幕。

刘三宝跑到大石头后面，很快稳住了心神，他慢慢地从石头后面探出脑袋，目光穿过杨树、松树、榆树、白桦树，还有色木，无数棵树木后面隐隐地跑来了黄衣服的小鬼子，钢盔和刺刀跳跃着光亮，一身黑皮的伪满洲国军像个虾米似的弓着腰。刘三宝想跑，可是没力气了，他看了下画板，画板上画完的枫叶像高燕流出的血。刘三宝血一涌，眼一瞪，顺过枪，骂了一句，拼了，打死一个就够本，打俩就赚了！

小鬼子上来了。刘三宝瞄准，一枪射出，啪——，前面的小鬼子应声倒地。刘三宝一下子激动起来，身子一挺，禁不住大叫，高燕——！没等喊出下一句，一颗子弹飞来，穿透他的右肩，一阵麻酥酥的感觉像蛇一样乱窜，鲜红的血淌了出来，滴到脚下的画板上。刘三宝听到吧嗒吧嗒的声响，不知是血的声音还是枪声，他已经渐渐失去了知觉。在刘三宝倒下的一刹那，鬼子讨伐队的身后响起了激烈的枪声和呐喊声。

新中国成立后，在一次迎接国庆的画展上，一幅名为《绝色》的国画获得了金奖。画面是火红的枫叶，其中有几片枫叶如鲜血一般艳丽。画家刘高接受采访的时候，郑重地告诉记者，这幅画是他用鲜血画成的。记者肃然起敬，请刘老师详细地讲述一下创作经过。刘高的眼睛一下子湿润了，他声音颤抖地说，其实我不叫刘高，我的真名叫刘三宝……

我是来这里找你的

汪云飞

这天一大早，我在家门口看见一辆电动车。无论是式样，还是色泽，抑或装饰，这辆车似乎都那么熟悉。再看车架上镶着的"我在这里等你！"这句话，我的脑海里立刻浮现出一个人。更确切地说，是一个女孩，一个不是很漂亮却水灵秀气、充满诗意的女孩。那一刻，这个女孩其实就站在离电动车不远的一棵树下。站在树下的这个女孩见了我朝我莞尔一笑。

"你叫黄兰吧？这么早？怎么来这里的？老刘呢？"我问她。

"是啊。老刘不在。我是来找你的！"女孩笑了笑。

"不可能！"我四下里用目光环视了一遍，还是没有见到老刘。

"我是来这里找你的！"女孩从树下走到了电动车旁边，然后弯下身子将纤细的腰肢靠在柔软的坐垫上。歪着头的她，一手托着腮帮，一手不经意地握着车把手，用一双明净动人的眼睛盯着我。

"我是专程来找你的！"她低垂着眼帘，轻轻地说了这句话。

可她找的人不应该是我呀！我心里想，老刘怎么得罪她了？想到这，我只能尽量冷静，与女孩保持一段距离。

老刘是我最好的朋友。喜欢写小说，在我们这个山区小城非常有名气。

不知什么原因，这个女孩跟老刘一直走得很近。于是，老刘给她买了这辆漂亮的女式电动车。女孩载着老刘在河边郊外兜风的时候很让我羡慕。

之所以一直记着这件事，记着这辆车，是因为这辆车不仅造型优雅，小巧玲珑，而且有着乳白、粉红与嫩黄相互渲染的色彩，更主要的是车身别着一块牌子，上面写着在许多景点都能见到的"我在这里等你！"这句话。当然也包括许多有情怀的男人可能会喜欢的女孩。每次与老刘一起吃饭的时候，这个女孩、这辆电动车便出现在我们眼前。

老刘说，之所以喜欢，是因为这个女孩不唠叨、不虚荣、不贪财，也不天天缠人。不仅如此，女孩和他还像朋友、兄妹，甚至恋人一样，在一起的时候她喜欢笑，总说一些他爱听的话，且在各种场合注意分寸，尊重他人。

这点我也非常认可。好几次我和老刘一起到市里开会、一起逛商场时，老刘总想给她买几件衣服。老刘征求她的意见时，电话里的女孩总是二话不说，一口拒绝。女孩说："我说过，我不是那种贪财的女人。我有工作，有收入，什么都不需要你帮我买。"老刘听了，就真的没有买。

一次，老刘和单位"一把手"吵了一架，回到家里又跟老婆吵了一架。气不打一处来时，就喝了一瓶烈性酒，一个人顶着一弯孤独的月亮独自来到城外的河边。看着孤寂的月影，他想起"一把手"的丑恶嘴脸，老婆的冷漠无情，死的念头都冒出来了。可就在这时，这个女孩出现在他眼前。

"你是刘小其老师吗？读高中时，我读过你写的文章，尤其喜欢你的小说，风趣睿智，催人奋进。按理说，你应该是一个乐观豁达的人，这会儿，怎么一个人在这里，有心事吗？"

"没有！我就在这里看看。看看月色，看看月色下静静流淌的溪水。"老刘说，"你读过我的小说？你也喜欢写文章？"

"写不了，喜欢看！"女孩隔着一段距离蹲在一边，"我就喜欢写文章的人。我能陪你在这里说说话吗？"

那时，她没有说别的什么，只是一个劲地说："今晚的月色真美，小河边真静，这个世界真好。"就这几句话，让老刘感动。

后来，老刘经常在月夜一个人去河边，却没有再见到这个女孩。

一天下午，我约老刘一起去河边。去河边是因为我被单位那个戴着一副眼镜，长着一脸横肉的家伙莫名其妙地解雇了；回到家中，又被曾经一心一意爱过我，后来却莫名其妙地不像是还爱我的老婆恶狠狠地咒骂了一通。

老刘说："都说做女人难。难就难在一辈子不能和别的男人有私情。其实，男人更难。难就难在一辈子都跟五颜六色的人打交道，而又不能轻易得罪自己的女人，尤其是眼里容不得半点沙子的女人。"

刚说到这里，老刘突然停住了脚步。只见他径直朝一个女孩走去。那时她在我们前面，还只是一个背影。这个女孩的旁边停着一辆花色的电动车。车架上别着一个铝牌，上面写着那一行字。原来，她好像是在那儿等他。我在心里嘀咕。

之后，老刘对我说："老王，她就是我经常跟你提到过的女孩。她叫黄兰。已经结婚了，和她老公都在电视台工作。"

后来，我在一本杂志里看到老刘写的一篇小说。小说的题目是"我在这里等你！"大致内容上面已经说到了，包括那辆花色的电动车。

那些日子，我非常地低迷。低迷的原因是没有工作，待在家里，日子难熬。寂寞难耐的时候便希望有类似这篇小说里的女主人公一样的女人突然出现在我的眼前。

"我们去河边走走，我在这里等你好久了！"女孩说，"其实，我们也是很好的朋友，就像我和敬仰的刘老师在一起一样。"

"可我不是你的刘老师。再说，我也不会写小说。"我说。

"没有关系。我们可以一起向刘老师学习。我是来采访你的，我们走吧！"女孩走过来拽住了我的手。

乔小乔住在牡丹路上

冷清秋

乔大夫早先是洛阳市中医院给人把脉问诊的大夫，退休后回归本名，成了名副其实的乔大富。但街头巷尾碰上了，人们还愿意喊他：乔大夫。

乔大夫家有俩女儿，大的叫乔大乔，小的叫乔小乔。大乔不喜欢自己的名字，读初中的时候自己拿着户口簿拽着乔大夫去派出所改成了乔如昔。乔大富问小女儿要不要顺便也换个名字，叫乔似锦、乔如玉什么的。

嗯……乔小乔闷着头想了老半天，最后说：算了，怪麻烦的，还是叫乔小乔吧。

乔大夫当时就认为自己的这俩闺女的性格可真是天差地别。

还真如乔大夫所言，大女儿乔如昔个头高挑，性格冷峻、言辞犀利，在学校里各科成绩都远远赶超别人。用乔大富的话说就是从小学到初中、高中直至大学毕业、读研读博从没让我这当爹的操过哪怕是头发丝儿那么细的一丁点儿的心。乔如昔在家里也是自己的事情自己办，拒绝任何人插手。所以，当乔如昔后来毕业决定在哥伦比亚大学任教的时候是这样跟乔大富和自己的妈妈说的：回去？回去有什么好？你给我一个合适的理由让我心甘情愿回去。算了，就是你有理由我也不会回去的，这是我自己的人生。

好嘛，面对如钢铁浇筑似的大女儿，乔大富说自己一下子就气馁了。

比起大女儿，小女儿乔小乔就像是田野里随意生长的刺玫花。她在初中的时候就开始收情书、写情书，和男生谈恋爱，高中毕业考大学无望，立即宣称读书没意思，刚满 20 岁就急匆匆嫁给了自己的同学，隔年生了一对如花似玉的双胞胎，成了两个女儿的妈妈。这可把退休后无事可干的乔大富高兴坏了。他每天最喜欢做的事情就是和妻子每人推一辆婴儿车逛街心公园。乔大富边推车边逗自己的俩外孙女玩儿，或者是向路过的熟人炫耀自己的外孙女。

周末的晚上，女婿总是不打招呼拎着卤味就来了，翁婿俩坐在小院里的葡萄架下就着夜晚的凉风和月亮小酌几杯。女儿乔小乔家住在牡丹路上，和娘家隔着一条街。乔小乔结婚了还是和没结婚的时候一样，每天不定时地说回来就回来。

小两口说不走，就真的住下了。

乔大富的妻子说：你们总这样不回去不好吧？你婆婆没意见？乔小乔就笑：哼，意见？我婆婆高兴还来不及呢！吃你的省她的，你带娃她胳膊又不会疼。再说了，有时候你不是还让我吃不了的拿回去孝敬她老人家吗！

可乔大富的妻子还是叹气，尤其在接到大女儿乔如昔的跨洋电话，或者大女儿给家里汇款时，就会叨叨，说：看你姐姐多争气，人家在国外住大别墅呢。

乔大富忍不住说她：你个老婆子真是身在福中不知福，俩闺女如果都一样出了国，谁在端午节给你送粽子，谁在八月十五给你择韭菜、送月饼，谁在大年三十的晚上推开门就喊妈，谁大半夜听说你不舒服没多大会儿，小两口就急匆匆赶过来推开门就问，妈，你咋样了？快起来，咱上医院。

说完，乔大富沉默了，妻子也不作声了。

乔小乔却笑。笑完，把婴儿车朝乔大富身边一推，说：可不咋的。爸，你快给我带娃；妈，你快我做好吃的。你俩就用实际行动"报答"我吧！

回家二百八十里

周　伟

三哥说姑父一直想回到老家，回到他的出生地和归宿地。三哥说姑父到死都想。三哥说姑父去世的时候，他在台湾创作采风。三哥听到他父亲的死讯，提前从台湾赶了回来，见到了平静的姑父。

四哥说姑父到死，都挂念着老家，挂念着老家的亲人。四哥说姑父去世前，总念叨着老家的祖坟和祖坟上的青草。四哥说姑父火化了，他的肉身再也回不到老家去了。姑妈请人做了法事，要让姑父的魂魄一定回到老家去，回到那个二百八十里外的对门姜家。

说起姑父，我没有太多的印象。只记得他高高瘦瘦的样子，常年穿着一件长长的黑色的风衣，长得帅，且酷，言语不多。小时候只记得这些，还记得姑父的威严。姑父从老家走出来，先是上了湖南大学，后来被分到涟邵矿务局牛马司煤矿一个叫水井头的小地方，在矿里干的是财会。那个时候的姑父，常常担惊受怕，不能回到老家去，甚至连提一下自己的老家都不敢，他是怕家庭的成分影响工作。

那样的岁月里，姑父就时常把自己一个人关在办公室里，打着算盘，左右开弓，噼里啪啦，噼里啪啦，把账目核了一遍又一遍，对了一次又一次。只有在那样的时刻，姑父才不会走神。姑父没有打算盘时，也是把自己关在办公室里，他常久久地出神，然后一旦回过神来，又马上伏案在纸上画着什么，用尺子量着什么……

有几次，姑妈到了办公室外面，站在窗户前，都不忍打扰姑父。姑妈并不知道姑父天天关在办公室里干什么，但姑妈常常对自己说，对家里人说，说姑父的心里苦啊。那种苦，姑父从来没有说出来。姑妈说，一个人心里的苦，比什么都苦！

姑妈说，姑父把家安在娄底这个叫水井头的小煤矿，那是有原因的：一是在煤矿里能多领几个钱，好养活一大家子；二是回老家也近点，可以经常回老家看看、走走。姑妈说，就连姑父的娘死了，家里人也不准他回去，怕他回去了受牵连。娘死了，姑父接到妹妹的信，信中一再说娘早已入土为安了，不要回去，不能回去！姑父就有点迁怒于他的妹妹，说应该早告诉他的。姑妈说，早告诉你，你就敢回去吗？！你不是一个人，你还有一大家子！一大家子，你还要不要？孩子们的希望还有没有望？……姑妈一个劲儿地发问，姑父一下就蒙了，垂下了头。

老家来人越来越少了，后来一年到头都少有人来。一年当中，有一两次来信，也都是电报一样简短。有时，姑父一个人也想到了喝酒，喝着喝着，姑父竟然清楚地记得自己是回过一次老家的，确确切切：他是偷偷地跑回家的，按照自己的行程，马不停蹄。姑父生怕有人看见，于是夜里摸黑进的村。他不敢打手电筒，在夜的层层包裹中，一脚高一脚低地走着。然而，他还是被人发现了。沉沉的黑暗中射出两道光，照得他原形毕露。他被抓了个正着，五花大绑，被两个民兵一前一后地押着走。不一会儿，推开黑沉沉的大门，咣当一声，他被推进无穷无尽的黑暗中……姑父梦醒，额头上的湿汗如河水四溢，他感到透心的悲凉和后怕！

我问四哥，姑父最初那些年，是因为家里的成分，不敢回到老家去，后来怎么也没有回去呢？四哥说每一次"运动"，都让姑父惊魂不定，担惊受怕老大一阵。待完全安定下来，做好回去的准备的时候，又掀起了下一次"运动"，就这样一次次不能成行。后来，一大家子要养，姑妈生了他们六个，养大了五个。就这样，一直没有成行。

四哥说一直等到他们几兄弟一个个长大成家立业，姑父姑妈又要带大他们的小孩。等小孩一个个长大了，姑妈又老是生病，姑父又不能离开姑妈，就这样一次次，姑父总不能成行。姑父后来自己也生了病，病中的姑父一直念叨着老家。

四哥说转眼间，姑父就八十岁了。那天，他和哥几个做了一个决定，姑父九十岁大寿时，就回老家办寿宴。姑父非常高兴，特别期待，就这样姑父又挺了快十年，眼看九十岁大寿的日子临近了，姑父却满是遗憾地走了。

三哥说他在姑父的遗物里翻到一张泛黄的图，那是姑父描画的一张线路图。从水井头到邵阳市四十里，从邵阳市到高沙镇二百二十里，一路上都有标注，邵阳以下，标得很细：隆回、石下江、竹篙塘、大水、高沙，从高沙插小路过南泥，到对门姜家，行程二十里。总共二百八十里。有粗线，有细线；有逗号，有顿号，有句号；标注有红、黄、蓝，有歇脚、吃饭、住宿的地方……线路清晰，详略得当，准备充分。

三哥说他想写一篇关于姑父的小说，但直到姑父死了，他也没完成那篇小说。

他写着写着，就涕泗横流，写不下去。

二百八十里，说长也长，姑父一生都没有抵达；说短也短，现在通了高铁，不到一个小时就到了。

秋黄瓜

王千里

一个星期天，瓦蓝的天空，有淡淡的白云在飘。天穹下，空旷的原野，静谧得只有几只鸟儿在叽叽喳喳。

刘瓜、铁蛋、春生，在那条干沟里点燃了一堆树叶。氤氲的烟雾呛得他们几个咳嗽不止。

铁蛋用一根树枝挑拨着燃起的树叶，火堆里响起啪啪的声音。后来他们嘻嘻笑着，用树枝拨开灰堆，一小堆烧熟的花生露了出来。他们伸出黑乎乎的小手疯抢，每人抢到了一把。剥开后，不顾花生米的滚烫，扔进流出涎水的嘴巴里，真香啊！他们都抬起头，互相望着，望着对方脏兮兮的脸，然后嘿嘿地笑起来。

黄昏时，他们拖着酸酸的腿往回走。刘瓜眨巴眨巴眼睛："你们吃黄瓜不？"春生眼睛瞪得圆圆的："这个季节，还有黄瓜？"

"有！"刘瓜说，"厚爷在场东种了一片秋黄瓜，这时正是好吃的时候。"铁蛋的口水又不争气地流了出来。春生的也是。"走，我带你们去。"刘瓜年龄大些，铁蛋和春生都听他的，他们俩抖抖索索地跟在刘瓜后头走。

在那条清清的小河边，他们看到了一片青绿的黄瓜地。他们离得远远的。刘瓜说："等天黑些再说，不然让厚爷逮住了，没咱好果子吃。"春生咧着嘴："俺不想吃了，天黑了俺娘要找俺哩。"

刘瓜踢了他一脚："不行，你走了，一会儿俺们摘黄瓜谁给拿。"铁蛋推了春生一下："一会儿多分给你几根。"

四周渐渐黑起来，他们悄悄地钻进了黄瓜地。铁蛋先摘了一根填进嘴里，慌得差点咬到舌头。春生也是，在那边咔嚓咔嚓地吃。刘瓜小声说："先别吃，快摘，用褂子包着。"

忽然那边响起几声狗叫，春生吓得拔腿就要跑。刘瓜拽住他："别动，没事的。"铁蛋的腿瑟瑟发抖："有人来了吧。"刘瓜猫着腰："别吱声，咱悄悄地出去。"

他们抱着黄瓜还没出黄瓜地，就见到一束手电光射过来。他们惊得魂飞魄散，没命地朝外面窜去。

"别跑！"他们听见一声炸雷般的吼声。接着有一道人影朝这边追来。几个小子都吓蒙了，迷失了方向，朝着与来时相反的方向跑去。一条河堵住了他们。他们知道那条河不深，都像鸭子一样跳进河里。刘瓜在铁蛋前面，这家伙，到这地步了，还将黄瓜紧紧抱在怀里。

铁蛋是扑进河里的，被河水呛得咳嗽不止，还没往前游一下，就感到后背有一只粗实的手抓住了他。铁蛋被拎上岸。一回头，春生和刘瓜也被拽了过来。

他们都低着头，大气不敢出。"走，到那边有亮光的地方去。"

他们蜷缩在厚爷屋子的地上。厚爷声音像洪钟："都抬起头，俺看看是谁家的孩子。"他们把头埋得更低。"要不要俺用村里的喇叭喊一喊，让家里人来带走啊。"厚爷说。

春生开始嘤嘤地抽泣起来。铁蛋也害怕得要命，要是让爹知道了，不打断他的腿才怪呢。倒是刘瓜，苦苦地哀求："厚爷爷，饶了俺们吧。"

厚爷眯缝着眼，慢吞吞地说："告诉我，你们都上几年级了？"

"三年级。"铁蛋小声说。"俺也是。"春生怯怯的。"俺是四年级。"刘瓜声音带点底气。

厚爷过来踢了刘瓜一脚："俺就知道是你的主意。小孩子不学好，学偷东西，长大能成什么才！"

厚爷点了支烟："都站起来，我这里有铅笔和纸，每人写一篇作文，把偷黄瓜的经过写出来，俺明天交给你们老师。"

铁蛋和春生都吓得哭出声来，他们知道，要是让老师知道了，在课堂上一宣读，他们今后真是没脸在学校待了。刘瓜"哼"了声："写就写，有什么大不了的。"

厚爷骂："臭小子，做错事，还有理了是不是？"刘瓜这下子撑不住了，哇的一声号啕大哭："呜……谁叫你种这一片诱人的秋黄瓜！俺天天从这里过，那嫩嫩的黄瓜天天引诱着俺，俺爹种田从来不种瓜果梨桃的！"

"你是刘四根家的小子刘小瓜？"厚爷问。

"嗯！"刘瓜抽噎着。

厚爷"哦"了声，沉吟半晌。"写，快写，不写别想走。"

铁蛋拿起铅笔哽咽着写了，春生也写了。刘瓜抹着泪，趴在那里也老老实实地写了。

后来厚爷收起他们写的作文，眯缝着眼一篇篇看了，咧着嘴："回去吧，明天你们到学校里都要好好学习，谁要是不好好学，俺就把这作文交给老师。"

走时，厚爷说："把你们的战利品带走。"他们互相望望，都不敢拿。厚爷过来，拾起地上的黄瓜，对铁蛋和春生说："你们拿两根吃就行，多给小瓜些。小瓜啊，你把这黄瓜带回家给你爹拌凉菜吃吧，今后想吃黄瓜了不能不打招呼啊！想吃了，来跟爷爷说一声，爷爷摘给你们吃。"刘瓜抱着黄瓜抹着眼泪哽咽道："谢谢厚爷爷！"

回来的路上，铁蛋和春生嫉妒了刘瓜一路："厚爷凭什么多给你啊，你还跟厚爷犟了嘴，厚爷反而不怪你呢！"

刘瓜抱着黄瓜默默地不吱声。刘瓜的娘死得早，他那个鳏夫爹种地从来不种瓜果梨桃的，弄得刘瓜看见吃的就馋。走着走着，刘瓜忽然哇的一声蹲地下就哭，哭声让铁蛋和春生不知所措，哭声惊飞了树上的一群鸟！

药　味

唐　风

睢州城的十字街鼓鼓的像龟盖，故称"龟头顶"。

"龟头顶"，老字号商铺多如牛毛。生意人有一句俗语："高家的头，李家的脚，陈家的耳朵反长着。"这里，所指的是高家的首饰、礼帽商行；李家的鞋袜商铺；陈家的耳朵反长着，指的是"郭"姓，"郭家药堂"。郭家药堂的大掌柜并不姓郭，姓周，周三味。故此，"陈家的耳朵反长着"生出别样的滋味来。

周三味，原是开了一间茶坊，毗邻郭家药堂，每逢药堂有人进出，周三味便喊破嗓子招呼客人过来吃茶，多少有些寄人篱下、拾人牙慧的味道。

郭其善是郭家药堂的第三代传人。

郭其善其人，嗜赌。

一是近邻，二是年龄相仿，赌场上，郭其善掷骰子，身旁必定站着满脸堆笑的周三味，郭其善输得身无分文的时候，周三味便掏出二三十文散碎铜钱凑数递给郭其善。其实，周三味卖茶水，钱并不多，赌场上，日积月累给郭其善填补，便是一笔巨资。就这样，周三味一点点蚕食着郭家药堂，终于有一天，郭其善把药房盘给了周三味。

郭家药堂另易其主，却一直挂着郭家药堂的招牌，为何？周三味精明，唯恐自己出身卑微镇不住，老字号药堂没落下去。这一折腾，郭其善由大掌柜败落为跑堂先生。

郭家药堂到了周三味手里却兴旺起来，接二连三，开了四家分店。睢州城，流行着几句谚语："黄家天下张家酒，不如郭家笔一抖。"黄家，指的是睢州县令黄伯九；张家，指的是张家酒坊。意思是，这些大佬富绅不如郭家药堂笔尖抖一下开处方的挣得多。

周三味年近五旬，富甲一方，便是甩手掌柜了。周三味很少到药堂去，大多时候，陪着女眷们吃茶、闲聊、颐养天年。周三味百事顺心，唯有看到发妻乞氏，眉头紧蹙。乞氏，一日三餐，大脚板走来荡去，浑然不知。一日，乞氏一屁股坐在正堂的罗圈椅里，"噗"一声响屁，周三昧忽地起身："有话用嘴讲来，何苦下面出声。"

周三昧心烦，高喊管家备车。

管家本以为去药堂巡视，周三昧却摆手："鼓楼街，听戏。"

周三昧补充道："看名伶孟婉儿的《柜中缘》。"管家却笑了："大人有所不知，孟婉儿婚变，罢演三天。"

"有这等事？"周三昧深深唔了一声。管家笑得有些诡异："婚变，说起来，与大人多少有些干系。"

"与我？"周三昧心头一颤。

管家道："孟婉儿委身打边鼓的熊二，本来就是下嫁，没承想，熊二倒是开了洋荤，与女黑头有染。红颜一怒，孟婉儿婚变。"

周三昧问道："怎的与我扯上瓜葛？"

"说起来是笑谈，孟婉儿标榜自己的身价而已。"管家嘻嘻笑道，"孟婉儿婚变，扔下一句话，非郭家药堂大掌柜不嫁。"

良久，周三昧意味深长地问道："孟婉儿与乞氏比较起来，哪位更有风情？"

管家嗫嚅道："不敢讲，讲出来便是欺主了。"

周三昧走进柜房，取出十五贯银票交与管家："恳请孟婉儿茶楼一叙，妥帖办理即可。"

没承想，孟婉儿一句戏言，大掌柜周三昧却是动了心。

一个时辰过去，管家却怀揣着银票回来了，周三昧心底一凉，沉沉地盯着管家。管家一脸沮丧："孟婉儿拒收。"

"为何？"

管家唯唯诺诺："讲出来，只怕大人颜面无光。"

周三昧盯着管家："且讲无妨。"

管家说道："孟婉儿说话刻薄，她说，'俺只晓得郭家药堂有位郭大掌柜，郭家药堂冒出个周大掌柜，真是笑话。'"

周三昧脸色骤变，喝令管家备车，决定亲身走一遭。

茶楼，孟婉儿落座，周三昧起身敬茶："鄙人，周三昧，郭家药堂大掌柜。"

"郭家药堂，周大掌柜？"孟婉儿冷笑一声，"是您讲错了还是我听错了？人参田里长萝卜，我倒是长见识了。"

周三味赔笑道："吃茶，鄙人有一习惯，自备茶具，方得雅致。由于一时匆忙，茶具忘在药堂了，万望孟小姐不辞劳苦，陪同取来。"

郭家药堂，妇孺老幼、烟花春娘各色人等候诊取药，郭其善开处方、跑堂、抓药，戥秤称量数十味中药从曲尺型柜台走出来，周三味干咳一声，郭其善一抬头，方才看到落座的周三味与一旁站立的孟婉儿。郭其善冲着二位点点头，欲把手中的药剂递与候诊者，周三味一摆手，做了个停止的动作。

郭其善一怔。

周三味目光沉得像石头："少了一味药。"

能出这般差错？周大掌柜如何知道少了一味药？郭其善甚是疑惑。周三味的音量提高了许多："少了一味药，难道不清楚吗？"

郭其善疑惑良久，返回柜台，解开药袋与处方一一比对，一脸错愕："药剂与药方吻合，没有少一味药啊！"

郭其善重新用纸捆扎药包，走出柜台，周三味眼神狎狎地望着："少了一味药，你是真的不明白吗？"

这一回，郭其善算是明白了。

郭其善急忙放下手中的药剂，左右手拍打了一下青布长袍，摘下瓜皮小帽端在手里，站在周三味面前深度躬身："周大掌柜光临，下人失礼了，恳请恕罪！"

周三味鼻孔哼一声，瞟一眼孟婉儿，起身离座，孟婉儿过来喊着"周大掌柜"，周三味头也不回地走了……

肥膘肉

肖曙光

父亲喊了我好几声，尽管声音轻柔，有讨好的意思，但我就是不理他。"哼，不是内外有别吗？那你去讨好别人吧。"我自顾自地往前走。

父亲从部队复员回来后，在村里当了会计。他说话轻声细语，不像村里的其他男人，张嘴闭口满是脏话。他喜欢穿那件洗得发白的军装，站在一群袒胸露怀的村民中间，显得与众不同。

父亲从镇上开会回来，都会带些爆米花、麦芽糖之类的零食给我和村里的小伙伴。

前天，父亲居然带了大白兔奶糖，我们的眼睛都直了，那可是城里人才能吃得到的名牌货啊。父亲把奶糖一块块分给我们。分到最后只剩下一块。

父亲有点儿难为情地看着我和另一个伙伴。我自信地认为这最后一块奶糖是我的。那个小伙伴也很知趣地准备离开，没想到父亲把奶糖给了他。我的脸顿时涨得通红。父亲掏出一块米花糖，笑眯眯地对我说："这块糖也很甜。"米花糖哪能跟奶糖比？我仿佛受到愚弄，哇的一声哭了。父亲拉着我的手，嘿嘿笑道："娃，内外有别，亏待自己也不要亏待别人。"

就为这句话，我生着气呢。今天，他要去镇上给村里买鸭苗。为了弥补对我的亏欠，居然要我跟他去镇上，父亲还说："顺便给你买点好吃的。"我有点儿不相信，父亲抠门着呢。那时生产队的干部们晚上开会，如果开得很晚，队长让保管员从仓库里拿一些花生、豆子之类的东西，煮熟之后给大家当夜宵。父亲是个仔细的人，散会后，发现还剩下一些没吃完的花生、豆子，仓库不好回收，扔了又怪可惜，他就认真挑选一些带回家给我们吃。在那个缺衣少食的年代，这些花生、豆子成了我们的零嘴儿，帮我们度过了许多个饥饿难耐的夜晚。

年底了，母亲发现队里分给我们家的粮食少了一些。母亲很疑惑，父亲拿出账本（账本被父亲锁在柜子里，从不给母亲看），原来他把带给我们的东西一笔一笔都记在账上。母亲气急败坏地质问他："咋把吃剩的东西记到我们账上？"父亲拍着账本，说："剩下的东西也是公家的，不记账就是损公肥私。"

"你个死五根，脑袋被门挤了。"母亲气得好几天不理他。

这样的父亲能给我买好吃的？可我到底禁不住诱惑，还是跟他去了。走在路上，我心里的怨气依旧未消。

镇子离村五十里地，又多是山路，我们走了半天，终于到了卖鸭苗的地方。谈好了价钱。我和父亲的肚子"咕咕"地响个不停。我们早上在家里喝的是红薯粥，寡淡的菜里没有油水，早已饿得前胸贴后背。

卖鸭苗的人见我们饥肠辘辘的样子，就说只收我们一块钱可以招待我们一餐。父亲答应了。

那人做菜的时候，拿出一块肥膘肉，对父亲说："你多出两毛钱，我就把这块肥膘肉放锅里。"肥膘肉是猪身上最肥的部位，雪白雪白的，肉嘟嘟，油汪汪，现在的人不爱吃了，那个时候是大家的最爱，平时吃不到，只有过年才能吃上一两块。我直勾勾地盯着肥膘肉，喉结一起一落。父亲咽了口唾沫，想拒绝。我狠狠地剜了他一眼：你可不要食言啊！那人也看出父亲的犹豫，便说："莫小气喽，看你儿子一脸菜色，好久没尝到肉菜了吧？"父亲看着12岁的我，豆荚秆一样消瘦的身体，终于点了点头。

因为有了肥膘肉，菜里就多了一些油，味道果然不一样，我们吃了一餐有油水的饱饭。吃完饭，父亲往自己碗里倒了小半碗开水，把碗轻轻摇晃起来，开水在碗里荡漾开来，一会儿一层油星子就漂在水面上。父亲小口小口地喝着开水，一脸的惬意。原来父亲是用开水涮碗的方式把油星子喝进肚里。那人发现了，叹了口气，红着眼眶说："没想到你们山里人这么穷，几滴油星子都舍不得浪费。"

结清鸭苗钱和饭钱后，父亲让那人写张鸭苗钱的收据，好回去入账。那人很快写好收据，父亲发现多写了一块两毛钱。

"你写错了。"父亲说。

那人狡黠一笑："我把饭钱算进鸭苗钱里了。"

父亲诧异道："这……不行呀。"

那人安慰父亲："替公家办事，花公家的钱，合情合理。"又说，"一块多钱可以买一斤肥膘肉。我同情你才这么做的。"

父亲低下头沉思了一阵后，摇头拒绝了。

多年以后，父亲还念念不忘这件事，"差点就被肥膘肉蒙了心"。他这句话，至今还回荡在我耳边，回响在我心里呢。

青石寨

练建安

一

几片黄叶飘落江面。水清浅，游鱼历历可数。一只银蜘蛛漂浮在水面，倏忽往来。

后生蹲伏在水草丰茂的岸边，悄悄抠出一块鹅卵石。

"丁富堂！"

听得一声高喊，后生抄起身边长条形布包，翻转侧闪。

"笔架叉，果真是你。"

来人是一位四十开外的灰衣客，手持铁骨折扇。

"您是……邱叔？"

"跟上。"

灰衣客迈步向前，丁富堂紧随其后。起初，他们的步子有些错杂；片刻，左左右右，步调一致，纹丝不乱。

"俺叔说啦，仗义，功夫高，江湖好汉对您都竖大拇指。"

灰衣客好像没有听到。

"麻七山贼最怕的，就是邱叔您啦。"

灰衣客皱了皱眉头。

"俺叔说，听大捕头的，指哪打哪……"

灰衣客停步，转身，静静地看着丁富堂，说："行山路，莫要讲话。"

二

一条石砌路弯曲爬坡。

两边有连片成群的参天枫树，枫叶鲜红。

此地名叫枫树嶂，位于武邑东南群山之间。

"停车坐爱枫林晚，霜叶红于二月花。"

"阿叔，讲嘛介呀？"

"该歇息了。"

抬头，不远处，就有一处茶亭。汀州才子罗连城隶书匾额：德润亭。

赣闽粤边客家地区，多山路。途中，多建茶亭。其形制大半类似河上廊桥。土木结构，白墙黑瓦。乡间有行善者，长年在茶亭一角供有茶桶"施茶"。过往行人可免费饮用。茶筒为竹制，乌黑光滑。传闻曾有高人布下符咒，喝了不生病。

茶亭内，满墙涂鸦。

邱捕头饶有兴致地来回走动，忽然，扑哧一笑。

墙上写道：

高山有好水，平地有好花。

人间有好妹，无钱莫想她。

丁富堂趋前，瞧瞧，也笑了。

"阿叔，烤番薯。山脚铺的，还热乎着呢。"

邱捕头剥开吃，点头赞叹："好番薯，香！"

"俺家沙坝的，俺们那的番薯软糯香甜。阿叔，俺给您挑一箩担来。"

"你也是吃公门饭的了，莫要费心。"

"阿叔，再来一根？"丁富堂拍打包裹，"管够。"

一群玄衣黑帽者，腰悬雁翎刀，悄然向茶亭快步走近。

为首一人，魁梧，红脸，带刀疤。

三

汀州籍陈翰林致仕，告老还乡。走水路由潮汕溯韩江而上，途经汀江枫林湾时，遭山贼打劫。此山贼不同于悍匪麻七，只求财，不伤人。官兵到时，已踪迹全无。

汀州知府严令邱捕头限期破案，"限五日"。案发地杭川知县派遣新进高手丁富堂协助。邱捕头约定快班兄弟于枫树嶂德润亭会合。

计划已定。夜半，捕快前往三里外青石寨，包围贼寮，潜伏待机。日出时分，丁富堂带队发动围捕。结果毫无悬念，人赃并获，官兵略有损伤。

捕获山匪七人，赃物三担。

山匪多半系江上船工，出则蒙面为匪，入则撑船度日。匪首更是老熟人，大埔三河坝盛源米店的二掌柜。

邱捕头摇动铁扇："老葛，别来无恙啊？"

老葛扭过头去，一言不发。

刀疤捕快铁尺横扫。老葛惊叫，弯腰似虾米。

"拖下去！"

"是。"

丁富堂走过来。看得出，他左臂"挂彩"了。

包裹落地，咣当响。

"邱叔……"

邱捕头合扇挑起沉甸甸的包裹，伸出。

"贤侄哪，铁伞去哪里了？"

丁富堂嘻嘻一笑。

"俺叔呀，撑船，下潮州啦。"

四

此后数月，邱文德与丁铁伞多次聚会，喝茶闲聊。丁富堂入行后，时有壮举。富堂自幼命苦，随五叔长大。如此出息，丁铁伞深感欣慰。这些天，他总感觉老友似有难言之隐，问有何挂碍。邱文德略有所思，说："千里之堤，毁于蚁穴。那第一只白蚁该当如何？"

五

一候蚯蚓结；二候麋角解；三候水泉动。

癸卯年冬至日过后，汀江流域连绵群山之上，下起了纷纷扬扬的雪花。远山树林，披挂着晶莹剔透的雾凇。

卧龙山麓汀州府衙快班房里，一盆炭火通红。邱捕头搓搓手，拿来一块紫薯，平放在铁架子上。少顷，焦香四溢。

"吱嘎。"

刀疤捕快推门而入。

"头家，听说了吗？"

"嘛介？"

"丁富堂出事啦。"

"嘛介？"

"私藏赃款。杭川知县大怒，当场咔嚓啦。"

"哦，晓得了。"

"青石寨围捕，他替俺挡了一刀。"

邱捕头埋头不语。

刀疤捕快知趣，退了出去，掩门。

邱捕头慢慢地吃着烤番薯，抬头，泪花闪烁。

三叔和他的二胡

李海燕

三叔会拉二胡。三叔在公社机耕队上班，是东方红 75 拖拉机的机耕手。三叔在村子里是鹤立鸡群的存在。

每天下班回来，三叔把自己洗得干干净净，头发梳得一丝不乱，然后穿上他的白衬衫蓝裤子，在墙上摘下装着二胡的蓝布袋子，坐在院子里，开始拉二胡。

那时正是黄昏。屋檐下筑着四五个燕子窝，小燕子在院子里飞来飞去。院子里有一棵高大的桑葚树，最粗的枝丫上悬着一个秋千。我们几个孩子排着队荡秋千。三叔的二胡响起来，压住了我们的吵闹声。我们就安静下来，做三叔的小听众。

三叔得意地看着我们，怀里的二胡发出或明快或幽怨，或温馨或苍凉的声音，丝丝缕缕，如风一般在院子里飘来荡去。

几个孩子中，我最喜欢听三叔拉二胡，常常别的孩子坐不住了，我仍坐在三叔身边或荡着秋千，痴迷地听着。

有时候三叔拉完一首曲子，会喊我，三丫头过来，三叔教你拉二胡。我便心花怒放地跑过去。也许是我天生缺少文艺细胞，也许是三叔太爱惜他的二胡，往往是二胡放在我手里，我刚拉动一两下，三叔就找一个说辞拿回去。总之我最终也没学会拉二胡。

有那么一天，院子里来了一个漂亮姑娘，那个秋千就不再是我们这些孩子专属的了。

那姑娘叫梅子，来自一个遥远的大城市。梅子穿着白色连衣裙、白色凉鞋，两条短辫子编得松松垮垮的，看似随意，却与村子里的姑娘们截然不同，别有一番韵味。

以后的每个黄昏里，只要三叔的二胡声响起来，梅子一准过来。

梅子来了就坐在秋千上，一边轻轻地荡着秋千，一边听三叔拉二胡。

三叔的二胡拉得更起劲更好听了。三叔也不再喜欢我们这些小听众，只要梅子来了，他就轰我们走。

不久，三叔和梅子恋爱的消息，像一阵风吹遍了村庄的每个角落。那些天我们家如临大敌一般紧张起来。

因为三叔是有未婚妻的，那时候叫对象。是前院的桂珍。

爷爷和桂珍父亲是拜把子兄弟，爷爷为兄，桂珍父亲是弟，哥俩儿情同手足。年轻时的一天，哥俩儿喝酒喝到尽兴，爷爷看着他们俩身怀六甲的媳妇，对弟说，如都生男，仍拜把子；如都生女，是干姐妹；如一男一女必结为夫妻，兄弟看可好？弟说，正合我意。哥俩儿击掌，一言既出，驷马难追。

果然是一男一女。三叔和桂珍从小就知道，他是她夫婿，她是他媳妇。

三叔生得英俊，桂珍生得一般。渐渐长大的三叔，对这桩指腹为婚的婚事，非常反感，多次表示他不会娶桂珍为妻。而桂珍却认定了三叔，无论三叔怎么待她，她都一成不变，她给三叔做鞋子，做绣花鞋垫，而三叔却一双都不曾穿过。爷爷为此骂过三叔，并放下狠话，除非他这老的先死了，不然三叔永远不能背信弃义。

三叔与梅子的恋爱风波，在村庄闹得沸沸扬扬，爷爷终于不能淡定了。

那天夜里，爷爷和三叔两句话不投机起了争执，三叔说此生非梅子不娶。爷爷说，有我活着，你做梦都别想。三叔说，那咱就走着瞧。夜深人静，爷爷把三叔绑在桑葚树粗壮的树干上，折下一根桑条，抽一下问三叔一句，娶不娶桂珍？三叔拧着脖子，不娶！

三叔的身上落满了青一条紫一条的伤痕。爷爷最后问一句，你到底娶不娶桂珍？得到三叔至死不变的回答后，爷爷嗷的一声扔了桑条，就给三叔跪下了。我的小祖宗，爹求你了，你不娶桂珍，让你爹这老脸往哪放啊？

有泪水滑出三叔的眼眶。三叔喊了声，爹，你打死我吧。闭上眼，不再看跪在面前的父亲。爷爷气得转身去寻家伙什，扬言要打死三叔这个孽畜。

爷爷在墙角寻到一把铁锹，举过头顶，气势汹汹地直奔三叔而来。三叔像电影里那些英勇不屈的英雄人物，挺胸闭眼，等待赴死。

爷爷又嗷的一声，扔下铁锹，踉踉跄跄地回了屋。

以后三叔仍拉二胡，只是把场地转移到了村南边的小柳树林里。

后来小柳树林里也有了一个秋千。梅子仍坐在秋千上，听三叔拉二胡。再后来，梅子也拉二胡。梅子的二胡拉得比三叔还好，会的曲子也多。

自从那次打了三叔，爷爷不再理会三叔，也没脸去前院兄弟家了。

那年秋天，梅子回城了，三叔的二胡声断了。失魂落魄的三叔，失踪了一个星期，回来时胡子拉碴，人像被霜打的茄子秧。那天夜里，三叔抱着二胡坐在院子里，拉了一宿的《梁祝》，凄婉的乐曲，如泣如诉，听得人想流泪。天亮后三叔一头扑倒在炕上，躺了一个星期，不吃也不喝，人消瘦得脱了相，也为此丢了机耕手的工作。第七天，三叔终于吃了桂珍送来的第七碗小米粥。

进了腊月门，三叔娶了桂珍。

婚后，桂珍给二叔生了一儿一女，儿女都长得像三叔，儿子俊朗，女儿俊秀。三叔喜欢，爷爷整天乐得合不拢嘴。贤惠的桂珍相夫教子、孝敬老人，是村子里出了名的好媳妇。

桑葚树上的秋千的绳索旧了，三叔换成了铁链子，每到黄昏，三叔在秋千旁带一对儿女荡秋千玩，孩子笑，三叔也笑，只是再没听过三叔拉二胡。

三叔七十大寿时，我前去拜寿，三叔老了，三婶桂珍也老了，腰身不再挺拔，脸上缀满了皱褶。那把二胡仍挂在原来的位置上，蓝色的袋子上落满了岁月的尘埃，已辨别不出原来的颜色。

父亲的战友

刘玉纯

因为中风，70多岁的父亲在医院住了一个多月后，终于出院了。我松了一口气，开车接父亲回家的路上，突然发现不知什么时候，路两旁的羊蹄甲已开得茂盛，一团粉一团白，云霞般从车窗边飘过。人间四月天，真是美不胜收！

但我高兴得早了点儿。到家停好车，我和母亲一左一右搀扶着父亲下车时，父亲原本就不利索的右腿却使不上劲儿了。家在20世纪90年代末建的楼房里，没有电梯，建成时考虑父亲腿脚不便，本可以选视野更好的六楼，却选了二楼，加上落地的储物间，算是三楼了。平时不觉得高，但现在父亲回家竟成了难事，我和母亲连拖带架，总算把父亲安顿在客厅的藤椅上。

没几天，网购的带轮子的四脚助行器送到家里。"爸，用这个走走看！"我挽着父亲的胳膊，他双手撑在助行器的横杆上，勉强在客厅转了几圈，但很快就累了，只得再坐回藤椅上。就这样，回家半个多月，父亲从没有下过楼，母亲将藤椅从电视机前移到了客厅的落地窗边，让父亲可以看看窗外的风景。父亲一看就是大半天，人也渐渐变得沉默。递给他报纸，他翻两下便扔在一旁，看电视上的新闻节目，他一不留神就打起瞌睡。我的心揪起来，曾经开朗乐观，经常和我讨论国际大事的父亲去哪儿了？

父亲曾经是一名军人，十几岁就离开家乡，随着部队北上。大多数时间在河南，因此后来他一直有吃面食的习惯，转业回南方后，周末还经常全家总动员，和面擀皮包饺子吃。邻居的小伙伴来串门，经常对着摆满餐桌、排列整齐的饺子阵营感叹不已。

上幼儿园时，母亲曾带我去探亲，那时父亲已经到了浙江，军营在杭州郊区。我和母亲坐火车先到杭州，然后坐汽车一路颠簸，到了部队的营房。我们住在家属大楼，相邻的几位叔叔一听说我和妈妈来了，都热情地聚到我们的屋里，天南地北地聊着。

从小到大，父亲都是我可以依靠的山，但这次病后，他突然衰老了许多。

去上班的路上，我的手机响起来，是个陌生来电。"小刘吗？我是安徽黄山的李叔叔，是你父亲的战友，我们曾在杭州见过面。"想起来了，六七年前，我曾陪父母回了趟杭州，父亲的几位战友闻讯从邻近城市赶来相聚，并且陪父亲重返当年的军队驻地。他们都曾是父亲手下的兵，李叔叔六十岁出头，是最年轻的一个，人也长得特别精神。一次在餐桌上，这群老兵说起军营里拉歌的情景，父亲笑着提议："小李，唱一个，当年数你嗓门最亮！""是！首长！"李叔叔站起来，身形笔直，带头拉起了歌，《我是一个兵》《三大纪律八项注意》……父亲和战友们大声唱着，一首接一首，仿佛回到了意气风发、激情澎湃的军旅岁月。

"李叔叔好！我想起来了，您歌唱得特别好！""好几年没见首长了，他身体还好吗？我换了部手机，首长留的家里的电话号码找不到了，想问问你，我好和首长聊聊天。"

印象中，父亲并没有当多大的官，但手下的兵都很尊敬他，总是"首长首长"地叫。我曾问母亲，她说父亲对部下十分关心，谁有工作或是生活上的困难，他总是想办法解决，因此大家说起父亲，个个竖起大拇指。

我把家里的电话号码告诉了李叔叔，父亲生病的事也提了几句。"李叔叔，我爸现在出不了门，您有空多给他打打电话。""好的好的，唉，现在我帮忙带孙女走不开，等放暑假让我儿子带几天，我去看看首长！""没关系，大家都忙，您也要多保重！"

此后，家里的电话就成了战友热线。除了李叔叔，杭州的陈叔叔、青岛的张叔叔也隔三岔五打来电话，虽然多年未见，他们和父亲却有说不完的话，母亲在电话机旁又摆了张靠背椅给父亲坐。每次放下电话，父亲的音调似乎都提高了些，嚷嚷着要母亲扶他起来多走几圈，有时还会自己推着助行器，到朝南的大阳台去看看他种的那十几盆花。天气渐渐热起来，玫红色的三角梅开得正艳，薄荷在阳光下绿得耀眼，生机勃勃。

转眼就到了盛夏，我傍晚下班回家，微风中有了茉莉花的清香，刚走到楼下，就听到客厅窗户传出熟悉的男声合唱。"日落西山红霞飞，战士打靶把营归把营归，胸前红花映彩霞，愉快的歌声满天飞……"我一乐，自从教会父亲用视频通话，他和几个叔叔常聊到兴头上就拉起歌。听这气势，哪里像六七十岁的老人？

分明是一群雄赳赳气昂昂的兵！

轻跑几步上楼，我一进门，嘹亮的歌声扑面而来。绕过玄关的玻璃隔断，我惊住了，客厅茶几边，父亲正和两个叔叔围坐着拉歌，三个人整齐地打着拍子，唱得那么投入，根本没注意到我进门。母亲在阳台浇花，忙轻声唤我过去，说："是陈叔叔张叔叔来了，看把你爸高兴的！下午他们两个还扶他下楼，逛了好一阵子！""那李叔叔呢？他怎么没来？他上次还念叨着暑假来呢！"母亲的神情忽然变得黯淡："我今天才知道，李叔叔生病了在化疗，他怕影响你爸的情绪，和两个叔叔说好了，一起瞒着你爸。这会儿，还在视频上和你爸他们唱着呢……"

我转头朝客厅望去，眼泪不争气地掉了下来。

听风庐

阿 英

"听风庐"打烊前一刻，他身披风尘，挑帘而入："只有你一人在？喊掌柜的出来，我有古籍要修复。"

学徒抬眼，眸子黑亮，被他杂糅的外乡口音逗乐："师父深居简出，从不见人，把书留下便可。"

他愣了一下，眼含挑剔，扫视学徒面前的工作台。桌案简陋，工具却排列似兵阵：浆笔、棕刷、镊子、铁锥、砑石、竹起子……几册已修好的线装书，安卧如归巢之鸟。他暗自惊叹：整旧如旧，不留痕迹，属上乘技法。

他将包裹缓放于柜面。学徒欲上手相助，被他以眼神挡回。

包裹解开，一层又一层。一本古籍，躺在二人之间。

学徒不禁轻呼："好书啊！"罕见的明内府珍本，凤纹封面，黄绫签条。漫长岁月里，它避过了虫蠹鼠啮，水浸风化，品相乎完美。

他戴上手套，小心翻动书页。开本宏阔，墨色饱满浓郁，卷首卷尾均钤朱印。学徒再三赞叹。及至某页，学徒才猛然呆住。那页纸枯皱残破，像被踩烂的落叶，与书体仅余一绺相连。可推测出，该页曾遭外力野蛮撕扯。

学徒以目光摩挲那处伤口，不住叹息。

他的呼吸变得陡峭，话音亦锐利如刀："你说，该如何惩罚那毁书之徒？"

学徒切齿："鞭笞火烤也不为过！"

他神色稍缓，说："如此绝世孤本，修复所用纸张宜选用颜色、质地、厚薄相近的同时期旧纸。工艺要求也颇苛刻，先精心调出浆水，涂于纸上，待纤维疏松膨胀，再将修复纸与原纸黏合。过程看似简单，但须具补天之手，贯虱之睛。见不到你师父，我怎能放心？"

学徒嗫嚅道："其实……我也可以。"

"你？黄口小儿！若你晓得这古书的坎坷经历，便不会口出狂言。也罢，就给你讲一讲。"

学徒方知，这部书原存于本地一座藏书楼。八年前，保定城沦陷，日本人觊觎库中古籍。他整理珍本，连夜装车运走，历经盘查、追击、抢劫。随着战火蔓延，多次转移，翻山过河，辗转数省，至南国。又沿漓江，入深山，于巨岩之腹，觅得一石洞藏书。为免受潮，他斫巨木，搭支架，置书于其上。每遇晴天，便搬出晾晒。日夜巡检，以防虫兽。一晃已逾八载，他由一个白面书生，变成手足粗粝的山野之人。那一洞书，酣眠于战火之外。某次，他出山采买，从兽口救下一个女子。不久，二人成婚。日本投降后，他联系舟车，将书运回。临行时，幼子还未满月……

两人眼中不觉潮湿。

"那，这本书因何被毁？"学徒问。

他接着讲述。原来，这批书籍当年离开保定前，曾被他的师弟拦下，说同城另一家藏书楼，日本人去"借"书，主人不允，当天，其妻便无故横死于街市。藏书楼主大恸，但仍不松口。不知日本人又使出何种伎俩，第二日，那楼主竟自缢于檐下。几个门生亦蹊跷失踪，生死未卜。师弟坚称，若为护书而付出人命代价，太不值得。

时间紧迫。二人争执，互不相让。情急之下，他抄起这部珍本，怒指师弟："你忍心将这无价宝物，拱手让给鬼子糟蹋？"说罢手臂一挥，书竟脱手，像断翅的鸟，惊恐坠向地面。

师弟忙冲上前，一把抓去。一页纸瞬间被攥为一团，几乎与书本脱离。

他呆愣不动，锥心般痛。师弟却咬牙说："我亲眼看到，那死者的幼子，抱住父亲悬空的腿哭泣！若能少亡一命，这一楼书，又算什么！"

学徒脸色渐渐苍白，垂泪道："我就是那藏书楼主之子，后来被师父收养，传我全部技艺，与我相依为命……"

霎时，他浑身凝冻，沉默良久。

三天后，他再次来到听风庐："能否修复？可有进展？"

学徒声音沉郁："您上次提到的'师弟'，我知道是谁了。"

他叹口气："那本书，你师父可曾看过？"

"看过……不，没看过。"

"怎讲？"

"师父净手后，轻抚封面，还未触摸内页，就突然抽泣起来，让我为他整理行装，出了趟门。"

"出门做甚？不会是躲我这个师兄吧？"

"师父说，他去寻纸。听风庐的各类存纸，皆无法与此书匹配。"

"寻到了吗？"

"寻到了。只是这铺子，也不再是师父的了。明代合适的纸，只那一处有。人家欺他心急，用一片巴掌大的纸，换走了这间听风庐……"

他吃了一惊："我要当面告诉师弟，这几天，我终于想通了，也不再记恨他……他就那么不想见我？"

"他无法'见'您了，他……是个盲人。"

"什么？！"

"日本人设宴，逼他交出藏书。为避免再有无辜者被害，师父连干三杯后，两手各持一箸，自戳双目，从此日日听风……"

他身体一晃，险些栽倒。

"师父只想问您，那批书，幸存几何？"

"那批书，已完璧返回……不只是我守护的书，还有桂图的珍本善本、浙图的《四库全书》，以及北平、安徽等多地藏书，均是历尽艰辛，迁徙到日寇难至之处。抗战胜利后，才陆续重归故土。"

门外石阶忽有响声，一根光滑的竹杖，探进帘来。

狼　友

余显斌

夕阳如鼓，大漠如海。他，如海上一叶浮萍。

此时，他不是走，是爬，一寸寸向前爬。每动一下，腿上的伤口钻心地疼，嗓子眼也干得喘不过气。生命，恍如体内的水分，被一滴滴挤走。

他想，自己可能活不过今晚了。明天，可能再也看不到这轮太阳了。他的鼻子，有点发酸。

也就是昨晚，在这千里大漠上，他受到一只沙漠狼的袭击。沙漠狼，是一种极凶残的动物，它借着月光下的黑影，一步步逼近。马儿警觉，喷着响鼻，长嘶一声，撒蹄而去，在月光下渐渐没了影子。他被惊醒，猛地坐起，面对着风一样扑来的狼，头发直竖。

他知道，此刻，逃是逃不了的。

他唰的一声，抽出匕首。

白亮的月光下，一人一狼对峙着，随后冲撞在一起，都摇晃了一下。狼一声长嚎——嗷，然后化为月下一条黑线，射入大漠深处。他知道，他的刀子，划伤了狼的前胸。他也受伤了，右腿被狼撕开一道长长的伤口，鲜血直流。

不过，现在血止住了，可伤口明显化脓了，每动一下，都扯得伤口如刀在剜。

最让他绝望的是，马儿带走了水袋。

没水，在沙漠，只有死路一条。

他身上虽带着肉干，可放进嘴里，如嚼木片，怎么也咽不下去。

夕阳，一寸寸贴近地面。他的心，绝望中带着孤独，死一般的孤独。

夜已深，他仍爬动着，不想停下来：一旦停下来，无边的孤独，还有深入骨髓的干渴，会紧紧攫住他的灵魂。

在白亮亮的月光下，他机械地移动着。

视线尽头，出现一团黑影。

他仔细看了一眼，黑影动了一下。

他一喜，是一个生命，是的，在这片死寂的沙漠上，不只有他，还有其他的生命。他加快速度向前爬去，慢慢近了，更近了。他停下来，雪白的月光下，是一只狼，前胸隐隐有血迹。

那分明是和他搏斗的那只狼。

狼卧在那儿，显然也发现了他，望了他一眼，眼光不再锋利如刀，而如炭灰里的火星。他知道，那只狼不仅负伤了，从那晚的举动看，它可能饿得够呛。

这会儿，面对这只狼，他没了仇恨，不知怎的，竟有一种同情、一种怜悯、一种亲近。

他掏出一块肉干，靠近去，放在它嘴前。

狼望望肉干，并未动嘴。

他想想，再次拿出一块肉干，塞进自己嘴里，使劲嚼着，对狼点头一笑。

他听说，狼是有灵性的动物。

他想告诉它，吃吧，没事。

狼伸长脖子，终于吃到了那块肉干。

他再次拿出一块，放在它嘴边。它小孩一般望望他，再次吃了。吃了十几块后，狼的眼睛里，终于有了亮光。

他吁了一口气，转身向旁边一个沙坎爬去。一番紧张过后，孤独和干渴消解了不少，他的瞌睡上来了，靠在沙坎处，眯上了眼睛。尽管他提醒自己，千万别睡着，可由于劳累疲乏，仍不由自主地进入梦乡。

梦里，他并不觉得冷。

梦中，他盖着皮毛褥子，很暖和。

他潜意识里一惊，醒了。身旁，卧着那只狼，紧紧贴着他，打着响亮的鼾声。

大漠夜晚，寒气如冰，这只狼靠近他，在暖和自己的同时，也温暖他。他心里一热，倒下，放心地睡下。

天亮后，他再次喂了狼一些肉干。

狼站起来，已经能走了。

他对狼挥一下手，转身向远处爬去。这一刻，他竟有些不舍。他想，从此，无边的沙漠上，又只有自己了。孤独地爬行了一会儿，听到身后传来声音，他回头，是那只狼跟了上来。他心里一紧，难道那家伙吃饱了肚子，又准备对自己下手？

他悄悄抽出匕首。

狼跟上来，超过他，一直跑到他前面不远处，像狗一样蹲着望着他。等他慢慢爬近时，它再次站起来转身跑了，跑一段后，又面对着他蹲下，等着他。

他悄悄收起匕首。

太阳一出，整个大漠，再次如火炉一般。

他已精疲力竭，如一条水泥板上的蚯蚓，奄奄一息了。慢慢地，他的视线模糊起来，大漠变成光亮一片。他不想动了，想就这样死去，反而是一种解脱。狼回过头，跑过来，扯他的衣领，扯他的衣服。

他一动不动，像死人一样。

狼仰头长嗥，嗷——

他仍一动不动。

狼转身走了，在漫天光亮中走出他的视线。他趴在地上，趴在死一般的沉寂里。不知何时，他感到脸凉凉的，好像被什么舔着，忙睁开眼，是那只狼。狼愣了一下，转身再次向远处跑去，跑了几步，又跑回来。

狼跑了几个来回后，再次拖着尾巴跑出他的视线。不一会儿，它回来了，嘴边耳旁，都是湿漉漉的泥沙，在他脸上蹭着，一股清凉的水汽，扑面而来。

他"啊"的一声惊叫，一把抱住狼的脖子。

他明白了，狼在告诉他，找到水了。

狼是沙漠里最为机灵的动物，它们长期生活在沙漠里，要想存活，自然得有特别灵敏的嗅觉，能轻易发现水源。他陡然有了力气，跟在狼后面，一寸一寸地爬着，爬过沙丘，那儿分明有一窝儿绿色，是一丛草，碧绿碧绿的，染绿一片沙漠。草丛根部，是一汪水。从新鲜的扒痕和爪印看，是狼刚刚扒开的。

是这只狼，帮助他走出了沙漠。

而狼，也终于走出了沙漠。

夕阳下，他轻轻拍拍狼的脑袋，眼眶红了。狼也低着头，轻轻哼着，眼眶里竟然蒙上一层雾气，慢慢凝结成水珠，流了出来。

他抱了一下狼头，挥挥手走了，走了很远，回过头去，夕阳下，仍见一个黑红的剪影蹲坐在那儿，望着他，发出一声长长的嗥叫，然后转身，一步步走远，最终消失在夕阳里。

他的泪突然涌了出来。

回到城里后，谈到这次探险经历，他说，是狼为他寻找到生命之泉，救了他。

他的朋友却庄重地摇着头告诉他，是他自己寻到了泉水，拯救了自己。因为，爱心如泉啊。

他听了，若有所思地点点头。

信　任

余清平

我静静地躺在国家博物馆精致的玻璃罩中，供后人瞻仰。我主人的大哥将我送来博物馆，一晃几十年过去了。

我被保护得很好，心早就随主人去了。我思念他，比干裂的土地思念甘霖更为强烈。主人再也不会回来了，他留在我身上的红色血液却不会消失。

那是 1935 年 3 月 6 日，雨水从树叶上滴下来，落在我的心里，凝结成冰。我清楚，主人和他率领的战士，只要翻过牛岭和畲岭，就能冲出敌人的包围圈。凭主人的智慧和能力，没有能难倒他的困难，尽管面对十倍于己的敌人。主人每次遇到艰难险阻，都能化险为夷。想到这些，我的心底里升起一股暖意，把冰融化掉。

看着衣衫褴褛又忙碌着的主人，我的心情十分沉痛。我很想告诉主人，你是多么儒雅的书生，要像以前一样爱护自己的形象，满腹经纶，风度翩翩，激扬文字，你该刮刮胡子理理头发了。我也知道，即使我说一千遍一万遍，主人也忙碌得顾不上刮胡子理头发。他变了，不注意形象。

主人看着战士们，战士们虽然个个衣衫褴褛，但高昂的斗志在他们脸上奔泻着。主人沉着冷静，泰山崩于前而色不变。主人伸手从怀里拿出了我，说："这些天可苦了你，你本来应该待在办公室里的书桌上，却跟着我南征北战，等推翻一切欺压劳动人民的恶势力和反动派，等到了和平年代，你就能够回到书桌上。"

我听了主人的话，想咧嘴笑，没成功。一阵风吹过来，掀开我的身体。我的嘴巴被风强行掀开。我很生气，哗哗啦啦地抗议着。抗议是徒劳的。

主人拿出一张报纸和一块布，又找出一块油布，把我捧在手心里，说："委屈你了，我一定把你保护好，绝对不能让你损坏或者丢失，你不仅仅是我多年来的心血，更要为我们的红色后代留着，让他们少走弯路，为未来建设强盛的国家发挥你应有的作用。"

主人小心翼翼地把我放入报纸中，包得方方正正，再包上布，然后拿起油布把我包得密不透风。我什么也看不见。我大声叫起来，要求主人把我放出来，我不想被禁锢。但任凭我怎么喊叫，主人都不理会。

我听见主人安排队伍突围："同志们听明白，分三队突围。第一队机枪班跟着我占领左面牛岭制高点，以火力压制敌人；第二队为主力，向牛岭、畲岭中间谷口突围；第三队向畲岭山脊突围。记住，突围出去，在信丰会合。""阮书记，我带领机枪班掩护。""您是书记，同志们不能没有您的领导，我去。"有人反对。"这里，我比同志们熟悉，我打掩护最合适。"主人的口吻不容置疑。稍后，我听到战士们的脚步声。接着枪声大作，夹杂着喊杀声。我待在主人怀里，十分担忧大家的安危。

渐渐地，枪声越来越弱。我听到主人说："同志们，背着伤员，跟着我往信丰撤。"主人的喘气声愈来愈粗重。他肯定背着伤员。我着急，心里说，你呀你，哮喘病还没有好，怎么能背负伤员撤退？就在我揪心的时候，砰的一声，我身体一震，被一颗罪恶的子弹击穿。我感觉到主人停住脚步，往地上倒。"阮书记！""阮书记！"我听到战士们痛苦的呼声。有战士哭了起来。

一缕光亮映入我的眼帘，我看到主人被几个战士扶着。他的手里拿着被子弹击穿的我，血把我的右边和他胸前的衣服染红了一大片。他断断续续吩咐战士，说我是他多年来的心血，不能丢失，更不能落入敌人手里，这是党的瑰宝。他让两个战士把我送到他大哥阮熙慈手里，等革命胜利后再交给组织。

我在心里喊，我不去你大哥那里，我要跟着你。以前，听你讲过你大哥因放高利贷与你吵架。如果他还是个爱财的人，把我卖了，怎么办？

就在我着急的时候，眼前一黑，什么也看不见。我被战士放入怀中。

我再次睁开眼睛的时候，是在一个黝黑脸膛男子的手中。他的样貌像主人。我知道他就是主人的大哥阮熙慈。他看着我，用手在我身上轻轻抚摸，眼泪一滴一滴掉在地上。他低泣："啸仙，谢谢你对大哥的信任，我一定保护好你用生命写的《审计条例》，再也不做放债人。"

杀猪匠李婶

唐波清

李婶原本不是个杀猪匠，她男人老张才是方圆几十里有名的杀猪匠。

以前，老张是一个人杀猪，后来有个亲戚的儿子拜他为师，老张便有了徒弟晓华。晓华个头矮小，背着装满尖刀、砍刀、雕刀、刮毛刀等几十斤重的杀猪包袱，整个身子快被压弯到地，左手握"套杆"，右手提"梃条"，活脱脱一个"土地神"。

那年腊月，村里人轮流杀年猪。老张的大嗓门惊住了晓华，下一户的"年宝"（年猪的吉祥话），你主刀，我扯腿。

这是晓华第一次主刀，晓华的头上冒冷汗，一阵头晕。捆绑在条案上的大肥猪拼命挣扎，刺心地嚎叫着。晓华拿着尖刀的手不听使唤地颤抖，晓华闭上眼睛，尖刀猛地插过去。猪没杀死，尖刀还插在猪身上，血顺着摇晃的尖刀洒落一地。瞬间，大肥猪挣脱了条案，满院子逃窜。老张拼命地追赶大肥猪，老张拼命地与大肥猪搏斗，老张被大肥猪咬得遍体鳞伤。没过几个月，老张撒手人寰。有人说，老张是伤口感染，破伤风要了他的性命。还有人说，老张丢了面子，气大伤身，郁闷而亡。

不论何种原因，老张终究还是被猪害死了。从此，寡妇李婶就恨上了猪，李婶与猪有杀夫之仇。李婶擦干眼泪，李婶跪倒在老张的师父赵老头门口，师父，咱也要学杀猪。赵师父不答应，哪有女人学杀猪的？李婶长跪不起，七十岁的赵师父只好勉强应了她。

李婶天生一副好身板，个头高，浑身是劲儿，身大力不亏。李婶跟着赵师父学杀猪，吃得苦，"霸得蛮"，手艺日渐精进。

李婶杀猪有架势。每到杀猪时，李婶的长辫子在脖子上绕两圈，如同古代武林侠客一般。李婶的一条腿跪压在猪身上，一只手死死地卡住"猪下巴"，用尽全力向后扳直，突显咽喉部位，另一只手握紧尖刀，顺向直捅，精准地扎到猪的心脏。然后，李婶的尖刀，翻转一轮，快速拔出，血随刀喷涌而出。血流进预先放在条案下的血盆里，殷红的血和洁白的盐融化在一起。李婶卡住"猪下巴"的一只手不断摇晃猪头，李婶的腿用力地挤压猪的腹部，膛内的猪血很快流尽。

李婶杀猪有板眼。先是"挺"。李婶在猪的后腿蹄寸子处割开小口，"梃条"从口子捅进。第一次，一竿子挺到"猪耳根"；第二次，"梃条"抽回来一半，再挺"猪背"和"猪腹"……直到猪的皮下挺活，方才抽出"梃条"。后是"吹"。对着小口子，李婶鼓起腮帮子吹气，边吹边用木棒敲打猪身，猪就像气球一样，滚胖，溜圆。再是"刮"。饱满的猪放进热水锅，迅速翻转，烫遍，烫透。李婶趁热扯下猪鬃，刮下猪毛。李婶的"刮刨"在猪身上灵活游走，刮得整个猪身光溜溜的。最后是"剖"。猪倒挂在木架上，李婶先用清水清洗猪身，再从肛门处开刀，剖开猪腹，开至胸腔隔膜，迅速从直肠那里割下"白下水"，即大肠、小肠、肚儿；接着，剖开胸腔拿出"红下水"，即心、肝、肺，再用清水冲洗猪腔。

青出于蓝而胜于蓝。几年下来，李婶杀猪的手艺，比师父还要精湛。

说起李婶杀猪的好手艺，七里八村的人无不竖起大拇指。逢年过节，红白喜事，家家户户都离不开李婶。

李婶每杀一头猪，似乎心里就解了一次恨，似乎就为老张报了一次仇。

可时间长了之后，李婶总觉得身上有一股煞气。哪家小孩儿调皮捣蛋，村里人总会拿话吓唬小孩儿：李"屠妇"来了，看你听不听话？这也难怪村里人，就算是合理的杀生，杀猪在人们看来也是很残忍的。李婶长年累月地杀猪，她身上自然就带着很强的煞气，让人有些害怕。村里人还说，人怕杀猪匠，鬼也会害怕，谁家的小孩儿若是被所谓的神神道道的东西吓了魂魄，只要拜杀猪匠李婶为干妈，就能镇住那些不干净的东西。因此，李婶的干儿子和干女儿就特别多，总共算下来应该有了十几个。

猪杀得越来越多，李婶慢慢感觉心里有些不安，有一种说不出的恐惧。梦里听见猪临死前的吼叫声，李婶经常在半夜时分被惊醒。

前些日子，村长家刚产下猪仔的老母猪病倒了。村里的兽医说，没救，赶快"发火"（俗语"发火"就是指屠宰）。

村长的老婆撅着大屁股，提着小礼品，上了李婶家的门，央求李婶。咱老家有个不成文的风俗，杀猪匠不杀病猪，杀猪匠不杀母猪。

村长的老婆软缠硬磨，李婶总不能打了村长的脸面。

村长家的晒谷场，那头老母猪早就被捆了四条腿，早就被抬上了条案。李婶打开装着杀猪工具的包袱，心头莫名其妙地一阵惊慌。老母猪的哀嚎，一声高，一声低，声声窜进李婶的心。李婶犹豫地握紧尖刀，老母猪的哀嚎声陡然加剧，似乎要刺破村里人的耳膜。那哀嚎声邪门得很，李婶居然不敢动刀。老母猪嚎叫的时候，肚子上的两排乳头跟着抽搐，看见老母猪的十几个乳头，李婶猛地感觉自己丰满的胸部一阵紧缩。老母猪的哀嚎声，引来了猪圈里的十几个小猪仔。小猪仔围绕条案来回打转，"嗯嗯"地叫唤。李婶突然惊奇地发现，老母猪在流泪。李婶的尖刀悬在了空中。猛然，十几个小猪仔掉过头来，前后撕咬着李婶的裤管。李婶的尖刀掉在了地上。

李婶对村长一家人抱了抱拳，这猪，咱真是杀不了。李婶解开四条腿上的绳索，李婶放走了老母猪。

从此，李婶不再干杀猪匠的活儿，李婶放下杀猪刀，李婶开始吃斋念佛。

1977年的自行车

李秋善

2012 年，张英从教师岗位上退休了，退休金 5300 元。张英对丈夫刘春感叹道："若是你当年没出那档子事，我俩的退休金有 10000 多元呢。"

刘春没说话，思绪把他带回了三十五年前。

那是 1977 年。

张英和刘春是高中同学，两人从垦利一中毕业后，回村当了民办教师。两人互有好感，只是那层窗户纸没捅破。

大队书记老解是个退伍军人，有个儿子叫解虎，没读几年书，老解托关系，给他找了个县机械厂的临时工。人们有理由相信，解虎转正是迟早的事儿。

老解替儿子相中了张英。张英整天笑眯眯的，喜庆。张英比解虎大两岁。

老解托人到张英家给解虎说媒。父母没意见，谁不想和书记家结亲啊，况且解虎还在县城当工人。张英有些犹豫，自己和刘春虽然很要好，谁知道刘春心里咋想的？想到书记能决定民办教师的去留，不答应的话，以后肯定没好果子吃。她咬咬牙，便答应了。然后双方见面、顺柬。就等到了年龄结婚了。那时候的男女青年腼腆，不怎么说话。尽管订了婚，张英又爱说爱笑，但解虎嘴笨，双方基本没怎么交流。

其实，解虎看中的不是张英，而是另有其人。

刘春暗恋张英很久了，只是说不出口，看到解虎和张英订婚，刘春的心在滴血。

刘春的姐姐叫花枝，在村里的卫生所当卫生员，卫生员负责给社员拿药，处理简单的伤口，打肌肉针。卫生员也是经过"赤脚医生"培训的。卫生所开在大队部南屋沿街的两间土坯房里。卫生所里中药西药都有，医生开了药方，再来找卫生员拿药。

解虎每天下班后，骑着他崭新的凤凰牌自行车回家。大庄距离县城十几里路。

那年月，买一辆新凤凰牌自行车可不容易，得凭票。有钱没票，不好使。老解自然是能整到自行车票的。解虎参加工作后，老解就托关系给他买了辆凤凰牌自行车。解虎骑着凤凰牌自行车，可拉风了，比现在的小青年开法拉利还拉风。

解虎很爱惜他的自行车，每天回家都擦得一尘不染，再抹上黄油，用抹布揩净。那车子整天油汪汪的，谁看了都忍不住想去摸摸。

这天晚上，解虎闲来无事，就到卫生所找花枝说话。解虎家距离卫生所不足300米，解虎还是习惯骑着他的招牌自行车。那时候村里就有电了，解虎将自行车停在卫生所门口的大街上，卫生所的门虚掩着，隔着窗户纸射出的灯光显得很暧昧。那灯光罩着凤凰牌自行车。解虎给车子落了锁。

卫生所里有张小床，是平常花枝休息的地方。有时花枝晚上也睡在这里。此时的解虎，躺在花枝的小床上，花枝坐在凳子上，两人有一句没一句地唠嗑。

花枝人长得白净，头发自来卷，脖子有点儿短。俗话说，一白遮百丑。花枝又不干农活，养得白胖白胖的，很招人稀罕。

解虎很中意花枝这样的，不喜欢张英那样的。花枝知道，解虎和张英订婚了，又不能把解虎撵出去，只好"哼哈"地应付着解虎。

解虎唠得口干舌燥，实在无话可说了，站起身要走。花枝松了口气，起身来送他。

开门一看，自行车没了。解虎吃了一惊。谁这么大胆子，敢偷我的自行车？

花枝很内疚，自行车毕竟是在卫生所门口丢的。花枝安慰解虎说："可能是谁跟你开玩笑。骑走了，逗你呢。"

解虎说："不对。我上了锁了。肯定是被偷了。"

第二天，老解报了警。那时候，丢自行车可不得了，还是新的，还是干部子弟的自行车。

县公安局两名干警住进了村里，住在供销社一间宿舍里。接着是走访。

很快就有了风声：那晚有人看到刘春扛着一辆自行车在村里的大街上走。

风声还没传到警察耳朵里，花枝先听到了。她找来弟弟问是咋回事。

刘春说："解虎吃着盆里的，看着锅里的，我来气。"

花枝说："你呀……"

花枝带着刘春找到了解虎。

一见面，花枝拽着刘春，扑通一声给解虎跪下了。花枝说："我弟弟喜欢张英。他是为了报复。求求你，放过他吧。"

解虎晃着脑袋，想了想，说："我有个条件，我跟张英退婚可以，花枝你得嫁给我。我喜欢你很久了。"

花枝咬了咬嘴唇，说："好。只要你放过我弟弟。"

刘春说："姐姐你……"

花枝对刘春说："啥也别说了。"

解虎找到警察，说："是我让刘春把自行车骑走的。我喝多了，现在才想起来。对不住了，让你俩白跑一趟。"

警察说："你这不是胡闹吗？要不是看在老解的面子上，现在就把你抓起来。"

这件事以后，刘春的民办教师干不成了。

人们都知道是咋回事。解虎和张英退了婚，娶了花枝。婚后育有一女。

刘春和张英结了婚，婚后育有一子。张英 1992 年转正。刘春一直在家里务农，农闲时到县城打打工。刘春没有劳保。

张英见刘春没反应，推了他一下，笑着说："怎么，后悔了？"

刘春从回忆中回到现实，很坚定地说："这辈子我唯一不后悔的事，就是当年扛走了解虎的自行车。"

我的太阳

李春华

邻居吴叔是音乐学院的博导，每逢星期天就在家里吊嗓练歌，即便是清唱，且门窗紧闭，那些雄浑、高亢的音符，也能打着滚儿钻进吕彪的耳朵，就像钻进了毛毛虫，不光耳朵痒，心里也痒痒的。

吕彪试探着轻轻敲吴叔家的门——嗒嗒嗒！进来！吴叔磁性的声音入耳，他进门，吴叔侧身歪着头问他，喜欢美声？吕彪似懂非懂地点点头，又拨浪鼓似的摇摇头。再看吴叔的装扮：身穿黑色燕尾服、白色双翼衬衣，扎白色领花，锃亮的皮鞋能照见人。呵，绅士啊。吕彪咧着嘴，摸摸后脑勺，在边上傻笑。

刚才您唱的啥歌？

帕瓦罗蒂唱过，意大利的民歌《我的太阳》。

哦，听着真提精神！

嗯，美声是声乐的阳春白雪……

吴叔上下打量吕彪，说，嗯，长相端正，气质不错，个头够高，压得住台。

吕彪心里像装了个太阳，暖暖的，有空就跟吴叔咪咪嘛嘛地开嗓练功，成了吴家的常客。不出吴叔所料，他天生是这块料，得过不少声乐奖项。

高考前夕，艺术类考生提前报志愿，初试专业课。老妈听说吕彪报考音乐学院，陡然像头母狮子，戳着他的鼻尖吼，玩玩得了，穿个屁股帘咪咪嘛嘛唱一辈子？她扭脸看向儿子，她的话分明就是耳旁风，睁一只眼闭一只眼吧。

初试日期已定，吕彪要去北京考点应试。他反倒沉着脸，心里怦怦直打鼓。吴叔安慰说，你的专业素养过硬，正常发挥就成。

许是家里暖气温度高，白天开窗户，稍进冷风便容易受凉。夜里，吕彪发高烧直说胡话，嘴唇干裂，爆一层皮。一早，老妈叫来厂医，确诊吕彪得了急性肺炎……冰凉的液体缓缓流进血管，吕彪的心也凉了半截，或许跟美声有缘无分吧。

师徒二人，在剧院同台演唱《我的太阳》，台下的座位空着。曲终人散，吕彪冲着吴叔的背影，深鞠一躬。

吕彪从综合大学导游专业毕业，想去国外当导游。可是老妈要做急性阑尾炎手术，怎能这会儿出国带团？何况，他从小到大，老爸都在矿上忙，不见人影。老妈在服装厂，整天不停地蹬缝纫机，喊着腰酸背疼，还给他洗衣做饭。娘儿俩像秤杆离不开秤砣，哪头重哪头轻呀。按老妈的想法，他先在矿上干，不行再辞职呗。

吕彪的师傅老余，黑脸膛，一对眼珠贼亮，瘦削的骨架支撑着松垮的卡其色工装——吕彪猛然想到螳螂，差点笑场，顺势弯腰鞠躬。老余斜着眼，像见到了怪物。呵，长发飘飘，牛仔裤筒有几个甩着飞边的洞。老余眉头一皱，跟老吕的秉性满拧呀。这范儿干安全检查？老余脸一沉，赶明儿剪寸头，把裤腿的窟窿堵上。吕彪讷讷地点头，暗自嘀咕，又不是工装。

起初，吕彪坐着矿井升降机下井，身体急速下坠，一阵心悸，轰隆隆的噪声，震得耳朵嗡嗡地响，他权当是歌剧前奏，慢慢适应。

工作间附近的巷道，有条洗煤留下的溪流，整日哗哗地流。吕彪拎着矿灯蹲下，一缕光柱照亮的水中有一团小虾，米粒大，通体透明，在水里游得可欢实了。他探身再看，咦？地面上的河虾，有两个鼓鼓的黑豆眼睛。它们的眼睛竟是俩小白点儿！吕彪问老余，巷道溪流里的小虾没眼睛，咋游得那么欢实？老余指指心口窝，它们心里有光啊……吕彪回，哦。

吕彪检查完通风设备，记停当了台账，咬几口馒头，倚着木料堆晕晕乎乎的……恍惚中，他仿佛站在舞台上投入地唱着《我的太阳》……

老余悄声来复检，见吕彪打瞌睡，手里还捏着馒头。看他穿着藏蓝色棉工装，外披皮马甲，脚蹬黑色长筒胶鞋。老余咧咧嘴，这打扮模像样，倒像老吕几分。

谁知，老鼠冷不丁叼走吕彪手中的馒头，吕彪打个激灵，醒了。工友们追打老鼠。或许，阴冷潮湿的巷道适合老鼠生存，它们体形肥硕，瞪着血红色的眼睛，四下撒睁。工友们习惯把馒头放在变压器上加热，让老鼠叼走馒头是常事。

吕彪想，老鼠好歹是活物，巷道里有它们活泛哪。

吕彪两臂抻开，横在中间，留个喘气的吧！

工友们哈哈一笑散去。老鼠哧溜钻进鼠洞。老余心一动，在一边抿嘴笑，嗯，彪子心善，着实像他爸。

矿务局有歌咏大赛，参加不？半晌没人吱声。老余瞄了眼吕彪和其他徒弟，从牙缝挤出一句话：一群废物！

师傅，我唱美声！哈哈！一阵哄笑，众人像受惊的麻雀呼啦散了。

吕彪忙完，躲在巷道旮旯儿，清唱《我的太阳》。歌声像长了翅膀，飞到巷道角落；木桩上艳丽的蘑菇似乎都在晃悠；老鼠哧溜哧溜来回跑，像在给他伴舞。

那天，老余和徒弟们半信半疑地坐在前排。吕彪穿着燕尾服，扎白色领花，蹬黑色皮鞋，优雅地上场。前奏响起，他一开腔，雄浑如金属般的男高音响彻全场，掌声如潮。台下的老余使劲儿鼓掌，小声嘀咕，咱整天在巷道干活，见不着阳光。听彪子唱《我的太阳》，身子里咋像装着太阳，忒热乎！徒弟们拍着巴掌嗯嗯地点头。

结果毫无悬念，吕彪得第一。

一日，老余接完厂部电话，像中了大奖，小跑到工作间，扯着嗓门喊，彪子，明儿去矿务局文工团报到！

最美的格桑花

厉剑童

那年，他考取了北京一所著名大学。他没有像有的同学那样一进大学校门，就忙着谈情说爱，沉溺于手机游戏……他日夜苦读，只用了两年半时间，学完了大学四年的全部课程。大三下学期，他开始了酝酿已久的圆梦行动——到偏远艰苦的地方支教。

他通过支教助学联盟联系好了贵州一所藏区村小。上一个支教的老师走了数月，学校迟迟找不到新教师，只好给学生放假。他的父母竭力反对：怕他耽误学业，怕他吃不了那个苦，怕他万一有个闪失……他给父母留了一封信，背上行李包，毅然踏上了支教的路。

先是坐火车，后是汽车，再是三轮车、摩托车，又经过两天徒步跋涉，他终于到达了那所山区小学。和很多有着支教经历的大学生一样，眼前的一幕让他惊呆了：几间破旧的教室坐落在海拔两千七百米的山腰上，门窗上几乎找不到一面像样的玻璃，几块木板涂上黑漆算是黑板，阳光从破旧的窗户和屋顶破裂的瓦缝里漏出来……眼前的一切，让他恍惚进入了另一个世界，震惊、失望，种种复杂的情绪涌上心头。

他走进教室，走到那些瞪着茫然的大眼睛却又顽劣无比的孩子们中间，走进那些宁可让孩子放羊也不愿让孩子上学的家庭中……几个月过去，一切都有了转变，那些辍学的孩子已经陆续返回学校。

新鲜、忙碌、充实之后，另一种情绪溢满心头。手机没信号，电脑成了摆设，信息不畅，交通闭塞，一日三餐几乎顿顿土豆、白菜。每当下午孩子们放学回家后，校园里空落落的，没人跟他说话，哪怕吵一架也行，孤独寂寞想家，像夜猫的爪子挠着他那颗年轻的心。

他经常一个人骑着自行车翻山越岭，走村串巷，去学生家里家访。那些家庭的贫困状况让他震撼，更让他感到自己肩负的重任。每到一户，家长都会拿出最好的酥油茶、青稞酒、糌粑招待他，让他感受到藏民的淳朴和善良。

闲暇时，他也会到学校周边的山岭上转转，去看那五颜六色的格桑花。他知道，在藏民的心目中，格桑花是幸福之花、希望之花。漫步在漫山遍野的格桑花中，他陶醉了，心中燃起一簇簇火焰，点燃了他蓬勃的青春和梦想……

然而，接下来发生的一件事让他顿感失望。那天，他将自己心爱的钢笔落在讲台上，返回找寻却再也不见了钢笔的踪影。那是他十八岁生日时，高三的女同桌悄悄送给他的礼物。家教极严的他虽然跟女同桌没有发展成男女朋友，但他十分珍惜这份友谊、这份情。那支钢笔始终伴随他左右。

显然，钢笔被班上哪个同学拿走了或者说偷走了。回想自己一腔热血，千里迢迢来到这里播撒知识的种子，学生却做出这样让他失望的事，他伤心，他恼怒，他失望，他绝望……他想离开这里，回到熟悉的大城市……一连几天，他情绪低落，校园的操场上再也看不到他跑步的身影。孩子们像受惊的小鹿，愣愣地看着他，不知道老师到底怎么了。

那个送他钢笔，同样在名校上大学的女同桌来信约他一起出国读研。他考虑再三答应了。晚上，他在宿舍整理行李，然后坐等天亮。他正翻看着自己的支教日记本，日记里的一句话让他顿时脸红：是男子汉，就要有为实现梦想而不懈追求的勇气和魄力！这是他在支教前的那个晚上亲手写下的誓言。这话他同样写在了给父母的那封信里。

他的眼前浮现出大学同学送别他时说的那些鼓励的话，想起辅导员那双期盼的眼睛，想起班上那二十六个即将因为没人教而到处乱跑的孩子……他犹豫再三，解开了背包。

第二天，满眼血丝的他重新站在讲台上，和往常一样投入地讲课。他并不知道，此刻台下的角落里，有个同样眼睛红肿的孩子正怯怯地看着他。

教师节到了，像往常一样，他径直去了教室。轻轻推开门的一刹那，一股股浓烈的花香扑鼻而来。他看到，讲台上堆满了一束束格桑花，红的、白的……那么热烈，那么夺目。每一束格桑花都用一根细红绳认真地捆着。他一束束地拿起来，不多不少，整整二十六束！一种异样的感觉涌上心头。那天的课就这样，在花海里开始了。

中午，在宿舍，他将花束拆开，将花插在大大小小的瓶子里。解开最后一束花时，他发现了那支丢失数日的钢笔和一张字条，字条上用歪斜的字迹写着：

    老师，对不起，我不该偷偷拿走您的钢笔。我这样做，是为了我弟弟。他身体残疾没能上学，听说老师有一支漂亮的钢笔，他吵闹着非要亲眼看一看，亲手摸一摸……原想当天还给您，可他太喜欢了，所以一直拖到今天才给您。老师，您说过，不能随便拿别人的东西。我不是一个好孩子，原谅我……祝老师节日快乐！

    读着读着，他的眼睛湿润了。他为自己一时冲动差点冤枉了孩子而羞愧，更为自己的意气用事而惶恐。他轻轻捧起那束格桑花，静静地看着，嗅着。那一刻，他眼前浮现出一张，不，是二十六张两腮满是高原红的可爱的笑脸。每一张笑脸就像一束格桑花。那是他见过的最美的格桑花。

    两个月后，他班里的二十六名学生，每人手里都多了一支和他的一模一样的钢笔。那是他把二十六束格桑花的故事发在"助学联盟"后，热心的网友自发组织捐赠的。

佛座须

刘正权

佛座须！老中医提笔，怔了怔，花开见佛性，你怕是见不到花开了。

她差点笑出眼泪，整个小城所有的花卉市场，都是她的产业，有什么花开，她见不着。

心花！老中医一语中的。

脸上的笑纹瞬间凝固，那句"你若无心我便休"，再一次沉渣泛起。

打造全国最大的花卉基地，是她的梦想，而且这梦想，触手可及。偏生，家庭的解体，更迫在眉睫。

心气向来高傲的她，受不了被窝囊男人先声夺人提出离婚，即便分手，也轮不到他来提出，这么多年，她习惯了高高在上。

肝火旺盛，胃气便胀。寝食难安之下，她慕名求到老中医名下，不承想，医者仁心没见着，倒让她见识了什么叫落井下石。

就因为她的形象？

确实有点儿落魄。不知情的，还以为她离大去之期不远了。

面部浮肿，脸色发黄，身体虚弱，走路打晃。

天黄有雨，人黄有病，是个人都懂的道理。

走路打晃，源于她都没正常吃过一顿饭了。

家不成家，如何正常？

一日三餐，那食的是人间烟火啊。

佛座须，却不是让她口服的！老中医眉头皱起，看她一眼，再一眼，记好了，在庭院里种植，这个于你，应该不难。

最好是选石莲子做种！走出医馆时，老中医的这句话，不疾不徐追上来。

肯定不是画蛇添足，她知道，老中医的叮嘱绝非饶舌，顶多，故弄点儿玄虚。

佛座须，就是老中医故弄玄虚的最好佐证。

这名字，听着玄乎，那是在外行人耳中，怎么说，她都是侍弄花草起家的，能不知道佛座须就是寻常不过的荷花？当然，这个老中医有故弄玄虚的理由，不是所有的荷花都叫佛座须。只有石莲子开的花，才叫佛座须。

花开见佛性，这点，她认同。

仅仅出淤泥而不染，那是小看荷花了，荷花最重要的，是令人放下执念。

她眼下，就生了执念，很深。

凭什么只允许成功男人背后拥有一个优秀女人，而不能听任成功女人背后拥有一个窝囊男人。

优秀女人明白，一个温暖的家庭环境对男人的心灵健康和幸福至关重要，她们会努力创造这样的环境。优秀女人还会在男人成功和幸福时给予他们情感上的支持和安慰。

窝囊男人呢，不明白这个倒也罢了，她只求他不要在她背后拆台，瞅空子放暗箭。

我不是你婚姻的暗箭，这是他把自己扫地出门时唯一的辩解。

难得他，居然硬气了一回，没跟她提财产分割的事。

她那么大的产业，真的分割，比要她命都难受，不是心疼钱，她是担心产业落在他手里，被他弄得半死不活。

一个半死不活的人，竟忧心产业会半死不活。

石莲子，在很多人眼里，何尝不是半死不活的代名词？植物界活化石，不是什么人都种得活的。

源于此，老中医给她配的养生食品，全部跟荷有关。

莲子汤、排骨煨藕，外加荷叶茶，全身都被荷包裹了，荷叶饭、荷叶蒸肉，暂时不能上嘴却也在望。正是春天，不信石莲子不发芽。

停留在庭院的日子终归是多了起来。

睹物易思人，院子秋千架上尽管空空如也，可他推着她荡起来的笑声，总余音绕梁来着；孩子蒙着眼睛捉迷藏的场景，每次都呈慢镜头回放。

遵老中医所嘱，每天早中晚，她都会蹲在庭院中间那个水池边，看石莲子是否发芽抽条冒出水面。

老中医很郑重，他必须在石莲子开花的第一时间，给她出具祖传秘方，准保她的身体，一夜回春。

莫非，老中医需要石莲子发出的嫩芽做药引？

这可不是故弄玄虚，中医的药引，非常神奇。

药引是引药归经的意思，指某些药物能引导其他药物的药力到达病变部位或某一经脉，起向导的作用。其间的药理，她懂。

因为懂，耐心才生根。以至于看见他的身影，她都能生出平和心。

偶尔还探询一下他的生活状况，借着关心孩子的名义。

没承想，对花草向来不上心的他，种的石莲子，发芽抽出的嫩条，都成了孩子口中的"小荷才露尖尖角"。

不服是一定的，带着诸多不解，她去找老中医。说佛座须有了，但不是她种的。

谁种的不重要，重要的是你能见到佛性！老中医翻开置于案头的《尔雅》一书，中间有一段被画上红线：荷，芙蕖。其茎茄，其叶蕸，其本蔤，其花菡萏，其实莲，其根藕，其中菂，菂中薏。

什么意思？她的眼里闪出一丝疑惑。

意思是荷的花、果实、种子可以同时并存，这在百花之中实属罕见。

敢情，佛座须就是这么来的！她忍不住犯起癔症，荷的花、果实、种子可以同时并存，身为万物之灵的人，夫妻子女共存，不应该是罕见的。

一念及此，她内心蓬勃得不行。

十七棵树

刘　帆

再过两天就要去当兵了，我约了邻村的"战友"古力一起去 17 棵树那里栽树。

栽什么树呢？我们俩早就想好了：栽松树。

栽同 17 棵松树一样的树。

我和古力一样，18 岁了，跟当年松树岭 17 棵松树的主人一样，也正好是青春年华的时候。

我和古力一起长大，都有相同的梦想，就是去绿色军营建功立业，献身国防。

很多人可能会说读书不好才去当兵，这话用在我们身上却错了，因为正好相反，我们的学习成绩不错，在班上名列前茅。

古力在我们约好的时间准时来到了会合地点：栽着 17 棵松树的松树岭。

我们小心翼翼地刨土，然后把采挖的根部带有原土的小松树植株入土，又杀菌。松树岭在 80 多年前被一场无情的大火焚烧过。村里上年纪的人说，那年山上的树木被炮火蹂躏，漫天硝烟，风催火势，熊熊大火映红了天空。

偏偏敌人的飞机不停地呼啸着往下扔炸弹，像铁桶一样包围过来的敌军，朝原本葱郁的山岭不知打了多少发炮弹。当山岭再也不见生机盎然的树木后，一切才归于死寂。

松树岭战斗！据说，松树岭原本生长的不是松树，而是挺拔的古柏。树下生长着灌木丛，柏树枝条紧凑，人进去了，外面的人怎么找，都发现不了。

在我很小的时候，这片山岭依然没有什么大树，只有 17 棵形态各异的松树耸立在那里。松树岭在贡江边，也就是于都河边。站在岭上，一眼望去，层峦叠嶂，植被葱郁，河流明亮地流向远方。

为什么山上只有 17 棵松树，起初我一点也不知道。在我幼小的心灵里，17 棵松树一直是个谜。

谜底被解开，是在我 12 岁那年。让我感到惊讶的是，这 17 棵松树竟然是 80 多年前的事情了。奶奶以前带我到过松树岭，我的父母远在岭南打工做事，我跟奶奶相依为命。奶奶到松树岭，主要是祭奠。为什么要祭奠那些树？我不知道。但是，我感到奶奶对这些树很看重，以至于我连折断一根树枝都不敢。

奶奶在17棵松树下，摆上祭品，上香，祭拜，年少的我不懂：难道树底下埋葬有先人？但是17棵松树下，没有一处墓地，而奶奶和另外16位邻村的大人依然在此祭奠。

奶奶在摆放祭品的时候，叫我数数，数有多少棵松树。我不知道奶奶为什么要我数松树。因为这些松树已经长得很粗壮了。而且，说是17棵松树，其实奶奶每年带我来松树岭，我发现松树的数量，也就是棵数在增多。

我很想问奶奶，松树的棵数为什么在增加。但是奶奶似乎没有要告诉我的想法，于是我忍住心里的冲动，奶奶既然不说，我也不强问，而且我沉溺于学习，也没有时间打破砂锅问到底。

但是水落石出的情况总会出现。奶奶一天天变老，奶奶后来也不让我数数了，因为我考上了县里的重点中学。奶奶不知是看我有出息了，还是咋的，在我上县城中学的前一天，竟然给我讲了17棵松树的故事。

每一棵都有名字的松树，一共17棵。17棵松树好像活着的人一样，都有名有姓。不过，奶奶除了说树是17个红军战士栽的，就再也没有透露更多细节了。上了中学，考虑到奶奶年事已高，母亲为了让我安心上学，曾回来一段时间陪我住在县城。松树岭松树增多，那些树也有姓名，我不知道详情。直到省政府公布一项烈士褒奖令，母亲把政府褒奖17位烈士的故事讲给我听，我对17棵松树的故事才一清二楚。

原来，17棵松树，其中有一棵树是奶奶的父亲，也就是我的太姥爷。太姥爷所在的村子与我们村相邻。1934年10月16日前一天，太姥爷和村里16位红军战士在远征前回家来辞别亲人，想到一走不知何时才能回来，大家就一起商议，决定在被炮火摧毁的柏树岭每人栽种一棵松树，然后写上各自的名字，告知亲人见树如见人，等革命胜利了就一定回来，如果不能回来，那么这些树就代表自己与亲人相聚。

战士们一个个跟着部队踏上了漫漫长征路。没有了柏树的山岭，因为山上只有松树，渐渐地，就被人唤作松树岭。

17 户人家守护着 17 棵松树，树一天天长大，然而，望眼欲穿的亲人们，始终不见儿郎回来。太姥爷是 17 人中年龄最大的，辞别那年，奶奶已有 6 岁，奶奶清楚地记得自己的父亲穿着灰布军装，头戴红军帽，依依不舍地赶回部队。

奶奶相信自己的父亲一定还活着。在信息不畅通的年代，政府对于生死不明的战士，不会随便颁一纸证书来告慰烈士留下的亲人。17 个儿郎是生是死，很多年没有查清。不过，后来村里有人去当兵，他们在入伍前必到松树岭栽下写有自己名字的松树。

我和古力在拿到入伍通知书后，就约好到松树岭栽树。

松树岭，一棵棵松树，树干挺直，直插云天。茂密的树冠遮住了头顶的烈日，顶住了贡江的风，挡住于都河的雨。枝头上的小鸟在欢快地歌唱，美妙的歌声在风和日丽的松树岭回荡。

我们心潮澎湃，浮想联翩，想到了杜甫的《蜀相》："丞相祠堂何处寻，锦官城外柏森森。"想到了白居易的《栽松二首》："欲得朝朝见，阶前故种君。知君死则已，不死会凌云。"

"17 棵树后面应该有后来者栽下的树！"站在岭上，望着漫江碧透的于都河奔向远方，我们不约而同地说。

做　人

田洪波

坐电梯下七楼，他在这家三甲医院绿色草坪上的长椅上坐了下来，颤抖着手翻阅体检报告。

也不知道是怎么回事，上了年纪后，他的肌肉组织的某个部位常常莫名痉挛。不是右腮受了惊吓般抖动，就是小腿处一阵阵抽筋，再就是左右手哪根手指突然不听使唤，有时让他手足无措，有时火从心起，更多时候是无奈。毕竟六十多岁的人了，每年他都坚持体检，每年身体的毛病都在增多。他很瘦弱，体重还不到130斤，这几年却查出了脂肪肝。然后又是前列腺肥大、血糖偏高、血脂偏高，他的身体就像一列负重的列车，零部件陆续出现问题，修理哪儿都不轻松，耗资又劳神。

果然，他看见了腰椎间盘突出的诊断。当时医生也说了，但不像医生说的那样轻描淡写，体检报告单上标明腰椎间盘突出情况很严重，建议他尽快手术治疗。纸张在他手中抖动，这与他的自我判定相同。近段时间，他的确因为照顾年迈的父亲劳神不少，折腾不少，有时夜里腰痛起来锥心刺骨，想死的心都有。手术就需要住院吧？那父亲由谁来照顾呢？父亲已经九十多岁了，虽然自己能简单上个卫生间，其余的照应就得有人帮忙，他们兄妹五个，只有他适合扮演这个角色。

这些年，兄妹们不像他有那么多心思，他们很庆幸他们的父亲活到了九十多岁，这种长寿基因说不定也会遗传给下一代，他们对此深信不疑，充满信心。只是他们都很忙碌，只有他这个排行老三的早早没有了老伴。平时他也是出了名的好说话，自然重任在肩了。

钱不是问题，他们每家都出一点儿。逢年过节时看望老人，他们多半关心父亲的身体，从没人顾及他的劳累。也是，累什么呢？不就是照顾个老人嘛，何况照顾的还是尚能走动的老父亲。如果老人不幸瘫痪在床上，那才谈得上不容易。

事实上，父亲的情况远不是他们想象的那样。他很多次想要和他们说实话，可临到说时又犹豫了，担心这样一抱怨，兄弟姐妹们就对他另眼相看了，误以为他心里又打什么小算盘，他们谁家也不差钱。父亲虽然能走，但他大部分时间是不肯走的，他就是一个任性的孩子，心安理得地享受着儿子的照应，对他呼来唤去，"你受累了""给你添麻烦了"这类字眼，父亲常挂在嘴边上，让他很有陌生感。

不敢在医院久留，他急急忙忙去赶公交车、上市场买菜，也许是走神了，在市场门口结结实实摔了个大跟头，这一跤摔得很实在，他半天都没能爬起来。有热心人问他要不要帮打120，他挣扎着说不用。

回到老旧小区的单元门口，他拎着菜又歇了一会儿。他很担心父亲，怕他盲目地走上阳台，盲目地瞭望他是否回来了。他们家住在六楼，阳台窗户没有安装防护栏，铁皮门窗早已腐锈不堪，他真怕父亲把身体搭在上面。昨天晚上父亲没睡好，没来由地把屎尿弄了一身，他一通折腾收拾。去医院前老父亲睡得正香。这样的场景过去也有过，他去附近银行取个钱什么的，也是这样尽可能快去快回，从没出过差错。

我也会长寿吗？他常被这样的自问困扰。时代不同，条件有异，他的身体状况却明显不如父亲。他警示过自己，千万不能在父亲没什么问题的前提下，自己先踩了"红线"。

回家开了门，发现儿子不知何时来了，正与父亲亲热地聊着天，儿子告诉他自己来取户口本，给媳妇办理户口迁移。儿媳妇已经成功考取另一座大城市的公务员了，在很短的时间内证明了自己，他们夫妻两个打算迁到那里定居发展。现在看来，儿子全家远走高飞已成事实。他听后声音很弱地说了声好，然后趱进厨房忙碌。儿子鼓励爷爷越活越年轻，要活到重孙子上大学结婚。然后儿子从房间里走出来，看到了他放在鞋柜上的体检报告。儿子的眉毛越拧越紧，盯着他半天说，你这身体这么多毛病，得抓紧时间治啊，千万别耽误了。我们没时间照顾你，你得照顾好自己。你得像我爷那样长寿，别拿自己不当回事，到时候让我们措手不及。

儿子下楼后，他一直在阳台上转悠，就是想不起来自己要干什么。无疑，儿子的潜台词他听出来了，别给子女添麻烦。尽管控制，他眼里的泪还是无声地流下来了。

歌声响起

吴万夫

列车呼啸着向前奔驰。

我对面坐着母子俩。母亲三十来岁，皮肤微黑；小男孩八九岁，一双大眼睛忽闪忽闪的。

为了打发旅途的时光，我掏出随身携带的一本《契诃夫小说集》，埋头默默地读起来。

或许是契诃夫的小说太精彩，那个下午，我一直沉浸在契诃夫为我营造的故事氛围中，没和任何人说一句话。这时，我发现坐在对面的那个小男孩，总是用一双疑惑的大眼睛看着我。

我对那小男孩友好地笑了一下。

小男孩发现我在看他，拘谨地低下了头。

当我又一次拿起《契诃夫小说集》时，对面的小男孩俯在年轻母亲的耳边，小声说道："妈妈，对面的叔叔会不会是个哑巴呀？整个下午一句话都没说。"

年轻的母亲赶紧用肩膀碰了小男孩一下，严肃地说："别瞎说，这样对叔叔不礼貌！"

我瞧了瞧这个可爱的小男孩，竟鬼使神差地对他说："叔叔会说话，叔叔是一个身患癌症的人，这种病很厉害，一旦得上……叔叔并不是不想说话，叔叔只是想利用这剩下的时间多看点书……"

对一个少不更事的孩子说有关生死的话题，未免有些残酷，但说出的话犹如泼出去的水，想收也收不回了。

因为嗓门太大，邻座的旅客纷纷投来探询的目光。

"你现在要去哪儿？是去大城市治病吗？还是……"有人警觉地问。

"都不是，我是想利用这最后的时间，好好领略一下祖国的自然风光……"我饱含深情地说。

"先生，对不起，孩子不是有意的……"对面的年轻母亲不住地对我赔礼道歉，并让她的孩子剥了一根香蕉递给我。

这时我还瞥见，在过道那边的座位上，有一位残疾人，正用一种怜惜而温暖的目光注视着我。这位残疾人，身材颀长，脸庞清癯，他的两只胳膊只有短短的一截儿。他虽然失去了双臂，但穿着讲究得体。在他的上衣口袋里，还装着一把锃亮的口琴。我有意多瞄了这位残疾人几眼，总觉得在哪儿见过，但又一时想不起他的名字。

我正思忖间，这位残疾人竟然起身来到我跟前，轻声对我说："人的一生，没有过不去的坎儿，往往打倒自己的，不是苦难，而是自己。"这位残疾人俯身，用嘴将上衣兜里的那把口琴叼出来，用两只残臂夹着，说道："小伙子，遇到就是缘分。我帮不上你什么忙，就吹奏几支曲子送给你吧。"

这位残疾人端着口琴正清嗓子之际，有人低声报出他的身份："费一鸣老师，口琴吹奏家，在电视上见过他！"

经人这么一说，我倒是想起来了，原来这位残疾人就是 H 市大名鼎鼎的口琴吹奏家费一鸣先生。有关费一鸣先生的经历，我最早在媒体上看到过。九岁那年，费一鸣先生不幸被电击中，导致双臂截肢。身残志坚的费一鸣先生，克服重重困难，最终成为一代口琴吹奏大家，他的励志故事影响了千万人。只是万万没想到的是，我竟然以这种方式邂逅了费一鸣先生，而且他还要亲自给我表演口琴吹奏！那一瞬间，我在感动之余，又十分惭愧地说："费老师……"

费一鸣先生没有与我客套，他正正身子，将口琴送至嘴边，开始为我吹奏一支又一支曲子。《十五的月亮》《世上只有妈妈好》《好人一生平安》……他吹奏得是那么全神贯注，满车厢的人都屏声敛气，没有一个人说话。吹到动情处，他的身子还随着节律晃动着，优美的音符在每个人心间流淌……

口琴声伴着我到达了我要去的城市，满车厢的人都站起来为我送行。人们主动为我让道，有人还特意帮我把行李拎下车厢。

列车上，不知是谁带头唱起了孙悦的那首早已红遍大江南北的歌曲——《祝你平安》。

祝你平安　哦／祝你平安／让那快乐／围绕在你身边／祝你平安　哦／祝

你平安／你永远都幸福／是我最大的心愿……

歌声在口琴的伴奏下，一直飘荡了很远。

我伫立在站台，早已泪流满面。

年 肉

伍中正

茶盐老街菜市场的年猪肉一斤只卖十四块钱，可张德武家的年猪肉一斤要卖二十块钱。张德武家杀年猪那天，陈长竹为难了。

"一起喝杯酒，一起吃杀猪饭，年肉给你留四十斤！"杀猪的前一天，张德武特意叮嘱。

"好！好！"陈长竹满口答应。

不用去吃杀猪饭，也不用去喝酒，更不用去买年肉。第二天，陈长竹变卦了。他装作忘记张德武的话，早早地到了茶盐老街，在王屠夫的肉铺前买了八块年肉，用扁担挑回来。

"要怪只怪张德武家的年肉卖贵了！卖得太贵了！"回来的路上，陈长竹一边走，一边埋怨。

张德武家的猪是本地土猪，用他的话来说，猪从小到大，没有吃一口饲料，都是吃米糠、菜叶和红薯。

陈长竹每次去张德武家，都要去看猪，一来看猪长大没有，二来看猪是不是在吃饲料。陈长竹看猪在栏里吃菜叶时，才发现张德武的话一点儿也不假。

"杀猪后，买四十斤猪肉，就按二十块钱一斤的价格给钱。"陈长竹走时对张德武说。

"给你面子，就是腊月里猪肉价格涨到三十块钱一斤了，我也只按二十块钱一斤算。"张德武说。

"要得。"陈长竹满口答应。

晚稻收割后，张德武赶紧打了两担米。他要用米糠壮猪膘。他把米糠添加到潲水里，猪吃了米糠，长膘快。

张德武赶紧去了地里，挖来一担红薯。他把红薯倒在猪圈里，让猪敞开肚子吃。

眼看着，猪肥起来了。张德武见了很高兴。陈长竹见了，为张德武感到高兴。

茶盐老街的猪肉价却跌了。猪肉价是一块一块往下跌的，从二十块跌到十四块，连续跌了六天。猪肉跌价，张德武没当回事儿。

陈长竹从老街打听到准确的肉价后，没有把猪肉跌价的事告诉张德武，他怕张德武听了心里不好受。

张德武继续把从地里挖来的红薯倒在猪圈，倒在摇头摆尾的猪面前。猪一口一口地吃着红薯，吃得津津有味。喂猪那么多年，张德武深深懂得喂肥年猪的套路。

一到腊月，猪价稳定在十四块钱一斤。张德武喊了屠夫胡冬旺。他特意叮嘱，天一亮，就杀年猪，杀了年猪就吃早饭。

胡冬旺是小有名气的屠夫，胆子大，杀猪也快。杀了张德武的猪后，他没有喝酒，也没有吃杀猪饭，急着赶往下一家杀猪。

送走胡冬旺，张德武去了陈长竹家。

半路上，张德武看见陈长竹挑着肉回家，扁担两头，一头四块肉，晃晃悠悠的。

张德武赶紧往回走。他想狠狠地骂陈长竹一句。

张德武觉得陈长竹言而无信，不可深交，再也不跟他来往了。

三年后的秋天，张德武在医院做了一次检查。医生说他的病情很严重，要么手术，要么保守治疗。

张德武坚持出院，不愿在医院里耗费时间和金钱。他拿着医生开的药回家了。

陈长竹知道张德武的病情后，赶紧去看他。

张德武明显瘦了很多。火塘里，火苗跳跃。坐在火塘旁，张德武跟陈长竹聊天。

"三年前，你答应买我家猪肉的，后来，你跑到别的铺子里买了肉，这事做得不地道。"张德武说。

"是不地道。"陈长竹附和了一句。

"你要买我的肉，人家十四块一斤，我不会多要你的，也就十四块，好处自然给你。"张德武说。

陈长竹一听，心里不是滋味。

"好好养病。"陈长竹走之前对张德武说。

回来的路上，陈长竹后悔了，当年，他应该买张德武家的猪肉的。

冬至那天，张德武特别想见陈长竹一面。他的家人把这个想法告诉了陈长竹。

陈长竹没有犹豫，赶紧过来了。

"长竹，我不记恨你！当年，你不买我的猪肉，你有你的想法，你没有错。那一页早翻过去了！"床前，张德武用冰冷的手拉着陈长竹的手说。

陈长竹点点头，不说话。

张德武说话很吃力，一口气没上来，走了。

办理丧事时，张德武的家人请来扎纸匠，给他扎了一幢灵屋。陈长竹建议扎纸匠给他扎一头年猪。扎纸匠同意了。

出殡前，烧掉灵屋。那头纸扎的年猪，顷刻间灰飞烟灭。

腊月廿四，农历小年。张德武的坟前，陈长竹跪在地上，叩了三个响头。起身时，他听见远处的鞭炮声响起。他知道，有的人家在吃年夜饭。

"不陪了，张德武！"陈长竹擦着眼里的泪说完后，高一脚低一脚地往回走。

甜心让梨

羊　白

　　邻居家的孩子叫甜心，六岁，机灵可爱，很讨人喜欢。

　　甜心妈妈是实验中学的老师，算是个有知识有文化又争强好胜的人，她常感叹人情淡薄。她自己的孩子，一定要精心培养，绝不可冷漠无情。

　　除了智力开发，背唐诗，唱儿歌，她还给甜心买回许多益智类玩具。甜心妈妈也非常重视对甜心的德育启蒙。我们中华传统文化源远流长，有太多的经典故事，什么黄香温席、孔融让梨、司马光砸缸等，家里买回了五六张这样的故事光盘，以此来熏陶孩子。甜心妈妈是教师，她太了解现在的学生：唯我独尊、拖拖拉拉，吃不了苦，动手能力差，心理脆弱，有太多毛病。她不厌其烦地给孩子讲黄香温席、孔融让梨这样的美德故事，就是要让孩子从小懂得感恩，学会分享，以防长大后成为一个自私自利的人。自私自利的人多了，社会风气能好到哪里去？国家能振兴吗？

　　她这些振振有词的大道理，孩子的爷爷奶奶虽然嘴上不说，但心里还是觉得甜心妈妈有点小题大做。一个还在上幼儿园的孩子，正是贪吃贪玩天真无邪的时候，你给她讲大道理，她懂吗？再说了，社会风气那是社会的问题，凭什么自家孙女就要克制，高标准要求。她一个小女娃在幼儿园里谦让，必定会吃亏，时间长了能不受欺负吗？再说了，你能改变环境吗？随着年龄的增长，一些道理她自会明白，不必苛求孩子。因此，也就睁一只眼闭一只眼，并没有把甜心妈妈的一套理论当回事。

　　事实上，甜心妈妈平时工作挺忙的，基本是甜心的爷爷奶奶带。晚上回家，自然要耳提面命地教导一番。只可惜，她的那些美德故事一开讲，小家伙就烦了，冲妈妈嚷嚷："知道了知道了，我耳朵都长茧了！"当然，心情好的时候，甜心会绘声绘色地把那些故事讲一遍，可以说和碟片里的内容一字不差，记忆力好得惊人，赢得爷爷奶奶的阵阵掌声。甜心妈妈的脸上，则满是骄傲和自豪。有付出就有回报，教育是春风化雨润物无声的过程，谁说小孩子不懂事？真理讲一百遍和一遍能是一回事吗？让甜心妈妈欣慰的是，虽说此类故事讲多了甜心嫌烦，但效果还是明显的。比如，家里吃水果，甜心会挑最大的给奶奶，奶奶喜得满脸开花，把甜心搂在怀里，一个劲儿地亲，一个劲儿地夸："还是我的乖孙女懂得疼人！只是呀，奶奶牙不好，吃不了这个，宝宝吃。"

甜心见奶奶不吃，又献给爷爷、爸爸、妈妈，爷爷、爸爸、妈妈哪里舍得吃最大的，自然又是一番夸奖。最终，让来让去，那最大最好的水果还是进了甜心的肚里，可谓其乐融融，皆大欢喜。

这天晚上，家里来了一位亲戚。甜心妈妈热情款待，忙得不亦乐乎。甜心扔下手里的玩具，也参与进来，从果盘里抱起一个最大的梨送给客人，小嘴还挺甜："阿姨，最大的梨给你吃。"

客人喜得眉开眼笑，连夸甜心妈教子有方，不简单！"现在的孩子呀，唯我独尊，吃独食是家常便饭。这么小的孩子，这么有礼貌，实在是不简单啊！"夸完，俯身和蔼地说："甜心真乖，谢谢甜心，阿姨不吃，甜心吃，啊。"

甜心妈满脸红光，更执着了："客气啥，让你吃你就吃呗，也难得孩子一番心意，快吃吧。"

客人就不再推辞，接过梨美美地咬了一大口。

没想到，甜心却哇的一声哭了，冲着客人嚷："谁让你吃我的梨了，谁让你吃我的梨了，你这个馋嘴猫阿姨！"

客人被这突如其来的指责臊得满脸通红，一时有些手足无措。

甜心妈训斥甜心："你这孩子，不是你让阿姨吃的吗，干吗又变卦了？"

甜心振振有词："谁让她真吃了，谁让她真吃了。"

客人这才明白过来，忙借机下台阶，哄着甜心说："哦，阿姨错了，阿姨错了。原来甜心是在和阿姨玩游戏呀！"

养蜂人老胡

李晓东

老胡可以说是樟源村里最难找的人了。

老胡是荣贵的上门女婿，金花的丈夫。可老胡很少住在村里，而是住在樟源岭下的铁皮屋里，看管屋外老樟树下的一百多只蜂箱。老胡还经常转场，哪里鲜花盛开，便去哪里放蜂。

每到秋天，老胡就会开着汽车，从外省把蜂箱运到樟源岭下，然后搭建铁皮屋，开始喂养蜜蜂，让蜜蜂平安过冬。当然，老胡平时也卖蜜。到来年三四月间，他又转场，运着蜂箱去外省放蜂。老胡养蜂二十多年，就像迁徙的大雁，春去秋归，浪漫而又神秘。

这年秋天，我从汝城回樟源村看望父母，远远望见老胡的铁皮屋。果然，老胡回来了。屋外的空地上摆满了蜂箱。老胡头戴斗篷，脸套纱罩，正弯着腰在一只蜂箱前忙活着。他蹲在一只蜂箱前，少则十分钟，多则半个小时，不知是在割蜂蜡，还是倒蜂蜜。

我站在路边，想买两瓶蜂蜜，老胡扭头看到我，忙点点头。良久，老胡笑着走过来，把我带进铁皮屋里，只见里面放着好几桶蜜，还摆着一张木床，屋内很拥挤，不用说，他晚上就住在里面。

我敬上一支烟，老胡不接，说养蜂不抽烟。

我问老胡："你除了卖蜜，还卖蜂王浆吗？"

老胡点头，说还卖蜂胶、蜂花粉、蜂膏、蜂蜡等，其中最贵的要数蜂胶。

说着，老胡要让我看蜂胶。这时，我猛然发现他的手上有不少小红疱，显然是被蜜蜂叮咬过。

"你干活为什么不戴手套呢？"我问。

老胡摇头，说戴手套做事不方便，就算让蜜蜂叮了也无大碍。

望着老胡黄中透黑的脸，我问："你一年大约能赚多少钱？"

老胡叹了口气，说："也就勉强混口饭吃，年景好时能赚个十几万吧。"

我说："收入不低，就是辛苦点。"

"我只会养蜂，改行干别的还真不行。"老胡笑道，"前几年还有妻子打下手，去年妻子去城里儿子家了。"

"你一个人养蜂，连个说话的伴儿都没有，真寂寞呀！"我感叹着。

老胡说："早习惯了，实在太无聊就刷刷抖音，看看微信。"

我问："你打算什么时候转场？"

"看情况吧，等到明年春暖花开时，肯定要出省去放蜂。"老胡一边说，一边去摇蜜。他取来一块蜂脾，用刀子切割蜂房上的蜂蜡盖，把蜂脾安放在摇蜜机的框架上，再快速摇动摇把，动作娴熟而优雅。

"你转场最远到过哪里？"我问道。

这时，一束阳光从窗外斜射进来，老胡仰着脸，眯着眼，说："这个真说不准，我去年到内蒙古放蜂的。"

我说："你得收个徒弟，找个帮手啊。"

老胡摇头，说："年轻人吃不了这苦，没有人愿跟我去放蜂了。"

起风了，我闻到了屋外山坡上飘来的阵阵花香。几只蜜蜂也飞进了屋里，落在老胡的手背上，老胡感觉痒痒的，却懒得驱赶。不久，老胡的手背上又凸起几个小红疱。

养蜂的日子单调而又辛苦，老胡早已习惯了随着季节变化漂泊四方。

转年清明，我回乡祭祖，顺路去樟源岭下买蜂蜜，却惊异地发现老胡的铁皮屋拆了，摆放在那棵老樟树下的蜂箱也搬走了。老胡准是又带着蜜蜂们去追赶花海了吧。

老胡何时离开，又何时归来，大概只有蜜蜂知道。

又是一年春天，樟源岭上映山红开遍，我来到山中，无意间看到一处悬崖上有大片黑乎乎的东西，走近细看，原来是成千上万只蜜蜂聚在一起。我愣愣地望着，此时有一群蜜蜂嗡嗡地闹着，朝我这边飞来。不用说，那悬崖上肯定有很多纯天然的岩蜜，真是太诱人了。

忽然，身后有个熟悉的声音传来："木根，你怎么有空来爬樟源岭？"

我扭头一看，还真凑巧，来人竟是老胡和金花。

"今天是周末，难得回来玩玩。老胡，你怎么没出去放蜂？"我说。

老胡望着高高的悬崖，笑道："金花年纪大了，身体不好，我去年春天就没有养蜂，去城里帮金花照顾孙子小刚，小刚今年就要参加高考了。你瞧，蜜蜂们都飞回大自然了，找到新家，这不挺好吗？"

一面白墙

杨静龙

那天，省公司纪委王书记到市公司检查廉政建设工作，走进总经理老白的办公室，看到迎面墙壁上挂着一幅书法，不禁多看了几眼。

老白见状，连忙请王书记点评。老白是个书法爱好者，墙上挂着的正是他自己的作品，写着斗大的一个"廉"字。说起老白喜欢书法，还是受王书记的影响，可以说他其实就是王书记的学生，王书记是省里有名的书法家。

王书记看了一会儿，半开玩笑半认真地说："看此字结构，藏头露尾，缩手缩脚，书写之时心中似有杂念，挣脱不开。或许白总平时工作上还磨不开世俗情面，收过人家一些小东西吧？"

王书记的一番话说得老白面红耳赤，羞愧难当，立即当着众人的面打开办公室的橱柜，把里面的几条烟几瓶酒全部拿出来，让办公室主任登记入库。随后，又把那幅"廉"字书法从墙壁上摘下来，撕成几截，扔到旁边的废纸篓里。

自此之后，老白更加严于律己、廉洁奉公，时时小心、处处谨慎，丝毫不敢对自己有所放松。在他的率先示范之下，市公司的廉政建设工作不断取得新的成绩，屡屡得到省公司的表扬。

老白心里高兴，挥毫泼墨，大开大合，又书写了一个斗大的"廉"字。写好之后，老白自己反复观摩品玩，觉得笔力遒劲，心手相应，就请人装裱了，端端正正地挂在自己办公室的正墙上。

不久，王书记带人到市里调研，看到了老白那幅新书写的"廉"字。

王书记在书法作品前远远地站了一会儿，上前几步，仔细端详一番，又后退几步，远远观摩，然后左看几眼，右看几眼；这才接过老白递过来的一杯滚烫的茶水，吹一口，喝一口，又吹一口，又喝一口。

终于，王书记伸出手，用力地在老白肩上拍了一记，呵呵笑道："白总这幅书法很不错，字体干净利索，遒劲有力，绝非蝇营狗苟之人所能书写。可见白总心怀已开，一心为公，再无贪念，真是可喜可贺啊！"

随后，王书记一行深入市公司一线车间和科室部门，广泛听取企业员工的意见，了解生产经营状况，形成了一份关于市公司以廉政建设促进企业生产发展的事迹材料，在全省范围内宣传。在省公司的表彰大会上，老白坐到主席台上作了典型发言。

会后，王书记握着老白的手，一字一顿地说："书无止境，企业发展无止境，我们的人生追求亦无止境。就'廉'字而言，身廉为标，心廉为本，我希望有机会能够第三次去你们市公司，为白总点评'廉'字书法！"

老白抑制不住内心的激动，说："我一定牢牢记住王书记的话，让警钟长鸣。"

回到市公司后，老白时时以王书记那番语重心长的话来警示和勉励自己，工作稍有空闲就铺了宣纸练习"廉"字。这样又过了大半年，到了天高云淡的金秋时节。某一天，市公司顺利完成了一桩重大业务，老白心情愉悦，泡了一杯茶，坐在办公室里眺望窗外的远山近水，只觉得神清气爽，心里一片澄明。他回首仰望墙上那幅"廉"字书法，顿时觉得颇有缺失，脸上慢慢涌起一丝羞愧之色。

老白轻轻地叹了一口气，走上前去，摘下那幅曾经让王书记大为赞赏，他也颇为自得的"廉"字书法，卷成一轴，塞进橱柜里。

日子像流水一样奔腾向前，当王书记再一次来到老白的办公室时，只见四面白墙，上面再无一字一墨，不禁大为触动，上前紧紧握住他的手，连连摇着，说："身廉为标，心廉为本。现在，这无迹之'廉'，已在白总的襟怀之中了。"

老白淡淡一笑，说："'廉'字虽然不见了，却又无处不在呀！"

窗外有一只喜鹊

曹隆鑫

六楼的窗外是门诊大楼的屋顶平台，平台上有如小提琴盒一般的花坛正对着彦雪云这儿。花坛里不见花，倒是狗尾巴草长得繁茂。有一只灰鸽子落在花坛边，头不时点着地，啄食着大概是花草飘落下来的种子。

彦雪云的眼睛不经意间和它对视，怕它转身走掉，赶紧回过头，装作对它不感兴趣的样子。那只灰鸽胆子挺大，一会儿径直向她这边的窗口走来，在离半米远的地方停住，眼珠子滴溜溜地打量着彦雪云。彦雪云轻轻拿手压着自己的胸口。灰鸽子警惕得很，以为是有危险来临，立即快速地后退，一弹一跳间翅膀也舞动起来，很快发出"扑棱棱"的声音，往高处盘旋着飞走了。

其实鸽子大可不必过度恐慌，这里的每间病房都没有通往平台的门，那窗虽然大，有半扇是打不开的，另半扇也只能由下往上打开一个小夹角，且有一根根栏杆护着。

彦雪云坐在9床的窗前，手机搁在膝盖上，眼睛看着窗外。窗外的天空水洗过一样清澈。几朵白云悠悠点缀在秋天的天空里，一切显得那么美好。秋天也是收获的季节，彦雪云的设计图稿终于完成，可是，父亲偏偏这时候又得了病。

也不是什么大病，父亲住进了7号楼6楼的泌尿外科，医生说只需动个小手术就没事了。

父亲去年查出肺部有恶性肿瘤，彦雪云通过朋友的关系，把父亲送到上海的医院，好在发现及时，做了六次化疗。过了三个月去复查，肿瘤标志物一切正常。又过了三个月去做检查，还是好的，彦雪云悬着的心终于放了下来。

父亲原来有一头很密的黑发，两次化疗后，落光了头发，新长出来的头发稀稀疏疏，还是白的，父亲干脆剃了个光头。在医院的这几天，父亲的白头发又长出了些，像是秋后枯黄的茅草，看着就让人鼻子发酸。

因为以前的身子有过恶性肿瘤，做过化疗后，身体免疫力差，虽然只是一个小手术，医生却谨慎得很，各项检查一项都不能少，最后确认下周一动手术。不料父亲突然得了感冒，身体还发热，反反复复好几次，后来还咳嗽起来，一天要做两次雾化，拍了肺部的片子，还好，没什么异常，但做手术的时间就耽搁下来了。

彦雪云只能在下班后匆匆赶到医院陪陪父亲。父亲心态极好，见彦雪云赶来赶去辛苦，劝她不要来，反正自己能走到医院的食堂里去吃。设计图稿完成后，后续还有很多工作要去做，如果父亲不住院，她也得在单位加班加点。父亲一住院，她的心再难聚焦到工作上去，好在完成的设计图稿看上去领导似乎也挺满意。

父亲躺在床上眯着眼睛，彦雪云走进来的时候，父亲没有发觉。她轻轻地坐到窗台上，半斜着身子，一会儿看看父亲，一会儿看看窗外略显空旷的屋顶平台。

灰鸽子飞走后，彦雪云有一阵子的落寞。

父亲在上海化疗结束后的几次检查结果都挺好，彦雪云也有了心情和精力投入图稿的设计。因为有时候要查资料，彦雪云认识了杨阳，一来二去，彦雪云心里的爱情种子在杨阳的催生下悄然发芽了。为庆贺彦雪云的设计图稿完成，杨阳提出聚聚。听医生讲父亲动过手术，再观察两天就能出院，彦雪云算好时间，和杨阳约定了日期，还风趣地说："你请客，我来买单，这次真要好好谢谢你。"

父亲突然变化的病情让彦雪云不得不婉拒了曾经答应过的聚聚。杨阳追问彦雪云为什么，彦雪云支支吾吾没告诉他父亲生病的事。灰鸽子飞走，杨阳的微信又发过来了，彦雪云一时纠结起来，不知道该怎么组织文字发给杨阳。

"雪云，看，那边有只喜鹊。"父亲或许醒来一段时间了，自己在窗前发呆的样子也一定落在了父亲的眼里。彦雪云随着父亲的手指往窗外看去，果然，花坛上落着一只很大的喜鹊。

彦雪云站起身子，一边问父亲好点了没有，一边给父亲的水杯续上热水。在父亲低头喝水的那会儿，彦雪云在手机上快速地摁下了几个字：窗外有一只喜鹊。然后点击发送键。

"雪云。"父亲说。

"嗯。"彦雪云应答时，脸上微微地红了红。

陈　鱼

李伶伶

　　出租车在市京剧团门口停了下来，罗雁忽然有点不想下车。市京剧团门脸跟二十年前一样，没有任何改变，挤在繁华的商业大楼中间显得有点寒酸。当年市京剧团是她最向往的地方，她拼尽全力来到这里，以为能在这里大放异彩，没想到事与愿违。她离开后发誓再也不会回来，没想到今天她又来到这里。这一切都是因为陈鱼。

　　罗雁下了车，走进市京剧团，直接来到排练室，看到陈鱼果然在这里练功。陈鱼没成名时就整天泡在排练室。她的生活很简单，每天除了吃饭睡觉，就是练功练嗓子，没有别的消遣。现在竟然还是这样。

　　陈鱼正在练习下腰。她的身体还是那么柔软，身材也没有太大变化，眉眼还是那么好看，就是比以前更成熟了。罗雁跟她打了声招呼。

　　陈鱼停止练功直起腰，盯着罗雁看了好一会儿，说，你是罗雁？罗雁说，对，是我。陈鱼走过来说，你怎么来了？咱们多少年没见了？罗雁抱抱陈鱼说，想你了，来看看你。走，我请你吃饭去。

　　陈鱼看看排练室的钟说，你等我一会儿，我今天练功的时间还没满。罗雁说，你咋那么死性呢？练功多一会儿少一会儿能咋的？陈鱼说，倒也不能咋的，不过你练功偷不偷懒，观众一眼就能看出来。陈鱼说完继续练功去了，罗雁只能在旁边等她。

　　陈鱼先练压腿，又练踢腿，腿一抬，轻松就越过了头顶，还是那么笔直。她抬完左腿抬右腿，循环往复，从排练室这头走到那头，只一个来回，汗就从额头上淌了下来。但是陈鱼并没有停下来休息，她继续练着。

　　罗雁一直不理解陈鱼为什么文戏比她好，武戏也比她好，现在理解了。当年陈鱼是剧团的女一号，罗雁部部戏都给陈鱼当配角，心里很不舒服。

　　有一回陈鱼生病了，半个月上不了舞台。正好团里要上一部新戏，罗雁找领导申请演一回女一号，领导好不容易同意了。可是排练没几天导演就不干了，说她不行，还是等陈鱼来演。罗雁不甘心，起早贪黑地练功，练了一个星期，又来找导演，求导演再给她一次机会。导演勉强同意，又开始重新排练。没排几场，导演又叫停，说她还是不行。她说，我怎么不行了？我每天练功的时间比睡觉的时间都长，你凭啥说我不行？导演说，练功不是一朝一夕的事，要靠长年累月，像陈鱼那样。罗雁觉得导演就是偏心，有陈鱼在，她在这个剧团永远出不了头。她一气之下离开了剧团，跟朋友去南方做生意去了。

现在看到陈鱼练功的劲头，她有点汗颜。当年自己练功时若出了汗，早就停下来缓口气儿了，哪肯把自己练得大汗淋漓？

陈鱼练完功衣服都湿透了，她去浴室冲了个澡，换了身衣服，然后跟罗雁一起出了门。

罗雁想请陈鱼去五星级酒店吃饭，陈鱼说什么也不肯。罗雁没办法，只好在附近找个小饭馆坐了下来。

服务员送来菜单，罗雁把菜单递给陈鱼说，随便点，别给我省。陈鱼把菜单又推回去说，知道你做生意赚钱了，但今天你是客，我请。罗雁说，别跟我客气，你挣多少钱我还不知道？

两人虽然二十年没见，但关于彼此的消息，爱听不爱听的也都知道一些。罗雁离开京剧团下海后赚得盆满钵满，结婚后又生了对龙凤胎，人生可谓春风得意。陈鱼呢，守着京剧团，不肯走穴，不肯挣外快，每个月就那点死工资，日子过得像清水一样。大家都说她死脑筋。

聊完彼此的过往和近况，罗雁说，咱们都是奔四的人了，唱得再好也比不过年轻人，总有一天会退出舞台，你就不想趁现在还站在舞台中间，为自己做点啥？

陈鱼说，做啥呀？

罗雁说，我有个朋友，下个月给他母亲办八十大寿寿宴，他母亲特别喜欢听你唱戏，他说你要是肯去，他给你这个数。罗雁说着伸出右手食指。陈鱼说，十万？罗雁点点头。陈鱼摇摇头。罗雁说，这样，你要是去，我帮你说句话，给你再加十万。陈鱼说，就是再加一百万我也不去。罗雁说，为什么？这么轻易就能挣到的钱，你为什么不挣？陈鱼说，你今天来找我就是为这事？罗雁说，对，朋友知道我跟你一起唱过戏，特意托我来请你。陈鱼说，抱歉，我帮不了你，你要是没别的事我先走了。说完真走了。不管罗雁怎么喊，她都没有回头。罗雁心里这个气，陈鱼不但自己有钱不挣，还害她损失了一大单生意。

事情没办成，罗雁也无意久留，买了当天回广州的机票。她在打车软件上叫了辆网约车，坐进车里后，发现司机居然是陈鱼。

罗雁惊得下巴都要掉下来了，说，你怎么会开网约车？陈鱼说，没有演出的日子，我会开网约车挣点零花钱。罗雁说，我还以为你不食人间烟火呢。陈鱼说，我也是个普通人。罗雁说，你宁肯开网约车也不去挣外快，脑子是不是进水了？陈鱼说，我脑子没进水，我去挣外快卖的是名气，我的名气是老百姓给的，我利用名气挣钱，早晚有一天会把名气败光，也辜负了老百姓对我的喜爱。罗雁说，你就不怕被乘客认出来？陈鱼说，认出来又怎样？我又不能因为他认出我多收他两块钱。我开车挣的是辛苦钱，又不犯法，怕啥？

罗雁忽然说不出话了。

陈鱼的车开得很稳，她把罗雁送到机场后就走了。

罗雁站在下车的地方，一直望着陈鱼的车走远。她脑子里回想起陈鱼在舞台上铿锵的京剧唱段，心里第一次对她生出一股敬意。

写 字

颜士富

不知什么时候，小城刮起一股风气，人们习惯性地练习写字。老师说，字是门面，不可随便。

然而，在机关里，他们不把写字说成写字，硬说是书法。明白人说，这是附庸风雅。

李魁、王富贵、宋春归，还有吴宁宁，他们聚到一起的时候，谈论最多的就是写字。

李魁说，写字应从楷书练起，横平竖直，就像做人，要端端正正的，不得马虎。

那是，王富贵说，中国人的脸，就像汉字一样，生来就是一副"国"字形的。

写字嘛，也是修身养性的，宋春归说，心情好与不好，在写出的字上表现得淋漓尽致。

吴宁宁听了他们的高论，一时间没有插话。吴宁宁出身书香门第，他家几代从教，特别是他的父亲，是县中的老校长。他从小就接受传统的国学教育，博大精深的中华文化深入骨髓。不要说书法，谈到哪一块儿，他都不陌生。吴宁宁从五岁开始临帖，楷书取法欧阳询、张猛龙，行书以颜真卿、米芾为宗，兼习史晨、肥致、乙瑛等汉隶，书法四体兼修。书风追求冲淡静穆，内敛笃实。吴宁宁的字已达炉火纯青的境地。此时，吴宁宁看了看他们，说，写字是写字，书法是书法，书法有道，道法自然。字写到自然的地步，算自成一体了。

吴宁宁说的话，他们似懂非懂。

吴宁宁在艺术上的追求已达到一定的造诣，在工作上也是如鱼得水，最近组织上考察他为副处职人选。

父亲听到这个消息，心里不禁产生一丝慰藉。一天，父亲晚饭后来到儿子家，吴宁宁正在书房写字。

看到父亲进来，吴宁宁立即起身让座。

父亲看到案上有一本字帖，随手拿了起来，翻了翻说，米芾从七八岁时开始学习书法，启蒙老师是襄阳书家罗让，他十岁写碑刻，临周越、苏轼字帖，人谓有李邕笔法。

是的，吴宁宁接着父亲的话说，米芾平生书法用功最深，成就以行书为大。南宋以来的著名汇帖中，多数刻其法书，流播之广泛，影响之深远，在北宋四大书法家中，首屈一指。康有为曾说，"唐言结构，宋尚意趣"，意为宋代书法家讲求意趣和个性，而米芾在这方面尤为突出。

父亲说，米芾对书法的笔法、结体和章法，有他独到的体会，要求稳不俗、险不怪、老不枯、润不肥，在变化中达到统一，把裹与藏、肥与瘦、疏与密、简与繁等对立因素融合起来，就是骨筋、皮肉、脂泽、风神俱全，犹如一佳士也。章法上，他重视整体气韵，兼顾细节的完美，成竹在胸，书写过程中随机应变，独出机杼。父亲说到这里，叹了口气，说，可惜，有人写了一辈子字，却写不好一个"人"字。

吴宁宁听到此，感觉父亲话里有话，谦恭地说，我一直以来不敢忘记您的教诲，儿子有做人做事不得体的地方，请父亲明示。

宁宁，你多虑了，你有今天这样的成绩，为父感到十分欣慰，我们还是聊写字吧。父亲说，米芾不仅有艺术成就，为官也清廉。据史载，米芾为官是"用文雅为治，尚礼教，祛淫祠"。北宋绍圣四年（1097年），米芾出任江苏安东县（今涟水县）知县，主政两年，多有惠政。他期满离任时，乡绅百姓略备薄礼为他送行以示感念，米芾一一婉拒，再三叮嘱家人：凡公之物，不论贵贱，一律留下，不得带走。他还亲自逐一检点行李，生怕家人暗自夹带。米芾发现自己常用的一支毛笔上有公家的墨汁，便让家人把砚台、毛笔洗干净后，方离开县衙。米芾临池洗墨，不带走安东的一点点墨汁，父亲说到此，竖起大拇指说，米芾堪称一代廉吏也。

父亲，我懂了。吴宁宁说，字为表，我们在临帖时，往往忽略了对人的研究，难怪有人嘲讽我们写字是附庸风雅。

听了吴宁宁的话，父亲说，我能睡个踏实觉喽。

送走了父亲，吴宁宁却怎么也睡不着，父亲的一席话一直萦绕在他的脑海里，明天工作正式履新，他想了很多很多……

水　袖

徐向林

筱兰芳踏着碎步上台，水袖一抖一掷、一荡一甩、一抛一扬、一叠一搭，台下必是掌声雷动，叫好声四起。

这是多年前的事了。这些年，作为地方小剧种的阜剧市场萎缩，阜剧团多年没排过大戏，被称为"阜剧皇后"的筱兰芳也多年没上舞台了。

在老一辈人的记忆中，袖舞是筱兰芳的绝活儿。人们常说，筱兰芳的袖子是她的第二张脸，只要舞动起来，剧中人或悲或喜、或惊或怒、或娇或羞、或憨或痴的表情，人们都可以从水袖上看得出来。

凭着这个绝活儿，筱兰芳获奖无数。也有不少戏校、剧团的年轻人想拜筱兰芳为师，但她择徒极其严格，没有一个年轻人能通过她的考核，故她一直没收徒弟。为这事，阜剧团的王团长没少操心，多次劝筱兰芳降低收徒标准，筱兰芳却把眼睛一瞪，道："戏比天大，怎能随便降标准呢！"

一句话，噎住了王团长。

可眼下，王团长接到一个紧急任务，他必须动员筱兰芳收徒。原来市里给阜剧团拨了三百万元经费，要求阜剧团排出一部高质量的新戏。为了阜剧文脉的传承发展，要求新戏的主要角色全部起用年轻人，这些年轻人还必须是当地阜剧名家的徒弟。也就是说，这次筱兰芳无论如何都要收一个徒弟了。

王团长挑了四个刚从戏曲学院毕业的女学员的资料后来找筱兰芳。他告诉筱兰芳，这四个学员只能留三个，分别拜阜剧团的青衣、花旦、刀马旦名角为师，留下来的都会获得阜剧团的正式编制。筱兰芳作为青衣名角，这四个学员首先任她挑。

筱兰芳大致翻了翻学员的资料，说："看来我这次不收徒弟不行了。"

王团长笑道："筱老师，现在表面上看是四选一，但这四个学员是我从戏曲学院四百多个毕业生中挑选出来的，实际上是四百多选一，一定会让你称心如意的。"

"既然这样，那就在明天的舞台上见分晓吧。"筱兰芳说出这句话时，王团长长出了一口气，悬着的心终于放下了。

第二天面试前，筱兰芳问王团长："团里留三个，淘汰出局的那个咋办？"

"那就退回学校呗，戏曲学院学生毕业后改行的多着呢。"王团长无所谓地说。

筱兰芳听后沉默不语。

面试开始了。学员分别以《铡美案》中的秦香莲、《二进宫》中的李艳妃等青衣角色亮相。一出场，她们就把水袖的甩、掸、拨、勾、挑、抖、打、扬等功夫施展得行云流水。王团长眼花缭乱，每个学员表演结束他都拍手叫好。

学员全部退场后，王团长赔着小心问："筱老师，看中几号学员了？"

"三号吧。"筱兰芳想了想答。

"啊，我以为您会看中二号。我觉得二号的表现力是四个人中最好的。"筱兰芳的选择出乎王团长的预料。

"三号潜力最大，就定三号吧。"筱兰芳不容置疑地说。

筱兰芳的徒弟选定后，团里花旦、刀马旦名角的徒弟也相继选定了。最终是二号学员出局。花旦、刀马旦名角对王团长说："二号的形象、气质和表现力是最合适的青衣人选，可惜了，没被筱兰芳选中。"

但是谁也没想到，二号因"祸"得福，她在市阜剧团落了选，却被省淮剧团作为重点人才引进，找到了更好的归宿。而且在一年后省里举办的文艺会演大赛中，她一举击败筱兰芳的徒弟，获得全省戏剧表演最高奖"幽兰奖"。

获奖名单公布后，很多人颇感意外，因为筱兰芳不但是"幽兰奖"终身成就奖得主，还是此次大赛的主评委之一，她收的唯一的徒弟竟然没获奖！

于是，议论声四起。有的说筱兰芳胳膊肘儿往外拐；有的说筱兰芳选徒弟时看走了眼；还有的说得更难听，说筱兰芳"徒有虚名"，不配当师父……

对于这些议论，筱兰芳当没听见，从没公开辩解过。

筱兰芳的徒弟却受不了，一次排练过后，她独坐在后台正哭得梨花带雨，不料房门被轻轻推开，走进来的是进入省淮剧团的那个二号学员。筱兰芳的徒弟赶紧止住哭声，努力挤出一丝笑容道："祝贺你，一出道就获大奖。"

"谢谢，这个奖你以后也会获得的。"二号学员说，"我还想告诉你一个秘密。"

"啥秘密？"筱兰芳的徒弟有点儿丈二和尚摸不着头脑。

"那次我们四个人的面试中，筱老师首先看中的是我。"二号学员说。

"怎么可能？她最终选择的是我！"说这话时，筱兰芳徒弟的脸上露出愤怒之色。

"你先听我把话说完。"二号学员不疾不徐道，"你是左撇子，舞水袖时，指、腕、肘、肩不够协调统一，筱老师一眼就看出来了。如果她不收你做徒弟，估计阜剧团其他老师也不会收你，也许你就永远吃不上这碗饭了。"

二号学员的话让筱兰芳的徒弟一下子愣住了，难怪筱老师一年来把重心放在调教她的右臂上，并且说过还要花两年的时间才能把她的身体调整平衡。"那筱老师把我这个有缺陷的人收为徒弟，你……"说这话时，她心里虚虚的。

二号学员正色道："而我永远感激筱老师，是她极力向省淮剧团推荐的我……"二号学员的话还没说完，房门又被人轻轻推开，一个沐着光的身影走了进来。两人定睛一看，来人正是筱兰芳。

筱兰芳问："你俩在这儿嘀嘀咕咕啥呢？"

"师父！"筱兰芳的徒弟一甩水袖，给了筱兰芳一个大大的拥抱，她紧紧地搂着筱兰芳，眼眶里又止不住地溢出了泪花。

一粒玉米

王　宇

　　春华咬一口煮熟的玉米棒子，嚼的时候，突然一粒玉米从他的牙豁口飞出来，闪着金光落到地上。旁边觅食的公鸡，扑腾着翅膀，蹦过来，伸长脖子，欲啄。春华的媳妇秋菊，眼快手更快，脱鞋，扔鞋，砸鸡。秋菊指着地上的玉米粒说："捡起来吃掉。"春华感觉秋菊的眼神不对劲，低头看一粒玉米委屈地躺在地上。

　　春华倔，梗着脖子就是不捡："不就一粒玉米，至于吗？"说着，抬腿，伸脚，想踢走玉米粒，喂公鸡。秋菊也抬起腿，挡住了春华的腿。春华翻白眼瞅秋菊："还不是你害的，让我半辈子找不到门牙，挡不住玉米粒。"

　　一脸冰霜的秋菊，忍不住笑了。

　　秋菊娘家在谷地峁村，出出进进，避不开槐树沟。秋菊长得俊，是村花。春华有事没事就在槐树沟的村口溜达。看见秋菊路过，春华就伸直了脖子，擦亮了眼睛，定住了身体。秋菊走远了，看不见了，春华就猫着腰，一路飞奔，绕过山峁，再看一眼秋菊一甩一甩的长辫子。

　　一日，春华在村口啃玉米棒子。也许是错过了合适的时间，他只看到秋菊的背影。春华狂奔，抄近路，想绕过山峁，迎面看秋菊。春华心急，甩开膀子跑，一不留神，撞在槐树上，硬生生磕掉两颗门牙。疼，钻心地疼。春华一手捂着嘴，哼哼唧唧，一手握着玉米棒子，舍不得扔。

　　好端端的门牙掉了，张嘴说话，露出豁口，人就变了样儿。村里人你问他问，春华能忍住疼，却忍不得烦，就和盘托出。于是村里人都知道春华为看一眼秋菊，撞掉了门牙。后来秋菊也知道了。秋菊问春华："那天那个没舍得扔掉的玉米棒子哪去了？"春华说："嘴疼，手不疼，用手抠下来，直接吞进肚子里，一粒也没糟蹋。"秋菊就笑，笑得肚子疼，说："傻瓜，我欠你两颗门牙。"长辫子一甩，转过身给春华一个背影，"咱俩一个锅里搅勺子吧。"春华也真是有点傻，听得云里雾里的。等他弄明白，想说点什么时，连秋菊的影子也找不到了。

　　那年冬天，白雪盖满山。春华雇了一班乐队，细吹细打，把秋菊从谷地峁娶回槐树沟。

春华勤快，秋菊生了一窝娃。娃多嘴多，要吃要喝。秋菊说："冬闲，人不能闲。要不买台膨化机，挨家挨户爆玉米花赚钱。"春华听秋菊的，说干就干。

一炉玉米粒，总有不能爆出玉米花的，不会开花的玉米粒硬邦邦的，嚼不动，主人也懒得收拾，都留给春华。一家留一点，攒起来，也不少。磨成粉，喂猪，是绝好的饲料。别说，一年喂一头肥猪，卖一半，吃一半，也能解决大问题。

秋菊努努嘴："快，捡起来。"春华依旧梗着脖子："我这小日子过得多滋润，要啥有啥，非要我吃落在地上的玉米粒？"秋菊沉下脸，剜了春华一眼："你是好了伤疤忘了疼，是吧？"春华一激灵，脖子顿时柔软了。

刚结婚那年，春华忍受不住饥饿，吃了一碗玉米种子。春播时，最后一垄田没种子了。那年月一根玉米棒子就是一个人一天的口粮。说什么也不能让田地荒着，春华向邻家大叔借玉米种子。大叔坐在榆木板凳上，黑着脸，不说借也不说不借，抽完三锅子老旱烟才慢腾腾地站起来，打开窖门。锅台上立着一个黑布口袋，铁塔似的。大叔解开黑布口袋，里面套着一个白布口袋，扎得严严实实。大叔边解口袋边说："饿死爷娘，也得留住种粮。"尽管声音不高，却是字字扎心。春华的脸通红，深深低下了头。

大叔用碗舀玉米种子，不小心一粒玉米掉在地上，怎么也找不着。春华心想，不就是一粒玉米吗？不找也罢。可大叔猫着腰不依不饶地找，后来干脆跪趴在地上找，终于在墙与地面的缝隙里抠出那粒种子，大叔一脸笑，小心翼翼地装进口袋里。春华在一旁看着，愧意顿生，禁不住冒出一身热汗。

种完那垄田，还剩一粒玉米种子，春华想来想去，就种在院里的墙根下，秋后收获了两个壮硕的玉米棒子。

一阵风，涌进院子里，清凉清凉的。春华拍拍秋菊的后背："看见伤疤，我又想起疼了。"说着他弯下腰，捡起那粒玉米，塞进嘴里，像老牛反刍似的慢慢地嚼。春华嘴里一会儿苦，一会儿甜，一会儿酸，一会儿涩，说不出其中的滋味。

一直在院子里玩耍的小孙女，仰头看着爷爷没完没了地嚼那粒玉米，咂咂嘴说："爷爷，地上捡起来的玉米好吃吗？"春华伸了伸脖子，这才咽下那粒玉米，说："好吃，好吃。"

围观者

李伟明

吴小丁在滨江公园晨跑时，看到路边有两个人正在激烈地争吵。吴小丁好奇地停下来，听了一会儿，便弄明白了，原来，他们争论的只是一个极其简单的问题，那就是北京离赣州更远还是月球离赣州更远。

看他们那面红耳赤、形同仇人的样子，吴小丁哑然失笑之余，更觉得实在犯不着如此。于是，他走上前一步，打断他们："二位不用吵了，这问题简直太不成问题了——当然是月球离赣州更远啊，这还需要讨论吗？！"

听到有人帮腔，其中那个穿黄色衣服的人不禁得意起来，以胜利者的姿态对着另一个穿白衣服的人嘲笑道："说你没文化呢还不承认！这不，该认输了吧？"

穿白色衣服的显然不服气，他冲吴小丁吼道："你懂个啥？别以为戴了眼镜就可以冒充知识分子！你俩合起伙来蒙我，没门！"

吴小丁急忙解释："冤枉！我和二位素不相识，谈何合伙蒙你？"

吴小丁瞄了眼穿黄色衣服的那人，以为他会证明自己只是过路的。不料，他神情漠然，不置一词。

穿白色衣服的更来劲儿了："不承认是吧？你拿什么来证明你啊？哼，装吧你！"

不等吴小丁回应，穿白色衣服的继续嚷道："这年头，不懂装懂，坑蒙拐骗的人我见得多了！一个连北京远还是月球远都搞不清楚的人，也有资格戴眼镜？这世道真是乱套了！"

吴小丁也有些不高兴了，提高嗓门说道："亏你说得出，这和戴不戴眼镜有什么关系嘛！叫你同伴评评理……"说完，吴小丁扭头一看，这才发现穿黄色衣服的那人已不知何时离开了。

穿白色衣服的继续嚷道："我也不和你强词夺理，天下总有公理在。光凭你一个人信口开河，我是不会相信你的！连北京远还是月球远都搞不清楚的，我看这世上也就你一个！"

吴小丁道："北京和赣州都在地球上，老兄你不会真的连这点常识都不知道吧？这么弱智的问题还需要争论吗？"

穿白色衣服的不屑一顾地说："你才连基本常识都没有！我抬头就能看到月球，你抬头能看到北京吗？你就是站到赣州城最高的八境台或者钨都大厦、橙乡广场伸长脖子看看，能看到北京吗？说你是二百五你还真不服啊！"

吴小丁又好笑又好气："有你这种逻辑吗？真是跟你说不清楚啊！"

这时，吴小丁看到身边围上了一大圈的旁观者。吴小丁知道，单靠自己和这个思维混乱的人争论是永远也说不清楚的，这样简单的道理，只要大家众口一词，对方就应当会知难而退、无话可说了。于是，他冲着人群喊道："大家评评理，对赣州来说，月球比北京远得多，这是不是常识啊？"

吴小丁以为大家定然异口同声地说一声"是"，不料，人群居然鸦雀无声。吴小丁觉得奇怪，又冲着大伙连问了三遍。

沉默。一片沉默。

难道这一大伙人全是哑巴？今天真是邪门了！看着面无表情的这群围观者，吴小丁既纳闷又郁闷。

穿白色衣服的更兴奋了，手舞足蹈，以大获全胜的姿态对吴小丁指手画脚、评头论足。

吴小丁知道再争下去不会有任何结果，更没有任何意义。于是他轻轻地叹了一口气，摇摇头，摆摆手，拨开人群，脱身而去。

这时，吴小丁听到身后的围观者发出了七嘴八舌的声音。

"两个人争了半天，就这样散了？也太没劲了吧？"

"道理都不辩个清楚，就这样临阵脱逃，这不是和稀泥吗？"

"现在的人啊，真是吃饱了撑的，没什么事就喜欢瞎争论！"

"光动嘴不动手有啥用，拳头下见功夫才是硬汉！"

"有智慧的人是不和人家争论的，保持沉默才是一种美德！"

……

吴小丁这才发现，原来这些围观者并不是哑巴。

春　凳

王琼华

　　那时，裕后街有一股看戏的潮流。甚至，大户人家遇到喜事，会把戏班子请进自家祠堂。但要说到看戏最热闹的地方，当数江边的郴阳戏院。

　　这郴阳戏院阔绰，设有戏台、后台、看席和神楼。看席格外讲究，前方摆着一张方桌，正面并列两把官帽椅，两侧各有两张大方凳。这一桌、二椅、四凳，合称一份"官座"。在官座背后，摆有若干春凳，凳前有红木茶几。再往后，便是普通座席，八仙桌围着四张长凳。官座，坐的当然是风光角色。街坊大多挑八仙桌四侧入座。春凳上则坐着非贵即富的人物。

　　因为春凳，陈家班的戏头陈师傅，跟郴阳戏院刘掌柜闹了一场不愉快。

　　在街坊眼中，陈师傅是一个厚道人。何况刘掌柜有恩于陈家班。当时，陈家班在码头上卖艺，一日被刘掌柜结了眼缘，便将陈师傅请进郴阳戏院。即便那晚就是来救个场，但既帮了刘掌柜，也帮了陈师傅。那晚，陈家班一炮打响，之后成了剧院的"御用"戏班。

　　陈师傅也早已晓得，刘掌柜是一个讲究之人，得人留心，懂得忌讳。

　　秋日的一个晚上，又在唱戏。

　　唱的是《四郎探母》。

　　陈师傅有一个习惯，台上唱戏时，他喜欢在台下四周遛一遍，似是无所事事，却又见他脸上时而欢喜，时而凝重。

　　刘掌柜问过陈师傅："平时你是一个爽朗之人，这戏一唱，你却是心事重重。"陈师傅笑了笑，也没给说法。刘掌柜甚至问过："刘某没亏待陈师傅吧？"陈师傅这才说："哟哟哟，刘掌柜待陈家班不薄。"

　　这晚唱戏时，陈师傅溜至腰门旁边，一侧眼，发现一个拄杖瘦个老者站在门外，跟着戏台上的唱腔晃着脑袋。

　　陈师傅走出腰门，向老者问道："老先生，想进去看戏？"

　　"看不到。"

"哦，我领你进去，用不着掏钱。"

"我眼睛看不见。"

陈师傅举手在老者眼前晃了又晃，果真不见他有半点反应。陈师傅不由得轻吁一口气。

"先生怜悯老朽吧？"

陈师傅愣了，没想到老者耳朵这般好使。这时，陈师傅当即眨眨眼睛，客气地说："老先生，这戏听得怎么样呢？"

"杨四郎唱功不错，一波三折，英雄不能舒展而愈显痛感，唉，令人扼腕哪。"

"老先生还能听出这味来哪。"

"可惜……"老者欲言又止。

陈师傅忙问："怎么可惜了？"

"说不得。"

"为何说不得呢？"

"抑或你便是戏班子那个……"

"在下姓陈。这陈家班便是陈某领头的。艺无止境。陈某愿洗耳恭听。"

即便老者眼睛失明，但陈师傅仍是中规中矩作揖。

老者也从陈师傅言语中听得一股诚意，便说："这杨四郎得再找些置鲲鹏于牢笼、困蛟龙于浅水的感受，使痛快豪迈潜在迂回低沉的掣肘之中，如此才会了得也。"

陈师傅连连拱手。

接着，他把老者扶进了会馆。

戏唱完时，刘掌柜才发现一位衣着褴褛的老者竟然坐在一张春凳上。他当即叱责："怎么这般人物也放了进来？"陈师傅赶紧上前，称是自己领进来的客人。

刘掌柜皱眉，说："他是你家什么人？"

"无亲无故。"

"既不沾亲，也不带故——"刘掌柜打量一番，惊讶地说，"还是一个瞎子。我说陈师傅，瞎子怎么看戏呢？"

陈师傅却说："不碍事。明天再来看戏，我会让他换身衣服。"

"明、明天还来——"

第二天晚上，陈师傅果真又把老者带进戏院。老者这时换了崭新行头。陈师傅找人量体裁衣赶做出来的。陈师傅让老者再坐到春凳上。这就惹得一些来看戏的人物大为不悦，还说戏院里混入俗人，便不再来这儿看戏了。

刘掌柜只好跟陈师傅嘀咕。

陈师傅却没吭声。

结果，戏院里拣脚走了不少人。

第二天，刘掌柜无奈之下换了戏班子。街上大户也不愿再请陈家班唱堂会。陈家班只好重新回到街头卖艺。即便这般，陈师傅平时仍会将一张套有大红凳套的春凳摆在最前端，让老者坐好了，才会演戏。大多时候，陈师傅陪坐一侧，两人时而窃窃私语，似是非常投机，陈师傅甚至听得两眼放光。

那日，老者跟陈师傅说："折子戏唱得极为地道了，不妨上省城去走一遭。"

"会不会连回程路费也赚不到？"陈师傅有点儿犹豫。

老者反问："你说呢？"

陈师傅的拳头攥了又攥，说："那就听先生的。"接着，他亮开嗓门叫道："明天，我们进省城去演戏！"

原来，省城刚好有一场"赛戏"活动，众多戏班子轮番上台。结果，陈家班凭借《四郎探母》一戏，赢得满堂喝彩，独占鳌头，轰动整个省城。

陈师傅和戏班子回裕后街时，刘掌柜竟然带着舞龙队出了街口来迎接。刘掌柜直接走到老者跟前，双腿一跪，双手撑地，说道："老先生，晚辈知错了。刘某不该驱赶敬贤之人。望老先生宽恕晚辈。"

老者笑道："郴阳戏院，裕后街上一个唱戏的好地方。既已结缘，断不了的。"

当晚，陈家班重登郴阳戏院台子。

看戏的人太多，连过道上都挤满了人。刘掌柜专门留了官座上一张四方椅给老者坐。但老者拒绝了。他仍坐在官座后面的一张春凳上。

第二年，陈师傅病故。

在咽气前，陈师傅交代自己那扮演四郎的儿子要好好伺候老者。

陈师傅跟儿子说："你一直问我，老先生说出来的话，为何每一次都让你觉得醍醐灌顶。如今该明白几分了吧？"

儿子说："唱、念、做、打，唱戏四功，居首的则是唱功。似是看戏，实则听戏。看戏悦目，听戏入心。父亲平时喜欢四处逛逛，便是想听听这戏唱得如何。"

"即便这般，我听戏也不够专注。老先生天生看不见东西，听戏时也不受台上一招一式干扰，自然能一心悟得唱功如何。我从老先生的话中受益良多，当然也点拨了你们，这便是陈家班哪怕上街卖艺，也能一鸣惊人之诀窍。"

儿子恍然大悟地说："我们陈家班遇上了贵人。"

"切记，好心才得福缘。"

陈师傅的儿子点点头，接着把老者请到父亲跟前，让他坐在一张春凳上。然后，陈师傅的儿子跪到老者跟前，叫了一声："爷爷！"

一听这称呼，陈师傅含笑地闭上了眼睛。

他们坐在铧嘴上

墨　村

正是中午，桂林兴安灵渠里的水清澈得能看到一尾尾游动的鱼儿。

男人和女人坐在铧嘴上，心里一片混沌。毒太阳劈头盖脸，他们不管，两张脸暴晒得如发红的虾皮。我数到十，咱就一起跳下去。男人说。女人目光呆滞，不说话，只无力地点了点头。男人看着瘦削的女人，心里酸楚得喘不过气。男人说，你饿了吧？女人不说话也不点头。男人说，我知道你早就饿了，咱都两天没吃饭了。我有一个最后的心愿，我知道你喜欢吃卤菜粉，我想让你吃得饱饱的，我不想让你做饿死鬼。

女人的心头一颤，眼眶里颤出一圈水来。女人狠狠心，那水在眼眶里打了一个旋又缩回去了。男人听到了女人的肚子里的咕噜声。男人看看河岸上，一家米粉店掩在一丛绿荫下，门口，一个头戴白帽子的男人正在朝他们张望。男人摸索着衣兜里剩下的最后十元钱，下定了决心，他拉起了女人。男人和女人腿脚发软，下了铧嘴，石堤上水很浅却长满了绿苔，滑得吓人。他们相拥着，一摇一晃地小心涉过，爬上岸来。

米粉店门口那个五十多岁头戴白帽子的男人笑容可掬，小心翼翼地上前招呼，二位，里边请！男人安排女人坐在一张桌子边，眼皮抬也不抬，瓮声瓮气地说，来两碗四两卤菜粉，多放辣椒。女人说话了，声音很小，不，一碗就够了，咱一起吃。男人的眼圈红了，他明白女人节省，她怕花钱，可现在都到什么时候了，要钱还有什么用。男人说，你听我一次吧，两碗。两碗米粉很快就端上桌来，诱人的香味丝丝缕缕地缠绵在女人的身边，女人下意识地咽了口唾液，垂下眼，两手捂紧了肚子。头戴白帽子的男人坐在一旁笑容可掬，吃吧，快趁热吃吧。男人和女人对视了一眼，拿起了筷子。女人低下头抿了一口汤水，优雅地撩起细滑柔韧的米粉开始细嚼慢咽，须臾却禁不住诱惑，毫无顾忌地狼吞虎咽起来。男人看着女人的吃相，偷偷抹了一下眼角。这一切都没有逃过头戴白帽子的男人的眼睛，他在心里轻轻地叹了一口气。两碗米粉很快被男人和女人风卷残云般消灭得碗底朝天了。

结了账，男人和女人坐着没动。头戴白帽子的男人递给男人一根"甲天下"，自己也叼了一根在嘴边，点燃，两个人吐出了两缕浓烟。头戴白帽子的男人说话了，年轻人，我注意你们两天了，不到别处游玩，在那个铧嘴上一坐就是一整天。我猜想你们一定有什么想不开的事。我不想知道你们有什么事，可我就是想告诉你们，父母把你们养大成人不容易呀！

男人和女人看了一眼头戴白帽子的男人，低下了头。

头戴白帽子的男人不管，只顾自己一个人唠叨，我有一个独生子，不知道因为什么事想不开，瞒着我和他娘，寻了无常。他娘哭瞎了眼，前年去了，只剩下我一个孤老头子。我本想随她一起去了，可转念一想，我若也去了，每年的清明谁去给他们烧纸送衣呢。我得为他们活啊！一个人不能只想着自己，眼一闭什么都不管不顾了，你得想想你的亲人能不能承受这种打击。我那独生子大不孝啊，要是压根就没有他，我眼下不是还能和我老婆知冷知热地过完后半辈子吗？！

男人和女人都哭了……

这故事发生在十年以前。故事里的那个男人是我，女人是我妻子。那时候，我携妻从北方来到南方下海经商，东拼西凑集来一笔资金与人合伙做生意，不承想中了合伙人的圈套，二十万元血本无归。无颜见江东父老的我和妻子万念俱灰，商定葬身于美丽的灵渠。没承想，行动之前的两碗米粉救了我们。我和妻子至今仍不知道那个五十多岁头戴白帽子的男人叫什么名字。三年前，我和妻子再一次去到了桂林灵渠，想寻找那个头戴白帽子的恩人，竟遍寻不着，那里早已物是人非……

年木匠的杰作

邓建华

香椿煎蛋的香味飘散开来时，年木匠挑着他那套和他一样老的工具，从冬茅草半掩的土巷子摇摇晃晃走过来。父亲慌忙丢下手中的瓜瓢，火急火燎去开园门。

瓜瓢里的漱口水泼洒一地，父亲的客气话也倒了出来。父亲说，你看你看，有事总是辛苦您，今儿个又要劳您费心了。

父亲小心翼翼地侧过身，就去接了担子。

年木匠上气不接下气，只是露出满嘴黄牙嘿嘿笑，根本连答话都使不上劲儿来。肩上的担子让父亲接过去后，他就站在园门边吃力捶背。

园门还开着，我赶紧去关。

这样用柴棍和竹枝编织的园门，家家都有，但时刻要记得关上。不为别的，就担心家里的鸡呀鸭呀跑出去，糟蹋队里的谷子。当然，也怕自家半大不小的孩子，掉到游鱼跃动的引水沟渠，或有蝌蚪游动的池塘里。关园门的时候，我没有理会年木匠，我把一丝丝厌恶也紧紧关在心里，不敢让它溢出来。我知道，倘若有一点点这样的痕迹挂在脸上，过后被父亲修理就是顺理成章的事。

上十里下十里，木匠有三个。年木匠最老，月木匠居中，日木匠最细。日木匠是月木匠的徒弟，年木匠是月木匠的师傅。上十里下十里，也有一句出了名的老话：教会徒弟，饿死师傅。徒弟挨过师傅的打，但师傅的饭碗都慢慢被徒弟给抢了。月木匠出师后，就能造水车、做扮桶、架浮桥、上大梁，有人说，你业务这么好，还是要留一点事给你师傅做啊。月木匠说，他是个小木匠，本来就做不得这些大路，只晓得做点木椅、板凳，我这是自己操练出来的。别人又说，他都几十天没事做了，没有一滴屋檐水掺锅了呢。月木匠思索一会儿，就说，那拜托你递个信，请他过来打下手啊。自然，这话等于白说，年木匠辈分那么高，饿死也不会给徒弟打下手的。日木匠跟月木匠学徒时，月木匠倒是留了一手，许多诀窍只说了一半。日木匠连师傅教的那一半都忘了，出师后，却一夜之间做得风生水起。月木匠见都没见过的笨拙的锯木机、电钻、电刨、强力胶等等新玩意，被

"眼眨眉毛动"的日木匠玩得溜溜转。他做一整套家具竟然一个卯榫都不要做了，一律射钉和胶合了事，别人要半个月才能做完的活，他三五天就能成。

连月木匠都感觉天要塌半边了，年木匠自然也就成了文物级别的手艺人了。

我放学时，常见年木匠倚在菜园的竹篱笆边上望天。有天，我碰见他去扯篱笆上晾晒的盐菜，放在缺牙的嘴里咂吧咂吧嗑咬，被他老婆臭骂，家里都揭不开锅了，你想吃草就老老实实去吃草，还要带着咸的，你够格？

我听见了，也装作没听见。我看见了，也不敢回家说。我感觉我那天不怕地不怕的父亲，跟这要死不落气的年木匠好像蛮投缘。要不然，我家七七八八、新新旧旧的木制品都不会与劣质产品有缘。碗柜门做起就关不拢，木椅靠背一天到黑吱吱响，板凳脚常脱落，就连一张小趴脚桌，也从来没有摆稳当过。这些，也都是资深匠人年木匠的杰作。我到别人家，看他的徒子徒孙月木匠、日木匠周周正正、气气派派的作品，简直眼睛都是直的。我甚至怀疑，我父亲请匠人时是不是有根筋搭反了。

这一回请年木匠来，是准备做两个工的。两个工，就是三十二元钱。这两个工要做的，是修理散了架的烤火桶、关不拢的大门，当然，这两件也是年木匠之前的杰作，另外新做三条麻拐凳和一个洗脸架。父亲是在卖完一头仔猪后，安排赶做和赶修这些木器的。我看不出有多少紧迫性和必要性。况且，手艺超好的月木匠正好这两天有空，工钱也一样。价廉物美的日木匠店子里也有现成的卖，卖的价格一起加上，也才四五十元钱。但父亲大声旺气地宣布，要请年木匠做两个工。他之所以高调，是不让其他人在选匠人的问题上说三道四。

年木匠在园门边捶了一阵子背，又干咳了三五声，才来搭父亲的腔。年木匠说，又要来劳吵你屋里几天了。

父亲将两瓢热水舀到一个搪瓷盆里，又将一条萝卜手巾放进去。他示意我给年木匠端过去。见我似乎慢了半拍，父亲就轻轻踢了我一脚，悄悄说，一株草都应该有一颗露珠养，你不小了，学做人就该明白些事理。

我不明白。我只是不敢违抗父亲的调摆。我只知道我们家跌跌撞撞的木器，都是年木匠的杰作，他一辈子也不可能修好他亲手做的每一件作品。

我还是将热水端过去了，在心底里默念一遍，一株草，要一颗露珠养？

一直念到今天，年木匠不在了，父亲也不在了，我隐隐约约感觉到，天地之间，每一颗露珠，每一根草，其实，都活得好好的。

昂首挺胸

揭方晓

黄坪村的老黄今天请喝酒，真是破天荒啊。酒不金贵，就是乡野人家自酿的水酒，喝一壶就醉、喝两壶又醒的那种。

金贵的是下酒的菜——板栗烧鸡。这不，饭桌上的这锅板栗烧鸡，鸡肉鲜嫩、板栗香甜、汤汁醇厚、色泽红亮，实在是诱人得很哟。

听老黄说这板栗烧鸡金贵，城里人老邱不乐意了："要搁往年哪，这板栗烧鸡还真是金贵，非大户人家轻易是吃不上的。可搁现在，普通人家想吃也能吃上，算不得金贵。"

老黄不屑于跟他计较，只昂首挺胸地问了他两个问题，老邱立马不作声了。老黄问："我这是自家养的土鸡，放山上散养的，您随便就能买得着？这板栗是我自己种的，想吃从树上直接摘，你随便吃得着这般新鲜的？"

老邱哪里作得声哟，一来老黄说得的确在理，二来他嘴里被板栗、鸡肉塞得满满的，正狼吞虎咽呢。

其实，前些年的老黄是绝没这般底气的。他非但没这般底气，还有些蔫；非但有些蔫，还有些尿。

为啥？还不是因为穷呗！

黄坪村山深林密。靠山吧，可山上一没天然的矿，二没自然的景，挖矿发大财的梦就甭做了，旅游业也做不起来。靠林吧，封山育林，早就不让砍树了，眼瞅着山上的生态环境是越来越好了，可村民们的生活还是要死不活的，任谁都提不起劲儿。

您说就这模样，老黄能不蔫，能不尿？不仅是老黄，黄坪村的村民，大多如老黄一样，出得门来，永远都是蔫蔫的，尿尿的，一副永远抬不起头的样子。老邱是老黄的远房亲戚，那些年没少帮衬老黄，故老黄见到老邱，更是抬不起头，甚至躲着走。

可不能总这样蔫、总这样尿吧？时光如水，也有波浪，也有激流；人生如山，也有大坡，也有高峰。变化该是从前些年开始的吧。突然间，村里来了几个人，说是县里某大单位的，领头的叫老罗，来这里帮着乡村振兴。老黄压根儿没瞧上老罗他们，一个个细皮嫩肉的，能挑得动啥，能提得动啥，能扶得起啥？还助力乡村振兴？指不定是混两餐饭吃就打道回府呢。

村民大会上，老黄这几句话看似弱弱的，其实蛮理直气壮的，引得大家哄堂大笑。这笑声啊，表示赞成，表示同意，表示大家都是这么想的。老罗他们面红耳赤，没想到欢迎仪式如此"热辣"，如此"狂野"，如此不近人情。

还甭说，老罗他们虽说干农活不顶用，可脑瓜子是真的好使，一通调查、研究，再加上考察、分析，决定在村里房前屋后，以及周边几处荒山野岭上种植板栗。老黄和村民们觉得这是天方夜谭，绝对不靠谱，村里千百年来就没有种植板栗的传统，这山山水水根本没有"板栗基因"，冷不丁种下去，能种得活吗？

"保证能活！"老罗将胸脯拍得山响。

老罗当然有这底气，他请了省城的林木专家来村里考察，专家说板栗就喜欢这里的气候，还开玩笑说这里的山山水水，跟板栗透着亲、结着缘呢。

老黄一阵苦笑。脖子一横，说没钱租地，没钱买树苗。

"这不是问题啊，有我们呢。"老罗将胸脯拍得更响了。

那是，大单位嘛，钱堆着撂着，绝对少不了。老黄心里这么想。

地租来了，树苗也种下了，没几年，就零星地挂上了果。老罗又异想天开，建议大家买些鸡苗，扔板栗林里养。他说鸡吃枝叶间的虫子，生态除虫；鸡粪又可养树，生态施肥，一举多得呢。老黄半信半疑，反正老罗出的本钱，照他说的办吧。

今年的秋天来得格外早，黄坪村铺天盖地的板栗都成熟了，板栗林里放养的土鸡也个个膘肥体壮。这天，老黄特地烫了一壶酒，摘板栗，杀鸡，做了满满一锅板栗烧鸡，请老邱来吃。到了该还人情的时候，老黄面冷心热，多少懂些人情世故。

三碗水酒下肚，老黄说这酒寻常，不金贵，金贵的是下酒的菜。于是，这就有了前面的那段对话。话里话外，那种昂首挺胸的感觉，老黄很是受用，觉得自己真是没白活一回。

老邱也打心眼里为老黄高兴，虽说看不惯老黄那暴发户的嘴脸，可他在老黄这喝酒吃肉，还能欣赏他暴发户的嘴脸，以前是绝对不敢想象的。

烫第二壶酒的时候，老黄其实已经有几分醉意。可酒醉心明啊，他喃喃自语："过些天，还得烫些酒，再做锅板栗烧鸡，还一个天大的人情咧。"

"还谁的人情啊？"老邱好奇地问。

"还能有谁，就那几个肩不能挑、手不能提的呗。"老黄醉得意乱心迷，醉得热情奔放，醉得酣畅淋漓。

欢快的酒气、浓烈的香味，绕梁不绝。

于木匠

侯发山

  于木匠，顾名思义，是个木匠，邻村的，方圆十几里，就数他的手艺高。在过去那个年月，木匠有干不完的活儿，家里的桌椅板凳，包括柜子、床，除此之外，嫁闺女娶媳妇要打家具，人老了要做寿木，那时候还不兴火葬这一说。于木匠有了这手艺，日子过得从容散淡，不分农忙和农闲，背着刨子大锛之类的工具，走村串户，成为乡下的一道风景。大家当面尊称他"于师傅"，背后称呼他"愚师傅"或者"榆师傅"。为何？其中的缘由是我成为他的徒弟后才知道的。

  我个子矮，中学毕业后，还没锄把高，爹让我跟于木匠混。说木匠虽然是个粗活儿，但好歹是个手艺，风吹不着，雨刮不到，也说不上有多累，进了雇主家，跟娘家人一样，高接远送。我答应了，可于木匠不答应。爹不知道跑了多少趟，于木匠才松口。

  第一天，师父就问我："你想学油漆还是学木工？"师父会做家具，也会给家具上漆，即油漆匠的活儿也会干，是个全把式。

  我说："都学。"爹给我说过，艺多不压身。多一门手艺，多一条活路。

  "别蹬鼻子上脸，给你点颜色，就想开染坊啊？"师父冷着脸，像被隔壁老王欺负了似的。

  我不知道师父的意思，傻乎乎地瞅着他。

  师父说："只能学一样。"

  我想了想，觉得油漆匠的活路简单，不就是拿起刷子涂抹吗，跟小时候用尿泥糊墙壁差不多，没有多少技术含量，便说："学木工。"

  于木匠没再说话，算是应允了。

  木工的活儿看似是粗活儿，实际是个细活儿，不比教书先生轻松。师父做家具不画图纸，都在脑子里装着。他对着雇主给的木料看一眼，便开始动手了，先是打墨儿解板，接下来是拼制板和撑，再用刨子推光，熬胶合缝，紧接着是凿眼开榫……他忙活的时候，极少说话，只让我打下手。有时候，我手脚迟一点，他就会用身边的工具惩罚我，或用尺子打我，或用铅笔戳我。我不敢有任何反抗的行为，自己还小，真打起来也不是他的对手。有时我觉得一天也干不下去，真想撂挑子。想着爹低三下四求他的样子，我忍了，拿着"徒弟徒弟，三年奴隶"的古话来安慰自己。

那天晚上，给一户人家做完活儿后，天已经黑得瞅不见人影了。主人再三挽留，师父拒绝了，说："三四里路，抬脚就到家了。"走出大门没多远，师父像是自言自语又像是对我说："说好的，管吃不管住，不能让人拿了话柄。"

走到半路，忽然，路旁蹿出一只野狗，可能看我个子小好欺负，一声不吭扑到我的腿上咬了一口，然后转身跑了。我哇的一声哭了，既害怕又疼痛。师父挥舞着手中的铁斧，狠狠地对着逃跑的野狗叫道："有种冲我来啊！"然后，他背上我，一路小跑来到镇卫生院，谁知道，镇里没有狂犬疫苗，他就拦了辆顺路的货车，把我送到县防疫站打了疫苗，回来时已经是半夜两点。后来，我爹要给师父费用作为酬谢。师父不耐烦地说："六个指头挠痒，多一道子。跟着我出的事，咋能让你出钱？"

学徒三年期满的时候，本村的张全请师父做一个梳妆台。师父照例去看主人家备的料。张全说："有剩余的料头，可以做个小板凳或小桌子。""料头"指的是做完家具后剩余的边角料。

"你方圆左近打听一下，老于打家具，哪有多余的料头？"师父的脸色阴沉着，一瞅就是不高兴。

张全知道自己捅到了马蜂窝，赔着笑脸解释："于师傅，我不是那个意思，真不是那个意思。"

师父不再理睬他，开始选木料。

果然，梳妆台做好后，没有剩余一块板一根梁撑，地上只有白花花的锯末和刨花。时间久了，我便明白师父的话，高明的木匠从来不浪费木料，用料头做小家具那是同行在讨好主人，在遮自己的丑。

梳妆台做好后，张全拿出事先预备好的油漆，让师父给刷上颜色。

师父拒绝了，说："我只做家具，不干这活儿。"

"您不是会这个吗？"张全不以为意地说。在他看来，那是放羊拾柴火，顺手捎带的事。

"会也不干！"师父的话硬邦邦的，落在地上都能砸个坑。

"我可以加钱。"

"加钱也不干。"师父一边收拾家具一边说。

张全没辙，只得讪讪地说："好，好，我再找油漆匠。"看他的表情，好像还有"离了王屠户，不吃连毛猪"的意思。

师父真是不开窍，他是愚蠢还是脑袋就是榆木疙瘩？还是怕我学了他的本事？回来的路上，我忍不住问他："师父，有钱怎么不赚呢？"

师父叹口气，说："巩县有个康百万庄园，镇园之宝是留余匾，匾上讲，留有余，不尽之巧以还造化；留有余，不尽之禄以还朝廷；留有余，不尽之财以还百姓；留有余，不尽之福以还子孙。遇事让人一步，自有余地；临财放宽一分，自有余味。推之，凡事皆然……啰唆这么多，到底说的啥呢，就是说凡事留有余地，给别人留口饭吃，不能做尽做绝了。"

那一刻我忽然觉得，师父好可亲，好可爱，真想跟着他再学三年。

心宇宙

陆惠明

她没有正面回答我的问题。

有时候沉默是最好的回答，任何多余的声音都像空气中的尘埃，让人讨厌。

我无声地注视着她，她挂在嘴角含蓄的微笑掩饰了她内心的忧郁。我能想象她现在的心情，不然今天她不会来找我聊天。

客厅里的光线还是很柔和的，茶几上，一杯绿茶，透明的玻璃杯中鲜嫩的叶子层次分明，鲜活灵动。

她说她现在不喜欢咖啡，太苦。我还能说什么呢？咖啡曾经是她的最爱。在青春飞扬的那些日子里，她喝着香气四溢的咖啡与我畅想未来美好的生活。她神采飞扬、妙语连珠，让我觉得自己只是陪衬的摆设。那些情境在我的脑海里记忆犹新。

而现在我的确很久没有见她喝过咖啡了。她说还是绿茶好，清冽、淡泊、养心。我的内心很清楚：没有无缘无故的爱和恨，咖啡和绿茶只是借口。这份随之而来的情感流露，并不能代表她已大彻大悟，她只是把自己禁锢在某个空间，把自己想象成了自由的小鸟。

老实说，一直以来我是很羡慕她的。她就是江南美女的一个缩影，五官精致，身材匀称，上学的时候是学霸，毕业后是公司白领。几乎完美的配置，让人望尘莫及。

她品了一下茶，咂了咂樱桃小嘴，盛赞我的茶叶。

她说："我本来想带儿子一起来的，他太调皮了，去他外婆家了。"

"你也真是的，哪个小孩不调皮？我好久没见他了！"我说。

提起她儿子，她的眼里满是光芒，就像当初提起他时一样。她的自豪感满满的，恨不得全世界的人都来分享她的幸福与快乐。

她和他在学校里是公认的金童玉女，有多少深情款款的女孩爱慕着他，有多少情意痴迷的男孩喜欢着她。最终她和他走到了一起，让多少少男少女伤透了心。在那个阳光明媚的日子，在金碧辉煌的宴会厅里，在那个铺满鲜花的舞台上，她和他牵手缓缓走来，在聚光灯下交换戒指，在亲朋好友的祝福声中热烈拥抱。

她和他来敬酒的时候，我举起酒杯一饮而尽，衷心地祝福他们百年好合。

我给她续水，杯中的茶叶惊舞起来。她说："我真想过那种波澜不惊、安安静静的小日子。"

"你好好跟他谈谈。"我说。

她嘴角上扬，微微一笑："有用吗？"

"不谈怎么知道？"

她端起茶杯："谈了又怎样？"

真是无语，我把她归结为"完美有缺"。人无完人，也许唯有这样她才是接地气的。

她放下茶杯："我不想让老妈难过，也不想让儿子失去欢乐。"

窗外的阳光渐渐消失，客厅里的空气瞬间沉闷起来。一阵微风拂过我的面颊，我顿时觉得清爽不少。

她上小学的时候，她妈跟她爸分开了。她跟着她妈，与她爸老死不相往来。

我说："既然这样，你更要与他好好聊聊。"

她的眼睛直直地盯着我，脸上保持不变的笑容。我问她："你看什么呢？"她说："你还不了解我？！"

我怎么不了解她？这些年来还有谁比我更了解她？想当初一起睡一起吃，一起疯一起游荡，有谁能跟我比？我心里明镜似的：她不想让儿子步她的后尘，更不想让自己步她妈的后尘。有这样的想法就要去争取，争取了才可能有理想的结果啊！让我不解的是，她既然有好多的"不想"，为何不愿去找他？

我突然明白了，她之所以来这里，是想让我去跟他谈谈。不行不行，我怕，我不善于这方面的交谈，如果是学术方面还能勉强。

我问她："你不想去跟他聊，那你有什么打算呢？"

良久，她没有正面回答我的问题。

有时候沉默是最好的回答，任何多余的声音都像空气中的尘埃，让人讨厌。

此时，客厅的门开了，一个青年走了进来："妈，你又一个人在喝闷茶，也不下楼去透透气。"

我回过头，一副陶醉的样子。

驯风的女孩

王　溱

整栋房子唯一一个有对流风的房间，位于一楼临街的位置。当初房东太太把这个房间安排给她只是考虑到她眼睛不方便，一楼比较好走，并不晓得她每天晚上都要站在那扇临街的窗户前朝外看。

当然不是用眼睛"看"，是用耳朵。当一个人失去了眼睛，全身渐渐就会长满耳朵。在彻底失去视力的第三百六十六天，她的每一个毛孔都是耳朵。

耳朵能不能发挥作用，得看风。眼睛看东西要靠光线，耳朵靠风。她在一家按摩店工作，也在这条街，离公寓挺近的，顺风走只需十分钟，若是迎风走，更快。迎风走的话，迎面而来的风总是能把前方的情况提前捎带给她，让她可以顺利地避开摆在地面的摊档，或是临时放置的垃圾箱，甚至站在路边闲聊的人，总之，她能精准地绕开所有障碍物，走得飞快。

当然，这是现在。以前的风可不这样。没被驯服的风都是桀骜不驯的。它们横冲直撞，不该来的时候来，不该走的时候走，总之不按常理出牌，甚至有点儿欺负她的意思。

以前——大概就是一年前吧，她刚确诊"彻底丧失视力"的时候。生活都这样欺负一个正要进入人生新阶段的花季女孩了，风跟着落井下石也不足为奇。她孤身来到这座城市，满脑子都是对未来的美好想象。谁能想到突如其来的一场灾祸会夺走她所有的美好想象呢？连同她的眼睛。

回是回不去的。她向来要强：就是留在这里乞讨，也比回家让年迈的奶奶和被生计压垮了腰的母亲照顾自己强。

好在不必真的沦落至乞讨。她有老乡在这里开按摩店，老乡把她招揽过去后，即刻就挂上了写着"盲人按摩"的新业务牌子。她看不到牌子上写的是多少钱，只听到风吹动木牌子相互撞击夸啦夸啦的声音。好听，真好听。钱的声音。

也不一直好听。某些时候，这些夸啦夸啦的声音就是干扰。

毕竟还没被驯服咧。她竖起耳朵去搜寻窗外风吹树叶的沙沙声，好判定窗帘拉上没，风就故意捣蛋，夸啦夸啦把沙沙声掩盖。

"你怎么回事？窗帘还没拉上就按？"脱了上衣的客人又把衣服盖上，怒火直往她脸上喷。

"对不起对不起，我马上拉上。"她急急循着风来的方向走去，风却故意放过窗帘去撩拨另一侧盖着桌子的桌布。不出所料，她重重撞上桌角，"哎哟"一声叫。

夸啦夸啦，那是风在笑。

在给客人按摩的时候，她也得靠客人呼吸声的粗细来辨别力度是否合适。毕竟她刚学没多久，力度把控得不太好。

"哎疼！疼！你怎么按的？会不会按哇？"客人又咆哮了。

"对不起对不起，我轻点。"她悻悻地把手肘抬离客人的腰，改用大拇指。客人分"耐受"与"不耐受"两种，耐受的方可用手肘，不耐受的只能用手指。风一下把桌上喝完的纸杯吹落在地，一下把隔壁的说话声硬塞入耳，再粗的呼吸声也给稀释没了。

夸啦夸啦，只剩风在大笑。

就是那一天，她跟风杠上了。她认定风是邪恶的，只会恶作剧！风发出任何声响她都刻意忽略，风送来什么消息她都不信。于是那天从店里走回公寓的路上，她先是撞上门帘，而后又被不知何时飘到脚边的塑料袋绊了一下。起身时一辆自行车刚好从身边掠过，丁零零的响声直至她慌乱后退时才钻入她耳中，捎带骑车人的一声骂。挂在公寓门口的风铃没有响，她差点误入其他人的房间。她进了屋，换了衣衫，才发现那扇临街的窗户一直没关。怎么发现的呢？不是风告诉她的，是一只猫。那只猫以晃动的树枝为跳板"嗖"一声蹿入屋内，乒铃乓啷弄倒了好多东西，最后还要大言不惭地发出响亮的一声：喵——

糟透了。这一天过得糟透了，人倒霉起来连猫都来欺负。就像刚知道自己再也看不见那一刻那样，她蹲在地上，双手抱在胸前，头深深埋进手窝里。眼睛甭管看得见看不见，都有眼泪，眼泪片刻就湿了衣袖，胳膊一阵发凉，腿边却一阵暖，还有呼噜噜的呼吸声。

她伸手去摸，软绵绵的，热乎乎的，没错，是只猫。她是从头部到尾部顺着毛发摸的，呼噜声愈发响了。

风说，它叫狐狸，是楼上一个女孩养的。她脑子里立刻浮现一团橘色，长长的尾巴，尖尖的耳朵，确实像只狐狸。

"你叫狐狸？"

"喵——"

"你住这楼上吗？"

"喵——"

她自然不懂猫语，却忽然相信风说的了。那么一团毛茸茸的东西，那么柔软，那么真实，很难叫人不相信。她耐着性子听，楼上隐约传来一个女人的呼唤声："狐狸！狐狸！回来！"

就在那一刻，她无师自通掌握了驯服风的要诀。驯服一只猫必须顺着毛发的方向去抚摸它，驯服一阵风也是一样的。

她开始倾听，站到窗前听。被驯服的风会告诉你它所知道的一切：小提琴声，高跟鞋踩在木楼梯上的声音，键盘声，打闹声……那是风给她介绍住在这栋木房子里的、活生生的邻居们。

她也是其中的一员，活生生的。

今年流行黄大衣

刘桂先

小孙子三岁生日一过，他们的离婚冷静期也"届满"了。

她是昨天晚上到家的。她一直在北京的儿子家带小孙子。

他们一起做了几个菜，一起吃了最后一顿晚饭。明天一早到民政局把离婚证一领，他们在法律上就没有任何关系了。

洗漱完毕，他们回到了各自的房间。和以往不一样的是，房门都没有关上。

她房间的灯一直亮着，但他不知道她在做什么，或许在收拾东西吧。明天离开后，她是不会再回到这里了。该带走的，她一定都会带走。

他坐在床头，呆呆地看着她房间里透出的光亮，一遍又一遍地问自己，我和她，为什么会走到这一步？

在他看来，他们的问题还是出在聚少离多上。聚少离多，感情上出问题那是必然的。

结婚后，他仍然在部队服役，一年能和她在一起两三个月那就是万幸了。他好不容易转业到家乡小县城的一个机关工作，她却又到了市里租房陪儿子读高中。儿子终于考上了大学，总能整天在一起了吧，万万没想到老岳父中风后落下半身不遂，她只好回到娘家照应。等把老岳父送走，儿子又在北京成了家。很快他们就做了爷爷奶奶，她理所当然地去了北京做了小孙子的专职保姆……

开始，每隔一段时间，她都会想办法回来一趟，把他的生活料理料理。按理说长期的军旅生活，他应该养成了良好的生活习惯。可是，转业回来后，她发现他并不像她想象的那样，他会经常把家里弄得很乱，甚至内裤、外套、袜子同时扔进洗衣机。可是，某次回来，她竟然发觉一切都变了，不但家里变得井井有条，他整个人也换了一个模样。

直觉告诉她，他有人了。

也正是从那天起，每次她回来，他们都会分室而居。

他知道她的心思，但他不想对她做过多的解释。再说，有些事是没办法解释的。

……

天已大亮。

她做好早饭，一一端上桌子。

他没有半点食欲，磨蹭着，不想吃。

她笑笑："我们走吧。"说着，她伸手拉起拉杆箱。

拉杆箱里，是她想带也能带走的所有东西。

他拉开门，寒风扑面而来。他不由得打了个寒战。

"这么冷的天，你怎么只穿了件风衣？"她问，"大衣，还有羽绒服呢？"

"不想穿。"他说。

他说的是实话。大衣、羽绒服他都有。她给他买过，另一个她也给他买过，但他真的不想穿。在今天这个场合，又是去办这件事，穿她买的，或者穿那个她买的，他觉得都不合适。

"你啊。"她叹息一声，打开拉杆箱，从里面拿出一件黄大衣，"穿上它吧，挺能抗冻的。"

他一惊。眼前这件黄大衣，他是认识的。

见他愣着，她说："可不要嫌它丑，今年流行黄大衣呢。"

是的，今年流行黄大衣。那个年代，黄大衣也是很流行的。

那年，他从部队回来探亲，在亲戚的介绍下，他结识了她。

相约在电影院看电影，是他们第三次见面。

一连看了两场，他们才走出电影院。

此时，已是半夜时分。

外面正下着雪。寒风呼呼，雪花飘飘。她搓着手，嘴里哈着气……

他往她身边靠了靠，脱下身上的黄色军大衣，给她披上。她扭了扭身子，嗔怪着："我不穿，丑死了……"

"不丑，今年流行黄大衣。"

他说完，硬是帮她把黄大衣穿上。

她静静地站在他的面前，直直地看着他，然后脱下黄大衣，披在他的身上，然后掀起大衣的一角，整个人都钻了进去……他们相拥着，缓缓地往前走。

一晃几十年过去了，他几乎已经记不起还有这件黄大衣，记不起他们曾经还那么浪漫过。更让他始料未及的是，这件黄大衣她竟一直收着，并且还想带走……

从民政局出来，她就要直奔高铁站。她得赶回北京，儿子一家还在等着她呢。

他坚持送她，她坚决地谢绝了。

出租车在她身边停下。

就在她拉开车门的一瞬间，他眼前一热，几颗泪珠滚落下来。

出租车越开越远，很快便淡出他的视线。

他身披那件黄大衣，久久地站在风中……

不必在乎我是谁

张海洋

2073 年，荷月。

已经很少有人知道这个名词所代表的准确时间，齐越作为一个电影学院的文学剧作教授，十分喜欢这个文雅的名词。"接天莲叶无穷碧，映日荷花别样红。"绚烂的色彩，蓬勃的生命力，还有健康的阳光，多么美好！如今这些画面和意境只能在古诗词里寻觅了，她望着窗外飘飞的雪花忍不住感叹。

科技再发达有什么用，依然阻止不了气候的极度恶化，如今在这个纬度上不再有四季的变化，而是像一个生活糟糕的女人的情绪一样，忽阴忽晴，忽冷忽热。齐越不知道自己为什么会答应一个陌生老男人的邀约，冒着风雪来这个茶室喝茶。自己虽然生性冷淡，却不是个糟糕的女人。

老男人网名叫"时光"，说是听过自己的讲座，很仰慕自己，希望当面请教一二。齐越查看了"时光"的头像，是一个目光忧郁的瘦削老人，面容和善，有种似曾相识的感觉，看着倒也不像个坏人，她就答应了他的邀约，毕竟喜欢自己所教授的专业的人比较小众，她不想因此伤了一个粉丝的心。

"余味"茶室的门被一个穿着臃肿羽绒服的老人慢慢推开，他褪去手套，轻轻掸去身上的雪花，又低下头轻轻擦拭头发，花白的头发和雪花已融为一体，使后面这个动作看上去有些多余。来到齐越座位对面，他伸出干瘪的手掌："你好，齐教授！"齐越站起身，礼貌且象征性地与他轻轻握了一下手。老人动作迟缓，更显出了他的虚弱，很明显他的健康出现了问题。

"服务员，来一杯普洱！"老人招呼着，"味道喝得惯吗？"

"嗯？还行！我对茶没有讲究。"齐越说的是实话。茶，在这个时代是十足的奢侈品，大量的茶树因为气候恶化而凋零，茶叶在温室里也可以培育出来，却失去了原来的味道。许多普通人只能喝各种人工制造的饮料，这些饮料有一些接近茶的味道，却没有茶的余味，这是齐越在喝了第三杯 2053 年的普洱茶得出的体会。

"额，你听过什么讲座？关于哪个话题的？"齐越先开口引出话题。

"嗯，有一些……我的记忆出了问题，记得不太清楚了。我有一个电影剧本，想听听你的意见。"老人凝视着齐越的面孔，"我给你讲讲梗概，好吗？"

"额，那个……好吧。"齐越感觉面前的老人有些不太正常，想起身离开，但看到他期待的眼神又不愿过于唐突。

老人啜饮了一口茶，缓缓讲述起他的剧本。"剧名叫《何日再相逢》，讲的是一对恋人，他们是大学同学，有着共同的爱好——旅游。本科毕业后，女孩继续攻读硕士学位，男孩去了一家外贸公司，他要挣钱娶女孩。也许是聚少离多的缘故，他们之间出现了隔阂，女孩怀疑男孩和他的女同事暧昧。在外出游玩的高速路上，他们爆发了激烈的争吵，任性的女孩坚持下车离开，然后就发生了严重的车祸……"

也许是太过投入的缘故，老人自己被剧本感动得眼眶里噙满了泪花。而齐越觉得这是个俗套的故事，毫无新意可言，她在心里盘算着，如何委婉地评价老人的剧本。

"最伤心的当然是男孩，因为女孩的任性和无端猜疑，让原本美好的一切都毁掉了。可是他还是深爱着女孩，不愿就此放弃她。于是，男孩拿出全部积蓄，又在银行贷款了一大笔钱，为女孩实施了'生命再造'项目——先利用脑机接口下载了女孩的记忆信息，然后又为她克隆了新的身体……"老人继续讲着。

后面的情节却是齐越没有想到的，她被深深地吸引住了，忍不住问道："后来呢？他们怎么样了？"

"后来……后来他们成了陌生人，在往女孩新的身体拷贝记忆信息时，男孩把关于自己的记忆片段给删除了。男孩要用一生的工作来偿还贷款，他不愿成为女孩的拖累。再后来，男孩被工作榨干了健康，生了重病，临走前，他希望找个机会见女孩一面……"

"他们见面了吗？"

"额……茶不热了，我去续杯水！"老人留了悬念，蹒跚着去了服务台。

这究竟是个什么样的老头呢，给自己分享了这么一个让人感伤的故事？齐越沉浸在感伤的氛围里，许久不见老人归来，也起身去了服务台。服务员告诉齐越，老人已经付过钱走了，只留了一张便笺。齐越接过便笺，只见上面歪歪扭扭地写了两行字——"人因不惜而散，茶因不喝而凉！"

外面的风雪肆意地拍打着玻璃门，齐悦遗憾的是还能不能再遇见老人，还会不会知晓故事的结局。

探 亲

苏三皮

霜降过后，芝麻墨绿的枝叶在一夜之间黯淡下来，被迫裸露的豆荚迫不及待地咧开嘴，无数黑乎乎的小脑袋探出半个身子，好奇地打量着被白霜淹没的萧瑟的田野。

爹无疑是激动的。那块巴掌大的地，居然打了整整一担子芝麻。黑油油的芝麻，把爹的心压得实实的。

这块地，曾荒芜了好些年头。每次路过，爹都可惜得牙齿直打战。这地肥沃着哩，把土块捏在手里，稍微用力就能捏出黑油来。爹早就觊觎上了这块地。爹的目光曾长久地落在这块地上，嘴里不停地念叨，这块地要是交给俺来耕种，那该多中啊！

果真事遂人愿。爹没有想到的是，一块大大的馅饼砸在了自个儿头上。分田到户时，这块地居然分到了爹手里。那一夜，爹没有睡踏实。哪怕挤不出两滴尿液，他也搪塞娘，说要起夜去。那天夜里，爹将头靠在田畦上，抽了整夜的旱烟，流了整夜的热泪。

收割过后，爹把芝麻秆收拢了起来，扎成捆，堆在柴房。爹舍不得用芝麻秆来烧火。爹懂得，芝麻秆大有用处，得留着。爹要留着芝麻秆在寒冬腊月时喂牛。爹省吃俭用买了一头牛犊。爹知道，人的力气再大，也没有牛的力气大。日子要过得红火，得养一头牛。

黑油油的芝麻差点儿就亮瞎了爹的眼睛。爹仿佛想起了什么一般，用力一拍大腿，斩钉截铁地对娘说，差点儿坏了事，吃水不忘挖井人，咱得给大恩人送点儿芝麻。

听说爹要送芝麻到北京，俺二爹凑上来，问爹能不能缓几天再出发。二爹养了一头大肥猪，本想留到腊月再杀了做熏肉，但听说爹要到北京去见大恩人，二爹想也没想就把猪给杀了。二爹想让大恩人尝尝他做的熏肉。二爹做的熏肉是当地一绝。二爹自然不想错过这个机会。二爹说，要不是大恩人，俺再厉害，也养不了一头大肥猪。爹想，二爹说的着实在理。

爹一贯行事低调，想悄悄地去，悄悄地回，不想太多人知道这事儿。但二爹嘴大，到处嚷嚷，说爹要到北京答谢大恩人。不大会儿工夫，俺家就聚满了人，东家送来在山上摘的野菌，西家拿来河里刚捞上来的鲜鱼，张家李家说什么也要表示表示。爹装了满满当当一担子。后来者的东西担子装不下，他们又是懊恼，又是抱怨，说爹不买他们的面子。

爹狠狠地给了二爹屁股一脚，俺就说吧，这事儿办得……办得不大妥当！

不妥当归不妥当，爹出门时，俺看见他的神情，着实欢喜得很。

爹这人，万般好，就是太较真。说真的，直到今天，俺也不敢保证爹是否真把大伙儿的心意送到了大恩人那里。但是，爹言之凿凿地说，真送到了。

那是腊八节前夕，爹回到了庄里。那个夜晚，万籁俱寂，二爹家的狗一声不吭。娘点开煤油灯，见爹那个模样，一下子就晕倒过去。后来娘在多种场合说起这个夜晚，她总说是以为见着鬼了。

的确，娘对爹已不再抱任何期望。娘多次对俺们说，你爹不是孬种，他是死在去见大恩人的路上。

娘说，你爹回家那天晚上，蓬头垢面，尖嘴猴腮，瘦得没了人形，像竹竿一般，咋像个人哩？俺那时还小，不记事，何况爹回到家时，俺早已入睡，完全不晓得事情的来龙去脉。

但是俺能感觉到，爹回到庄里，仿佛不是一件光彩的事。比如，二爹时常装作不经意一样问起，俺那熏肉，该不会让你路上吃掉或是换了酒钱吧？又比如东家问，俺那袋子野菌儿，煲汤味道可好？爹被气得青筋暴突，他咆哮着说，天地良心，大伙儿的心意，俺可是全都送到了，信不信由你们！

可是，谁信呢？要是爹他真的光明正大地把大伙儿的心意送给了大恩人，他至于在两个月后的一个夜晚偷偷摸摸地回到庄里？

更何况，族长拷问过爹，你究竟有没有见着大恩人？

爹答，没见着，但是有人转交了的。

族长又问，何人转交的？

爹答，门口卫兵，他说一定转交，让俺放一万个心！

族长"哼"了一声，冷冷地说，可有凭证？

爹说，凭证还真没有，但卫兵留了俺地址。

族长"哼"了一声，愤愤地说，饭桶，大饭桶！

爹的头低到了裤裆里。

二爹甚至到处和人说，他那十斤熏肉，定然进了爹的肚子。二爹跟着"哼"了一声，接着说，俺用脚指头都能想得到，就是他吃了。

但是，俺相信爹不是那种人。爹和俺说，见到卫兵那一刻，爹仿佛见到了大恩人，爹说所有吃过的苦，都值了。大伙儿不知道的是，爹在回来路上，荷包被扒了。他一路讨饭，一路走，走了快两个月，才回到庄里。爹说，过了腊八就是年，俺得回家过年。这个信念，支撑着爹一路走回了家。

但是，回到家里，爹就被流言蜚语击垮了。直到新年快过完的那天早晨，春意已盎然，邮递员自行车欢快的铃声响彻整个村庄。那辆碧绿的自行车径直泊在了俺家门口，邮递员用一种近乎夸张的声音喊道，苏愣头，汇款单，北京来的汇款单！

接下汇款单那一刻，爹泪流满面。爹真没有想到，大恩人把乡亲们送给他的心意折价成钱给乡亲们汇了过来。

爹说，大恩人呀大恩人，让俺怎么说呢？让俺说啥哩？俺还能说啥哩？

折叠空间

刘琛琛

爸爸，我想吃炸鸡！

妮妮，你自己出去买。季节正坐在电脑前炒股。

爸爸，你陪我。

我很忙，支付宝里有零钱，快去快回。季节把手机丢给妮妮。

K线终于穿破均线了！季节迅速买进一万股，在股海里能不能乘风破浪，就拼这一把。

K线涨停的一瞬间，时间似乎停滞了一下。

继续往下看吗？黑衣老妪问。

季节摇头，他泪流满面。

接下来的悲剧，他已知晓。K线涨停时，妮妮被疾驰的货车卷入车轮下。

黑衣老妪挥动双手，悬停在空气中的镜像消失了，像关停了一部电视剧。

然而，妮妮的人生不是电视剧，绝不能就此关停。

送我回去。季节哀求。

你决定好了？

是。季节义无反顾。

折叠空间，只能将你送回事故发生前两个小时。黑衣老妪说。

季节在大脑里紧张地追溯学过的物理知识，折叠空间相当于在纸上画出 A 点至 B 点的一条线，然后将纸折叠，使 A、B 两点重合。这种折叠现象如果出现在三维世界，就是空间穿梭。

两个小时足够。季节流泪。

宇宙是一个大系统，你的家庭是无数子系统的其中一个，你则是子系统当中的小系统……黑衣老妪说。

季节打断她，我是程序员，我可以把自己理解成程序中一个代码。

黑衣老妪点头，根据能量守恒定律，你回到过去后，若能成功挽回妮妮的性命，必然有别的事情发生，但究竟会发生什么事，无人能够预测。

能量守恒？季节努力思索。

好比衣服破了一个洞，你补好了洞，但洞口周围的布料也会留下针眼。黑衣老妪解释。

只要能挽回妮妮的性命，任何后果我都会承担。季节斩钉截铁地说。

好。黑衣老妪猛推季节一把。

季节顿时跌入一个金光灿灿的隧道，皮肤如被千万把小刀割。

黑衣老妪是谁？她为什么帮他？季节心中有无数疑惑，但他没时间追问，妮妮危在旦夕。

不知穿梭了多久，季节突然感到眩晕，如同久在海上漂泊的人站回陆地。

K线在电脑屏幕上来回震荡。

真的回来了！季节激动得跳起来。

爸爸，我想吃炸鸡。妮妮跑进书房，她完好无损。

季节紧紧地抱住妮妮。

爸爸，我们去吃麦当劳吧！妮妮说。

今天绝对不能出去。季节心有余悸，他给妮妮点了炸鸡外卖。

季节跟在妮妮身边，寸步不离，生怕新空间出现新事故。

等了很久，外卖都没来。季节给外卖员打电话，发现这个号码似曾相识。

对面有人接听电话，这里是急救中心，手机主人在送餐途中发生车祸。

衣服破了一个洞，你补好了洞，但是洞口周围的布料也会留下针眼。

季节想起黑衣老妪的话。

折叠空间将车祸从妮妮身上转嫁给了外卖员。

在上一个空间，这位好心的外卖员护送妮妮到急救中心，一直等到季节匆匆赶到。

季节决定为外卖员提供力所能及的帮助，就像他帮助妮妮一样。

他将妮妮反锁在家，赶到医院，急救室门口，他又看见了黑衣老妪。

黑衣老妪一脸哀凄。

外卖员的双亲拥抱在一起，哭到昏厥。

季节心怀愧疚，央求黑衣老妪，请您再次折叠空间，这次我不点外卖了，还会提醒外卖员千万别出门。

也许下一个折叠空间里，又会发生新事故。黑衣老妪面露忧伤。

妮妮很爱玩八音盒，八音盒齿轮磨损了，却会产生动听的旋律，能量守恒带来的不一定是坏事故，或许是好故事。

黑衣老妪思忖一阵，说，那就再试一次。

爸爸，我想吃炸鸡！妮妮蹦蹦跳跳闯入书房。

新的折叠空间顺利重启。

等我一会儿。季节摸摸妮妮的头。他看着来回震荡的 K 线，毫不犹豫借了网贷，加仓买入一百万股。

上一个折叠空间里，季节激动之余错过买股票，短短几个小时，K 线一飞冲天，再也找不到买入点。

接着，季节有条不紊地给妮妮下了鸡蛋面，还给外卖员打了提醒电话，然后坐在电脑前等着股市上涨。

股票如泄闸的洪水，跌个不停，股灾来临！

季节欠下几辈子都还不清的贷款。

只有折叠空间才能救我！季节慌忙赶到医院。

他没找到黑衣老妪，却撞见抢救过妮妮和外卖员的主刀医生。

主刀医生急匆匆脱掉工作服，一边奔跑一边抹着眼泪，我妈不行了！我要去见她最后一面！

季节站到了医院天台上。